Frank Faber

Baurabrot

Über dieses Buch

In seinem vierten Kriminalroman »Baurabrot« parkt ein Mordopfer ausgerechnet vor dem Rathaus des Bürgermeisters Sängerle in St. Johann-Würtingen. In Bleichstetten ist das obere Backhaus blutverschmiert und die Bevölkerung ist in Aufruhr, weil ihr Dorf zum Bioenergiedorf werden soll. Spekulanten ziehen von Haus zu Haus, jeder möchte seine Schäfle ins Trockene bringen. Grießinger und seine beiden Kollegen geraten in den Dunstkreis des internationalen Verbrechens, mit Energiespekulanten, die skrupellos Profit machen wollen. Emilie Berta Lämmle muss mehr denn je gegen Grießingers Dickschädel ermitteln. Als dann ein zweiter Mord geschieht und Grießinger fürchtet, dass auf den Bürgermeister ein Anschlag verübt werden soll, überschlagen sich die Ereignisse und das ungleiche Ermittlerduo muss gezwungenermaßen an einem Strang ziehen.

Frank Faber ist in Alpirsbach geboren und im Schwarzwald aufgewachsen. Fast zwanzig Jahre lebte er auf der Mittleren Schwäbischen Alb und hat die einzigartig schöne Landschaft sowie die Älbler, schätzen und lieben gelernt. Heute lebt er in Tübingen. Nach seinen erfolgreichen Regionalkrimis »Schäfers Tod«, »Mord am Heidengraben« und »Wacholderbrand« ist »Baurabrot« der vierte Fall für Grießinger & Lämmle.

Frank Faber

Baurabrot

Der vierte Fall von Grießinger und Lämmle

Oertel+Spörer

Dieser Kriminalroman spielt an realen Schauplätzen. Alle Personen und Handlungen sind frei erfunden. Sollten sich dennoch Ähnlichkeiten mit lebenden oder verstorbenen Personen ergeben, so sind diese rein zufällig und nicht beabsichtigt.

Postfach 16 42 · 72706 Reutlingen

Titelbild: Ursel Maichle-Schmitt
Umschlaggestaltung: Bettina Mehmedbegovic, Oertel+Spörer Verlag
Satz: Uhl + Massopust, Aalen
Druck und Bindung: CPI books GmbH, Ulm
Printed in Germany.
ISBN 978-3-88627-926-5

Durch's Wiesetal gang i jetzt na,
Brech' lauter Batenke durna;
Batenke muß i breche,
Schön Sträußele draus mache,
Aus lauter Batenke und Klee,
I han jo koi Schätzele meh!

1

Montagmorgen, Kaiserstraße Reutlingen. Der Sommer war fast vorüber. In der Nacht hatte es ein heftiges Gewitter gegeben. Die Menschen eilten mit gesenkten Köpfen dem stürmisch-feuchten Wetter davon, in ihre warmen Büros. Ein kleines Kind im Regenmantel und gelben Gummistiefeln hüpfte fröhlich neben seiner Mutter den Gehsteig entlang und freute sich an den im Wind tanzenden Blättern.

Kriminalhauptkommissar Josef Grießinger stand ungeduldig am Fenster und beobachtete das morgendliche Treiben in der Kaiserstraße. Er legte Wert auf Zuverlässigkeit und Ordnung. Weit über die Polizeidirektion Reutlingen hinaus war er als erfolgreicher Ermittler bekannt. Zumindest die älteren Kollegen erinnerten sich noch gut an den einen oder anderen kniffligen Fall, den Grießinger bravourös aufgeklärt hatte. Die jüngeren Beamten verbanden mit dem Namen Grießinger eine bisweilen etwas derbe schwäbische Ausdrucksweise, akribische Ermittlungsarbeit und eine gewisse Sturheit, die wahrscheinlich durch seine Herkunft bedingt war.

Im Lauf vieler gemeinsamer Dienstjahre hatte Georg Baisch ungezählte Bruddeleien seines Chefs erlebt. Er kannte vor allem diese Montagmorgen, an denen der Kriminalhauptkommissar bereits eine Stunde vor ihnen im Büro eintraf und wartete. Warum sein Chef sich das antat, verstand Baisch eigentlich nicht. Das Ergebnis dieser montäglichen Warterei war meist ein Wochenanfangsstimmungstief von Grießinger. Wenn er am Fenster stand und mit starrem Blick in die Ferne blickte, wussten Haible und Baisch, dass ihr Chef wehmütig an seine Heimat Upflamör dachte. Aus diesem kleinen Flecken, mit dem ungewöhnlichen Namen, stammte Grießinger. Aufgewachsen auf dem elterlichen Bauernhof, hatte ihn die Alblandschaft geprägt. Aufrecht, hart im nehmen, bisweilen etwas verschlossen und, wenn es denn galt, auch gut im Austeilen. An diesem Morgen erinnerte sich Grießinger an warmen Stallgeruch, selbstgeräucherten Schweinebauch, Rauchfleisch und Metzgersupp. Meist half nur ein vorgezogenes Schubladenvesper, um seine Sehnsucht und Wehmut zu lindern.

»Kannst du bereits auf sein? Immer montags steh ich hier und warte bis meine zwoi Kollega in aller Gemütlichkeit daherkommen und dabei halblebige Witze vom Wochenende erzählen. Und jetzt kommt sogar nur noch einer. Geht hier eigentlich jede Disziplin den Bach hinunter, nur weil ich a paar Tage in Kur gewesen bin?« Grießinger war grantig, denn Kriminalkommissar Eugen Haible war nicht zum Dienst erschienen.

Immer wieder ging sein Blick zu dem internen Schreiben auf seinem Schreibtisch. Er musste sich Gedanken machen, wie er seinen Kollegen die Sache schonend beibringen konnte. Unglaublich, was die Herren Politiker in Stuttgart vorhatten.

Die Woche begann nicht gut und Grießinger war es irgendwie unwohl, bei dem Gedanken, was bis Freitag alles noch passieren könnte.

Eugen Haible, Georg Baisch und Grießinger galten seit vielen Jahren als perfekt eingespieltes Team in der Mordkommission Reutlingen. Äußerlich erkannte man sie an ihrer ›Dienstuniform‹. Die ›Strickjacken-Truppe‹ wurde unter den Kollegen hinter vorgehaltener Hand gespöttelt. Grießinger trug gerne hellbraun oder dunkelblau, Baisch jägergrün oder lodengrau. Nur Eugen Haible lehnte sich mit einem schmeichelnden Bordeauxton oder ockergelb gegen das unterentwickelte modische Verständnis seiner Kollegen auf. Er trug sogar gelegentlich auch mal eine Jeans.

Grießingers Ärger über das unentschuldigte Fernbleiben des Kollegen Haible hatte sich ein klein wenig gelegt. Er blickte wieder zum Fenster hinaus und wartete, dass Baisch das Fehlen seines Kollegen erklärte. Was mit Haible los war, interessierte ihn zwar brennend, aber neugierig wollte er auf keinen Fall erscheinen. Grießinger bevorzugte es, hälinga zu fragen oder geduldig zu warten, bis sein Gegenüber zu erzählen begann. Nach mehr als dreißig Jahren Polizeidienst vermutlich eine Berufskrankheit. Eine Viertelstunde später, ausgefüllt mit angespanntem Schweigen, hielt es Grießinger nicht mehr aus.

»So, bei dir alles in Ordnung, Schorsch?«

»Ha ja, wieso nicht. Liegt was an Chef? Hat der Kriminaldauerdienst uns am Wochenende einen neuen Kunden hergerichtet?«

»Noi, es ist alles ruhig gewesen. Die Woche fängt erfreulich entspannt an. Fast zu ruhig, meinst du nicht, Schorsch. Heute Morgen ist es hier quasi totenstill!« Der Kriminalhauptkommissar amüsierte sich über sein Wortspiel. Baisch musste in sich hinein schmunzeln. Ein typischer Grießinger. Hählinga halt. Was mit Haible los war, interessierte in brennend, aber zugeben würde er das nie.

»Meinst du, es ist so still, weil der Haible fehlt, oder?«

»So kann man das nicht sagen. Es ist eher wegen unserem Oberchef, dem Reitzle. Du weißt doch, wie pingelig der mit Fehlzeiten ist, ganz besonders, wenn sie unentschuldigt sind. Wegen mir könnte unser Haible noch eine Weile fehlen.«

»Der Eugen und ich, also wir zwei, waren gestern Abend zusammen auf der Gass.«

Baisch schien sich nur ungern an das gestrige Beisammensein zu erinnern. Zumindest blickte er überaus verlegen auf seine Schreibtischplatte.

»Und? Willst du mir jetzt erzählen, dass der Eugen verhockt ist und noch im Nest liegt, während ich hier seit um viertel vor siebene auf euch warte?«

Baisch trieb es die Schweißtropfen auf die Stirn. Sein Chef hatte recht. Haibles private Probleme wirkten sich zwischenzeitlich spürbar auf seine Arbeit aus. Erst heute Morgen hatte er sich noch gedacht, so konnte es mit seinem Kollegen und Freund nicht weitergehen. Wie jeden Montag hatte er bei Haible geklingelt. Wortlos, mit erbostem Blick zeigte Haibles Frau in Richtung Treppe, die zum Hobbykeller hinunter führte. Baisch wusste Bescheid. Er fand seinen Freund schnarchend mit dem Oberkörper neben dem ›Münsinger Bahnhof‹ liegend. Die Schaffnermütze war ihm vom Kopf gerutscht. Sämtliche Signale blinkten alarmierend, ein Ulmer Spatz-Triebwagen war entgleist. Baisch schaltete die Modelleisenbahnanlage ab und rüttelte seinen Kollegen an der Schulter.

»Eugen, 's wär fast halbachte. Wir sollten los, der Grießinger wartet.«

Außer einem Grunzen, keine Antwort.

»Eugen, komm, steh jetzt endlich auf.«

Eugen Haible reckte seinen Kopf ein klein wenig empor. Benommen versuchte er, die Lage zu überblicken. Als er neben sich den Münsinger Bahnhof erblickte, fuhr er ruckartig hoch.

»Han i Schädelweh. Sackzement. Baisch. Sind der Bahnhof und der neue Lokschuppen noch in Ordnung? Wo hab ich eigentlich geschlafen?«

Baisch grinste. »Auf dem Parkplatz neben dem Bahnhof, dort wo sonst die Busse parken. So wie es aussieht, waren die heut Nacht auf Tour, sonst wären sie jetzt Plastikschrott.«

Haible sah ihn verwirrt an. Vorsichtig und schwankend stand er auf, unsicher ging er in Richtung Sofa. Ganz vorsichtig setzte er sich auf die Sofakante. Wortlos kippte er zur Seite. Kurz darauf schnarchte er wieder.

»Der isch voll wie en Mischdkübel noch em Wenddr«, bruddelte Baisch vor sich hin und blickte seinen Freund bestürzt an. Fürsorglich deckte er ihn mit einer Wolldecke zu und beeilte sich, das Haus zu verlassen. Haibles Frau war schneller. Sie erwartete ihn bereits an der Haustür und stellte ihn zur Rede, wann er endlich seinen Kumpel zu sich nach Hause mitnehmen würde. Sie sei es leid, diesem Moschdkopf nachts die Tür aufzumachen, weil er das Schlüsselloch nicht fand.

Baisch riss sich von seinen Gedanken los, saß an seinem Schreibtisch und überlegte sich, wie er seinem Chef Haibles Situation erklären sollte. Er musste Grießinger die Wahrheit sagen. Der Kollege hatte ein ziemliches Problem und es war unverantwortlich, ihn in diesem Zustand Dienst machen zu lassen.

»Chef, der Haible, der hat es momentan ned oifach dahoim.«

»Ist es immer noch wegen seiner Eisenbahn und dem Albaufstieg?«

»Noi, viel schlimmer!«

2

Montags war der Backtag von Irmhild Schaffig. Seit sie sich erinnern konnte, belegte ihre Familie an diesem Wochentag das Backhaus am Friedhof in Bleichstetten, einem St. Johanner Teilort. Ihren Teig transportierte sie ordentlich abgedeckt in einem Handwägele, dass bereits ihre Mutter und Großmutter zum ›Toig führa‹ genutzt hatten.

»Guada Morga Irmhild, gosch zom Backa?«

Wie jeden Montag grüßte Irmhild Schaffig die Nachbarin Inge, die schräge gegenüber dem Backhaus wohnte und am geöffneten Fenster bereits auf die Backfrau wartete.

»Guada Morga, Inge. Kaosch scho Luft schnappa?«

Die Antwort ließ natürlich nicht lange auf sich warten.

»Hanoi, Irmhild. Zom Luft schnappa han i heut koi Zeit. I muss bloas gschwind warda bis mei Wäsch fertig isch!«

Für einen Nichtschwaben klang diese Form der Begrüßung unter Umständen etwas seltsam, war aber tatsächlich ein wichtiges Ritual, mit dem das geschäftige Treiben des Gesprächspartners gewürdigt wurde.

Irmhild Schaffig musste schmunzeln. Müssiggang war für einen Älbler unvorstellbar. Inge jedoch kehrte mehrmals am

Tag hählinga auf ihren Beobachtungsposten am Fenster zur Straße zurück. Sie wusste genau, was sich auf der ›Gass‹ und en d'r Kandel vor ihrem Haus abspielte. Meistens nichts. Bis zu diesem Montag.

Die Backfrau erreichte das Backhaus, nestelte ihren Schlüsselbund aus dem Kittelschurz unter ihrer Jacke und wollte, so wie jeden Montagmorgen, aufschließen. Die Tür war jedoch nur angelehnt. Frau Schaffig trat erstaunt einen Schritt zurück.

»Hallo, isch da wer?«, rief Irmhild mit fester Stimme und stemmte abwartend ihre Fäuste in die Hüfte. Nachdem nichts im Backhaus zu hören war, öffnete sie vorsichtig die Backhaustür.

»Stimmt ebbes ned? Soll i geschwend nüber komma, Irmhild?« Inge hatte sich neugierig weit aus dem Fenster gelegt, so dass sie herauszufallen drohte.

»Noi, älles in Ordnung, die Tür war halt ed rächd zu«, rief ihr Irmhild beschwichtigend zu.

Inge würde ihr jetzt gerade noch fehlen. Hier stimmte gar nichts, wie ihr ein erster Blick in den düsteren Innenraum verriet. Bräunliche Flecken an den Holzscheiten. Ein großer braunroter Fleck auf dem Boden. Auf der einen Wandseite waren überall braune Spritzer zu sehen. Irmhild Schaffig hielt entsetzt ihre Hand vor den Mund. Sie wusste genau, dass das getrocknetes Blut war. Im Backhaus sah es aus wie nach einer Hausschlachtung.

Auf dem Tisch und auf dem Boden lag fertig gebackenes Brot. Die Ofentür stand weit offen. Im Ofenraum war noch Asche zu erkennen. Die verkrustete Teigschüssel stach Irmhild Schaffig sofort ins Auge.

Zuletzt hatte ihre Freundin Rosemarie Allgaier, genannt Rose, das Backhaus genutzt. Sie backte immer freitags, und wenn ihr etwas dazwischenkam, heizte sie sogar am Samstag den Ofen an. Da dieser Tag eigentlich kein schwäbischer Backtag war, schob sie meist einen Hefezopf hinterher und verteilte diesen noch ofenwarm an die Backhausnachbarschaft, quasi als Entschuldigung oder kleines Bestecherle.

Rose war vielleicht manchmal ein bisschen vergesslich, aber das Backhaus würde sie immer ordentlich abschließen. Bereits ihre Großmütter hatten hier gebacken und nie gab es irgendwelche Schlampereien im Dorfbackhaus. Irmhild Schaffig begann sich Sorgen um ihre Freundin zu machen. Die Unordnung, das viele Blut, schmutziges Backgeschirr. Bestimmt hatte sie ihr Mann, der Wolfgang, wieder fürchterlich verprügelt. Ein Alkoholiker, der in letzter Zeit immer öfter die Kontrolle über sich verlor und dann gewalttätig wurde. Zu allem Übel war ihm vor einer Woche auch noch gekündigt worden.

Irmhild Schaffig kannte Rose bereits seit ihrer Kindheit. Mit ihren schwarzen, gelockten Haaren, den großen Augen und ihrer schlanken Figur war sie bereits in der Schule der heimliche Schwarm vieler Mitschüler gewesen. Warum sie sich ausgerechnet in Wolfgang Allgaier verliebt und ihn später dann sogar geheiratet hatte, konnte Irmhild Schaffig bis heute nicht verstehen. Sie hätte jeden haben können. Unter ihren zahllosen Verehrern waren einige sehr gut aussehende und wohlhabende dabei gewesen. Irmhild Schaffig machte sich Sorgen um ihre Freundin. Sie befürchtete, die Streitereien mit ihrem Mann könnten eskaliert sein.

Fahrig griff sie sich in den Kittelschurz und holte ihr Handy heraus. Mit zittrigen Fingern tippte sie die Nummer von Rose. Zwischenzeitlich war Inge eingetroffen. Ihre Neugier hatte sie zum Backhaus getrieben.

»Jessas Maria, wie sieht es hier aus! Am Samstag han i die Rose gseha, aber Sie ischt mir ganz normal vorkomma. Die muas ja nomgschnappt sei, dass dui so eine Sauerei arichtet. Wer hätt au des denkt? Siehsch, i sag scho emmer zu meim Fritz, dass mr in die Menscha ned neigucka ka. So gern mr des au dät. 'S däuschd oin ällemal g'waltig. Mei Schwägerin, dere Ihr Schweschter hod oin gheiratet, der war au so einer. Dr hätt se fascht ombrocht, weil d'r Sonntagsbroda abrennt war. G'würgt hot der se, bis se blau war. No isch dui au no nomgschnappt.«

»Dädsch a mol gschwend dei domm Gosch halda, Inge? I telefonier grad. Mitem Handy, verschdosch? Die Rose hot gwiß koi so a Sauerei agrichtet. Hier isch beschdemmt ebbes Schlemms bassiert!«

Während Irmhild Schaffig inständig hoffte, dass sich Rose am Telefon meldete, betrachtete sie immer wieder fassungslos das Chaos im Backhaus. Das meiste getrocknete Blut befand sich auf der rechten Seite des Raumes. Dort, wo das Brot lag, schien alles weitgehend sauber zu sein. Im Eingangsbereich konnte man eine Fußspur im Blut erkennen. Sie drückte auf einen Brotlaib, um zu prüfen, ob er bereits zu trocken war. Kartoffelbrot, schee saftig. Des duad's no guat, dachte sich Irmhild, bacha, des koa se scho, die Rose!

Inge, die Nachbarin, spitzte die Ohren.

»Was hasch gseid? Hasch ebbes gfunda?«

Irmhild Schaffig erschrak, ihr war nicht aufgefallen, dass sie leise vor sich hingesprochen hatte.

»Jetzt gang no wieder hoim, Inge. Ich schaff des dohana schon alloi. An Oimer mit Hoißwasser dädsch mr no bringa könna.«

Die Nachbarin rührte sich nicht vom Fleck und besah sich intensiv den Innenraum des Backhauses.

»Herrje, Inge mach nohre, glei kommt noch so a Touristengruppe, die welled frisches Backhausbrot kaufa. Diese Frau Lämmle von Bremelau goaht mit denne zom Rutschabronna ond hier mached se en Abschdecher vorbei.«

»Möglicherweise könnt sei, dass dui Rose au no am Sonntag im Backhaus gwä isch.« Inge blickte Irmhild mit vielsagendem Blick an.

»Am Sonndich backt dahanna nemand. Des woisch du am beschda, Inge, oder?«

»Ed backa, Se war halt ebba da, moin i. I han mr denkt, die Rose tät ihr Brot und Zuigs hola. Am Samschdich hod ihrs recht pressiert, als Ihr Ma komma isch. Jessas war der voll und geschria hod 'r scho hondert Metr vor em Backhäusle. Wie se ganga isch, da hot se koi Brot auf ihrem Wägele ghet.

»Woisch gwiß, dass du se am Sonntag gsäh hosch, Inge. Es hätt ja au ebber Fremdes sei könna, oder?«

»Ebber Fremdes hätt garantiert ed die Tür aufgschlossa, oder?« Inge war sich sicher. Im Lauf der Jahre hatte sie eine bessere Beobachtungsgabe entwickelt als mancher Privatdetektiv.

»Scho rächd, hätt ja sei könna, Inge. Dädschd du jetzt bitte zackig an Putzoimer mit Wasser hola. 'S pressiert granadamäßig!«

Inge schlug die Hände über dem Kopf zusammen und rannte zu ihrem Haus. Die Backfrau begann damit, die schlimmste Unordnung zu beseitigen. Jeden Moment konnte die Wandergruppe eintreffen. So durfte niemand ihr Backhaus sehen.

Nach längerem Warten kam Inge mit dem Putzwasser. Irmhild griff hektisch nach dem Wischer und wollte endlich damit beginnen, die getrockneten Blutreste zu beseitigen, da hörte sie bereits fröhliches Stimmengewirr. Verärgert blickte sie aus dem kleinen Fenster.

»Inge, auf, gib mir die Backtücher rum.«

Irmhild versuchte, die Blutflecken auf dem Boden mit einem Tuch abzudecken. Griff sich gehetzt die Teigwanne von Rose und stellte sie vor den blutbespritzten Holzstapel. Mit dem Putzlappen wischte sie anschließend notdürftig die Spritzer an der Wand ab. Jetzt musste es nur noch ordentlich aus dem Kamin rauchen. Hastig zündete sie ein Büschele an und steckte es in den Ofen, warf ein zweites hinterher, öffnete die Züge und schlug die Ofentüre zu. Touristen fanden es romantisch, wenn das Backhaus rauchte. Inge sah ihr die ganze Zeit kopfschüttelnd zu. Ausnahmsweise hatte es ihr mal die Sprache verschlagen. Die Wandergruppe näherte sich unaufhaltsam. Von draussen hörte sie die Nachbarin hereinrufen:

»Sag a mol Irmhild, waret bei dir au diese zwei Herrschaften im feinen Anzug ond händ dir an Haufen Geld versprocha?« Frau Schaffig blickte genervt zu Inge.

Wie kommst du denn jetzt da drauf. I han grad echt koin Kopf für des Getratsche!«

»Na ja, i han bloß g'moint. Des war halt au so a komische G'schicht. I ka dir gschwind verzähle, was mir die Nachbarin vom Willi beim Krautland hacken verzählt hod. Vor ein paar Tagen sind zwei Anzugträger mit so einer Daimler Limousine beim Willi vorgefahren. Zufällig war die Nachbarin vom Willi grad beim Blumengießen im Wohnzimmer. Sie hat gesehen, wie sie ihre Aktentaschen vom Rücksitz holten, ihre Krawatte zurecht rückten und direkt zu dem baufälligen Häusle von dem Willi zugingen. Während einer der Männer die Sonnenbrille in seine Sakkoinnentasche steckte, drückte der andere doch tatsächlich die rostige Klingel. Beide hen se mit der Sonn um die Wette gelächelt. Nach kurzer Zeit hat der Willi leibhaftig die Tür geöffnet. Weißt ja, Irmhild, wie immer war er in zerbeulten Cordhosen und einem karierten Hemd aus dem groben Stoff. Er soll die beiden feinen Herren wie der Ochs vorm Stall angeguckt haben. So recht wird der auch nicht gewusst haben, was die von ihm wollen.

Ganz freundlich waren die und hen ihn anscheinend no auf der Gass gefragt ob sie seinen steinigen Acker han könntet. Der Anzugträger hat anscheinend lauter als notwendig gesprochen. So machen es die Lumpen, wenn sie ins Haus hinein wollen. Die Nachbarn müssen ja nicht alles mitbekommen. Meine Freundin, die direkt neben dran wohnt ist einfach naus und hat freindlich g'rüsst: ›So Willi, hasch hoha B'such? Grüß Gott die Herrschaften!', hat se angeblich gesagt. So frech kenn i die garnicht. Der Nachbar hat aber bloss mürrisch zurückgewunken und die Herren eilig in den Hausgang gebeten. Was die wohl mit dem Willi geschwätzt hen?« Inge beschäftigte diese Frage offensichtlich noch immer. Frau Schaffig hatten die Schilderungen ebenfalls zu denken gegeben. Momentan war aber wirklich keine Zeit, sich näher damit zu beschäftigen.

Die Anzugträger hatten erreicht, was sie wollten. Kamen sie erst einmal ins Haus und saßen in der Küche, war der Rest einfach. Sie beherrschten ihren Job perfekt. Doch einer der Männer zögerte dieses Mal das Haus zu betreten. Er gab seinem Kollegen ein unauffälliges Zeichen. »Helmut, mach das hier bitte allein, du weißt schon, ich muss da die eine Kundin mit dem Premiumgrundstück etwas spezieller behandeln. Sie zickt noch rum«, flüsterte er seinem Kollegen zu. Widerwillig und verärgert stimmte dieser zu. In letzter Zeit hatte sein Kollege andauernd solche ›Spezialfälle‹ und er konnte die ganze Drecksarbeit alleine machen.

3

Im Leben von Fritz Lichtner, dem Leiter der Kriminaltechnischen Untersuchung und passionierten Spurensicherer, hatte sich vieles verändert. Er war, quasi aus heiterem Himmel, zum Vater einer sechzehnjährigen Tochter geworden. Bis sie eines Abends vor seiner Tür gestanden war und ihn mit »Hallo Papa« begrüßt hatte, wusste er nicht, dass er überhaupt ein Kind gezeugt hatte. Die Mutter seiner Tochter war an Krebs gestorben und für ihn hatte sich sein bis dahin sehr genüssliches Junggesellendasein grundlegend geändert. Er war zum eifrigen Leser einschlägiger Jugendmagazine geworden. SWR3, Viva und MTV gehörten zwischenzeitlich zu seinen bevorzugten Medienereignissen. Seine Einkäufe führten ihn nur noch selten in Feinschmeckerläden, Vinotheken und seinen geliebten Whiskeyladen. Anstatt Pasta à la Lichtner gab es Spaghetti mit Tomatensoße, Fischstäbchen, Currywurst und Hamburger. Das zumindest waren die Lieblingsgerichte seiner Tochter. Ein Aspekt ihrer Beziehung, den Lichtner intensiv bedauerte.

Er nahm seine Vaterrolle überaus ernst. Hin und wieder wirkte er allerdings erleichtert, wenn er endlich in seinem Büro saß. Bei aller Vaterliebe brauchte er diese Pausen vom ›Vatersein‹. An diesem Morgen war die Vaterpause besonders dringend gewesen. Sein leidender Blick sprach Bände. Er sah übernächtigt aus, war unrasiert, die letzten Reste seiner einstigen Lockenpracht wirkten arg zerfleddert. Seine Mitarbeiterin sah in besorgt an. Grußlos ging er an ihr vorbei zu seinem Schreibtisch und ließ sich in seinen Sessel fallen. Er öffnete den Unterschrank, holte einen mundgeblasenen Cognacschwenker heraus. Bedächtig schenkte er sich einen großen Schluck Apfelbrand aus dem Ermstal ein. Im Fass gelagert, kräftiges Goldgelb mit feinem Aroma, gebrannt aus Jahrgangsobst, sortenrein. Lichtner würdigte das edle Getränk keines weiteren Blickes, verzichtete sogar auf die sonst übliche Schwenkzeremonie und stürzte den Apfelbrand in einem Zug hinunter. Mit einem Seufzer lehnte er sich in seinem Stuhl zurück und schloss die Augen. Soweit war es mit ihm gekommen. Am hellen Vormittag brauchte er einen Schnaps, um wieder einigermaßen klar zu werden. Das konnte so nicht weitergehen.

Seine Mitarbeiterin machte sich jetzt ernsthaft Sorgen und fragte ihn, ob sie irgendwie behilflich sein könne. Lichtner zögerte einen Moment. Seine Stimme war mehr ein verzweifeltes Flüstern und nicht der sonore, angenehme Basston.

»In meinem Bad war heute Morgen ein junger Mann.«

Seine Assistentin hielt die Luft an. Ihr Chef hatte offensichtlich Männerbesuch gehabt. Sein Äußeres deutete auf eine wilde und kurze Nacht hin. Zuerst war die Studentin etwas verunsichert, da sie ihren Chef bisher als großen Verführer des weiblichen Geschlechts kannte.

»Das ist doch kein Problem, Chef. Jeder wie er es mag«, versuchte sie die peinliche Situation herunterzuspielen. Lichtner überhörte ihre Bemerkung.

»Er war splitterfasernackt!«

In diesem Moment war aus dem Nebenraum ein Telefonklingeln zu hören. Sie zuckte bedauernd mit den Schultern und beeilte sich, ans Telefon zu kommen. Ein anzügliches Grinsen konnte sie sich allerdings nicht verkneifen. Ihre Bemerkung beim Verlassen von Lichtners Büro: »Manche brauchen halt etwas länger, bis sie wissen, was sie wollen«, hörte Lichtner nur mit einem Ohr. Fast hätte er sich an seinem Apfelbrand verschluckt. Glaubte diese Person etwa, dass er sich mit jungen Knaben vergnügte? Auf diesen Schock schenkte er sich einen zweiten Apfelbrand ein. Lichtner blickte düster vor sich hin. Es war ihm egal, was die Leute von ihm dachten.

Doofe Ziege, was weiß denn die schon, wie es mir geht. Die hat ja keine Ahnung, was es bedeutete, wenn ein wildfremder Mann die Nacht mit der eigenen Tochter verbringt und am nächsten Morgen nackt im väterlichen Bad steht. Lichtner konnte sicherlich nicht von sich behaupten, dass er prüde oder leidenschaftslos war. Bei der eigenen Tochter war das jedoch etwas anderes. Wenn dieser Schönling seiner Tochter das Herz bräche, würde er ihm seine Meinung sagen. Hochkant rausschmeißen würde er ihn. Lichtner schaute wild entschlossen vor sich hin. Vatersein konnte manchmal grausam sein. Diese Stimmung war genau richtig, um die Aktenberge auf seinem Schreibtisch zu besiegen.

Emilie Berta Lämmle erreichte mit ihrer Wandergruppe das Bleichstetter Backhaus.

»Guten Tag, Frau Schaffig, Ihr Backhaus raucht ja noch wie frisch geschürt! Sie erinnern sich bestimmt an unser Telefonat. Ich habe mich mit einer hungrigen Wandergruppe bei Ihnen angemeldet. Wir machen einen Ausflug zum Rutschenbrunnen und weiter über den Uracher Wasserfall ins Maisental. Würden Sie meinen Gästen etwas zum Backhaus erzählen und uns von Ihrem guten Brot welches verkaufen?«

Die Backfrau stellte sich breit in die Eingangstür und versuchte den Blick in den Innenraum zu verdecken. Emilie sah Frau Schaffig fragend an.

»A Brod han i scho. Fascht frisch. Aber schmecka duads grad so guad.« Frau Schaffig versuchte gelassen zu wirken. Ihre Stirn glänzte feucht und ihre Augen zuckten nervös.

»Ist alles in Ordnung, Frau Schaffig?«, fragte Emilie vorsichtig.

»Ha, so wia älle Täg. Monnamorga ond viel ond grad gnuag Gschäfd.«

Emilie fühlte, dass Frau Schaffig ihr etwas vormachte. Hier war gar nichts in Ordnung. Sie wollte nochmals nachfragen, da drehte sich die Backfrau unvermittelt um, schloss die Backhaustür und kam kurz darauf mit drei Laib Brot auf dem Arm zurück.

»Des passt so, Frau Lämmle. Ond bis zom nächschda Mal. Mein Backhausvortrag muss heut leider ausfalla. Mir isch heit owohl.« So kurz angebunden war Irmhild Schaffig noch nie gewesen. Sonst mochte Emilie ihre bodenständige und manchmal ruppige Art. Emilie steckte ihr Geld wieder ein und zuckte mit den Schultern.

»Wenn ich Ihnen helfen kann, rufen Sie mich einfach an. Meine Handynummer müssten Sie haben, oder?«

»Scho rächd, Frau Lämmle. ’S god scho. Ond mit dem Brot, des isch so in Ordnung. ’S isch ja ned ganz von heid.«

Emilie verabschiedete sich und wandte sich ihrer Wandergruppe zu.

»Der Backfrau geht es heute nicht gut. Wir wandern weiter zum Rutschenbrunnen. Dort vespern wir und ich erzähle Ihnen Backhausgeschichten von der Alb.« Dabei hob sie ein Backhausbrot hoch. Das Wort ›Vesper‹ und der Anblick des

Brotes besänftigten die Enttäuschung der Wanderer. Eigentlich hatte Emilie ihnen eine Besichtigung des Backhauses und ein Schwätzle mit der Backfrau versprochen. Dass es auch keine Dinnete gab, wie Emilie in Aussicht gestellt hatte, war schon fast vergessen.

Erleichtert atmete Frau Schaffig auf. Das war geschafft. Frau Lämmle hatte zwar etwas bemerkt, aber nicht weiter nachgefragt. Eilig holte sie nochmals ihr Handy aus dem Kittelschurz und wählte die Nummer ihrer Freundin Rose. Als die Mailbox zu hören war, legte sie auf. Ratlos lehnte sie sich an den Türrahmen und beobachtete dabei, wie die Nachbarin ihren Posten am Fenster verließ. Bald würde diese ihr wieder neugierig und besserwissend Gesellschaft leisten, damit ihr nichts von den seltsamen Vorkommnissen im Backhaus entging. Irmhild wählte Roses Festnetznummer. Es dauerte eine Weile, bis endlich jemand ans Telefon ging. Roses Mann meldete sich mit undeutlicher Stimme. Sie bemerkte sofort, dass er betrunken war. Die Frage nach seiner Frau beantwortete er schreiend: »Koi Ahnung, wo sich des Luder rumtreibt. Wenn i die erwisch, i schlag se tod. Mir langt's.«

»No langsam Wolfgang. So schnell machschd du der Rose nix meh. 'S ledsche Mal war oimal z'viel? Haschd du der Rose ebbes do? D' Nochbere vom Backhaus hod di gseha ond vor allem g'hört!«

Am anderen Ende der Leitung war es still geworden. Die Stimmung von Wolfgang Allgaier schlug von Aggressivität in Jammern um.

»I han es ed wella. G'sucht han i se. In ledschder Zeit war se nemme oft drhoim. Immer hot se Termin oder B'such ghet. No ben i nom ens Backhaus, da isch se no gwea. I han g'seit, se soll hoimkomma. Do hot se bloß g'lacht. No han i halt a bissle nochgholfa.«

Frau Schaffig unterdrückte die Wut in ihrem Bauch, um einen klaren Kopf zu behalten.

»So, du hondsliadricher Saubachel. ›Nochg'holfa‹ hoißt mer des. Ond des Blut em Backhaus? Des isch bloß ›a bissle Nochgholfa‹ gwea?«

»'S duad mer ja leid, i han des ed wella, ehrlich!«, jammerte Allgaier.

»Ond no. Isch se mit hoim? Oder isch womöglich ebbes Schlemmers passiert?«

»Wie moinsch du des? Es isch nix passiert. Blärret hot se halt. I han se hocka lau und ben en Hirsch nom.«

Frau Schaffig war sprachlos. Wutentbrannt brach sie das Gespräch ab. Sie glaubte Wolfgang Allgaier kein Wort. Das viele Blut passte nicht zu seiner Schilderung der Ereignisse. Er musste seine Frau schwer verletzt oder ihr sogar noch Schlimmeres angetan haben. Und danach war dieser brutale Suffkopf in die Wirtschaft gegangen. Als ob nichts geschehen wäre. Erschöpft lehnte sich die Backfrau gegen die Wand des Backhauses und schloss die Augen.

»Mit wem hasch denn du telefoniert? Du zitterschd ja am ganzen Leib ond bisch käsweiß. Brauchsch a Schnäpsle? Jetzt hock di doch erschd amol na, Irmhild.«

Die Nachbarin holte besorgt einen Schemel aus dem Backhaus.

»Mit dem Ma von d'r Rose han i telefoniert. So ein liaderlicher Lompp, so ein liaderlicher. Angeblich woiß er au ed, wo d'Rose isch. Was isch dahanna am Wochenende em Backhaus eigentlich los gwea? Du muschd doch ebbes g'hört han?«

»I han doch g'seit, bei Nacht schlof i. Aber so um ächte rom, am Sonndich, da han i ebber schreia hera.«

»Ond hasch guggt, was gwea isch?«

»Hanoi, so wonderfitzig bin i no au ned, dass i wega jedem Katzagschroi auf d'Gass schpreng!«, gab sich die Nachbarin entrüstet.

»Schon rächd, Inge. Nix für ungut. Sei doch ed glei eigschnappt!«

Irmhild Schaffig wusste nicht, was sie tun sollte. Das ungeklärte Schicksal ihrer Freundin ließ sie keinen klaren Gedanken mehr fassen. Im Backhaus herrschte Chaos, ihr Brotteig stand noch immer im Backwägele neben dem Backhaus. Sie musste ihren Mann anrufen. Er wusste bestimmt einen Rat, was sie jetzt tun sollte. Nachdem sie ihm alles erzählt hatte, versprach er, sofort zu kommen. Bis dahin sollte sie erst einmal nichts unternehmen. Frau Schaffig war erleichtert und überlegte für einen kurzen Moment, trotzdem die Polizei anzurufen. Doch als sie ihre volle Teigschüssel erblickte, verwarf sie diesen Gedanken wieder. Wenn die Polizei erst einmal da war, kam sie bestimmt nicht mehr zum Backen. So einen guten Teig konnte man nicht verkommen lassen. Bis ihr Mann kam, würde der Ofen heiß und das erste Brot bereits eingeschossen sein. Eine schwäbische Backfrau ließ schließlich nichts verkommen, Blutflecken hin, Blutflecken her.

4

Der Bürgermeister von St. Johann ging in der Früh gerne zu Fuß ins Büro, zumindest bei schönem Wetter. Denn seine zweite Berufung und Leidenschaft galt dem Chorgesang. Nicht selten nutzte er den morgendlichen Gang ins Büro für Gesangsübungen. So auch an diesem Morgen. Gutgelaunt erreichte er sein frisch restauriertes Rathaus, hielt für einen Moment inne und blickte mit gerunzelter Stirn hinauf zum Fenster seines Amtszimmers. Es würde ein anstrengender Tag mit vielen Terminen werden. Auf dem Weg zur Eingangstür fiel sein Blick auf einen PKW, der jetzt schon auf dem Rathausparkplatz stand. Darin saß ein Mann, den Kopf nach hinten an die Kopfstütze gelehnt. Der Bürgermeister nickte kurz höflich und brummelte ein ›Guten Morgen‹ in Richtung des Wartenden. Der konnte noch ein kleines Schläfle machen.

Jetzt lauern sie mir schon frühmorgens vor dem Rathaus auf. Warum musste ich Seggel bloß diesen Blödsinn mit dem Bioenergiedorf anfangen, dachte der Bürgermeister und öffnete die Tür des Rathauses.

Im Büro angekommen, stand wie gewohnt ein Kännle Tee auf dem Schreibtisch. Seit einiger Zeit trank er eine Albkräuter-Mischung, die seiner Stimme merklich gut tat. Nachdenklich ging er mit der Teetasse in der Hand zum Fenster.

Wo sollte diese Geldgier noch hinführen?, fragte er sich im Stillen. Er hatte nicht erwartet, dass diese Idee so einen Wirbel verursachen würde. Die Windkraftanlagenbauer gaben sich bei manchen Grundstücksbesitzern die Klinke in die Hand. Auf dem Rathaus stand das Telefon nicht mehr still. An den Stammtischen wurde von immer abenteuerlicheren Summen für Ackerland und Windkraftstandorte berichtet. Allein in den letzten drei Monaten waren vier Bauanträge für Biogasanlagen eingereicht worden. Wo sollte das hinführen?

Bürgermeister Sängerle blickte sorgenvoll aus dem Fenster. Das Auto stand noch immer unten vor dem Rathaus. Der Mann saß regungslos auf dem Fahrersitz. Neben ihm lag eine offene Aktenmappe. Im Fussraum sowie auf dem Beifahrersitz lagen einzelne Aktenblätter. Vermutlich hatte der Mann sich noch seine Unterlagen angesehen und war darüber eingeschlafen.

Auf was wartet der eigentlich noch?, überlegte Sängerle.

»Frau Maierle«, rief er seiner Sekretärin nach draußen zu, »Frau Maierle, hab ich jetzt gleich einen Termin? Da steht einer auf dem Parkplatz und wartet.«

»Herr Bürgermeister Sängerle, in zehn Minuten, um halb zehn Uhr, mit einem Herren aus Bornheim. Er würde gerne ...«

»Einen Windpark bauen, der unseren Gemeindehaushalt sanieren könnte!«, fiel ihr der Bürgermeister ins Wort, »ich kann es nicht mehr hören, diese scheinheiligen Wohltäter mit ihrem salbungsvollen G'schwätz.« Sängerle verdrehte die Augen.

Missmutig machte er sich über den Aktenstapel und die Unterschriftenmappe auf seinem Schreibtisch her. Seine Sekretärin kam herein, um die weiteren Tagestermine mit ihm abzustimmen. Heute Nachmittag stand noch der Besuch bei einem 85. Geburtstag an und ein Abstecher zum Seniorennachmittag.

Es war 9:30 Uhr. Der Windkraftmanager aus Bornheim bei Bonn ließ auf sich warten. Zehn Minuten würde er dem Windbeutel noch geben, dann hatte er seine Chance auf ein Gespräch vertan und könnte unverrichteter Dinge wieder abreisen.

9:40 Uhr. Es klopfte an der Tür seiner Vorzimmerdame. Sängerle blickte auf seine Armbanduhr. Gerade noch rechtzeitig. Er legte seine Unterlagen zur Seite auf den großen Stapel.

Der Hausmeister Frieder Bächtle von der Schule begrüßte Frau Maierle im Vorzimmer und stürmte ohne eine Antwort abzuwarten in Richtung des Büros seines Chefs. Den Hinweis, dass der Bürgermeister gleich einen Termin hätte, ignorierte er. Wenn sich Frieder Bächtle etwas in den Kopf gesetzt hatte, dann verfolgte er sein Vorhaben unbeirrt und stur. Meistens hatte er damit Erfolg.

»Saget Se a mol Schultes, was isch eigenlich aus meim Rasamähdraktor g'worda? Müsset Se den erscht no konschtruira? I muss demnächst meine Schof uffd Schulwies treiba, so siehts do aus! Ond meine Ärm machet des ewige Geschiebe von dem Spielzeigrasamäher au nemme mit.«

Der Bürgermeister winkte den Hausmeister zu sich und zeigte hinunter auf den Daimler mit dem wartenden Mann.

»Bevor mir über deinen Rasenmäher schwätzed, weck den da unten mal auf, der schläft, seit ich da bin.«

»Derf der des denn ed? Isch vor dem Rathaus schlafen verboten. Drinna derf mr´s doch au!«, sagte Bächtle frech. Aber der Bürgermeister war den bissigen Humor des Hausmeisters gewohnt.

»Wehret den Anfängen, wenn heute einer hier schläft, sind

es morgen vielleicht schon zwei und in einer Woche drei oder noch mehr. Was denken nur die Bürgerinnen und Bürger, wenn vor dem Rathaus geschlafen wird? Also, auf geht's, Bächtle!«

Der Hausmeister ging murrend aus dem Büro. Lustlos schlurfte er zu dem Fahrzeug, stellte sich neben die Fahrertür und schlug zweimal kräftig mit der flachen Hand auf das Autodach. Der Bürgermeister stand am geöffneten Fenster und zuckte bei dem laut klatschenden Geräusch zusammen. Gespannt wartete er, was passieren würde. Es geschah aber überhaupt nichts.

»Bächtle, schau nach, ob eine Tür offen ist. Da stimmt was nicht!« Der Hausmeister wandte seinen Kopf nach oben, grinste seinen Chef an.

»D'r Kerle wird zu sei wia a Haubitz. Sonschd wärer an sei Autodach nuffgjuckt bei dem Schlag. Mei Wegger hat doch grandamäßig guad g'scheppert!«

Er drehte sich wieder zum Daimler um und zog am Türgriff.

»Chef, der isch ...«, der Hausmeister konnte den Satz nicht mehr zu Ende sprechen. Als er die Autotür geöffnet hatte, kippte der Mann seitlich aus dem Wagen und fiel gegen die Beine des Hausmeisters. Dabei drehte er sich auf den Bauch und blieb regungslos liegen. Auf seinem Rücken war ein großer dunkler Fleck. Der Fahrersitz mit Blut verschmiert.

»I han nix doa, Chef!«, schrie der Hausmeister voller Entsetzen nach oben.

Der Bürgermeister eilte bereits die Treppen hinunter. Sein Gefühl hatte ihn nicht getrogen. Hier stimmte etwas überhaupt nicht und diese Woche begann denkbar schlecht.

5 Die Wandergruppe hatte inzwischen den Rutschenbrunnen erreicht, und es war endlich Zeit für das Rucksackvesper. Emilie war weithin bekannt für das hervorragende Vesper auf ihren geführten Wanderungen. Vermutlich gingen der eine oder andere nur mit, um in den Genuss der schwäbischen Spezialitäten auf einem idyllischen Rastplatz zu kommen. Die Wanderer hatten auf ein paar gefällten Baumstämmen Platz genommen. In der Mitte stand ein überdimensionales Vesperbrett auf dem allerlei schwäbische Spezialitäten angerichtet waren. Verschiedene Wurstsorten von Leberwurst bis hin zum Schwartenmagen, dazu ein paar Albkäse und reichlich Vitamine in Form von Radiesle, Rettichen und Gurken. Man griff allseits hungrig zu. Wie versprochen, ein idyllisches Albvesper, dachte Emilie Berta Lämmle. Aber es dauerte nicht lange, bis ein entsetzter Aufschrei die Idylle störte.

»Bitte nicht schon wieder eine Schnittwunde vom Brotschneiden«, dachte Emilie insgeheim.

Doch dieses Mal floss kein Blut, niemand fiel in Ohnmacht. Die Aufregung galt einem Stück Metall, das eine Frau auf ihrer ausgestreckten Handfläche präsentierte. Als dann einer aus der Gruppe, »es ist eine Pistolenkugel, es ist eine Pistolenkugel!« hysterisch zu schreien begann, brach das Chaos aus. Die Brotaufschneiderin mit der ausgestreckten Hand echauffierte sich immer noch mehr und kam sich ungeheuer wichtig vor. Sie erzählte lautstark, dass sie zwar das Löchle im Brot gesehen, aber sich nichts dabei gedacht hätte. Der ›Pistolenkugelrufer‹ entwickelte sich atemberaubend schnell zum renommierten Waffenexperten, der seine fundierten Kenntnisse auf ausgiebigen Studium von Westernfilmen und Fernsehkrimis gründete.

Ein Grüppchen dachte laut darüber nach, ob die Kugel, bevor sie ins Brot gelangt war, vorher einen Menschen oder ein Tier durchschossen hatte. Diese Spekulationen führten bei einigen Gruppenmitgliedern zu plötzlichem Unwohlsein und leichter Hyperventilation.

Emilie hatte sofort erkannt, dass es sich um eine Geschosskugel handelte. Es würde mit Sicherheit nicht lange dauern, bis die aufgebrachte Menge über sie herfiel. Sie hörte bereits die Rufe ›Geld zurück‹, ›Unverschämtheit‹, ›Anzeige‹. Das ging heutzutage schnell. Allerdings konnte sie in diesem Fall das Entsetzen ihrer Gäste sogar verstehen. Eine Kugel im Brot! Irgendetwas musste im Backhaus geschehen sein. Deshalb war Frau Schaffig so abweisend und hatte noch kein frisches Brot gebacken. Wie die Kugel wohl in das Brot kam?

»Sie, Frau Lämmle, könnten Sie uns bitte erklären, wieso in dem von Ihnen so hochgelobten und empfohlenen Backhausbrot eine Kugel steckt? Hat man das auf der Alb so?«

Die ersten Wandergäste forderten eine Erklärung. Emilie ignorierte die Aufforderung.

»Würden Sie mir bitte dieses Stück Metall geben?«, wandte sie sich an die Brotaufschneiderin. Noch immer präsentierte diese die Kugel wie eine Trophäe mit ausgestrecktem Arm auf ihrer flachen Hand. Ehe die Angesprochene reagieren konnte, nahm sich Emilie schnell die Kugel und steckte sie ihn ihre Hosentasche. Verblüfft sahen sie die Umstehenden an. Emilie nutzte diesen Moment.

»Bevor Sie sich weiter aufregen, erkläre ich Ihnen, wie Sie ins Maisental kommen. Dort wartet der Bus auf Sie und bringt Sie wieder zum Lautenschlagerhaus zurück. Die Kugel ist als Beweisstück beschlagnahmt. Bevor ich es vergesse, die Wurst vom Fallenschütz, vom Hof Münchle in Hochberg und der Käs von den Albbüffeln schmecken auch hervorragend ohne Brot. Lasst es euch schmecken, ich muss jetzt ganz dringend noch mal zurück zum Backhaus nach Bleichstetten!«

Die Wanderer sahen Emilie vollkommen fassungslos an. Sie war sich ihrer Dreistigkeit durchaus bewusst und hoffte, später eine Erklärung nachliefern zu können. Im Moment war es definitiv wichtiger, die seltsamen Vorgänge im Backhaus in Bleichstetten zu klären.

Während sie eilig zurücklief, versuchte sie telefonisch Lichtner zu erreichen. Sie benötigte dringend seine Hilfe. Im Backhaus in St. Johann-Bleichstetten hatte es möglicherweise einen Mord gegeben. Zumindest fanden sich üblicherweise keine Kugeln im Brot und im Backhausbrot schon gar nicht. Hatte die Kugel irgendjemanden verletzt? Wo war dieser Jemand jetzt? Emilie gingen die wildesten Gedanken durch den Kopf. Es scheint wieder ein Fall zu werden, dachte sie noch, als sie schließlich das Backhaus erreichte. Irmhild Schaffig war gerade dabei, die Spuren mit schwäbischer Gründlichkeit wegzuwischen.

Lichtner nahm genüsslich einen tiefen Zug aus seiner Havanna, als das Telefon auf seinem Schreibtisch klingelte. Mühsam erhob er sich aus seiner sehr entspannten Fenster-Rauch-Position, legte die Zigarre behutsam in den Aschenbecher und holte das Mobiltelefon von seinem Schreibtisch.

Wer wagt es, mein mühseliges Aktenstudium zu stören, dachte er sich noch, als er bereits Emilies atemlose Stimme am Telefon vernahm.

»Hier ist Emilie, einen wunderschönen Guten Morgen, ›Papa Lichtner‹. Ich brauche ganz dringend deine Hilfe.«

»Rühre nicht in meiner morgendlichen Vaterwunde, du atemloser Traum meiner schlaflosen Nächte. Hast du schon wieder Knochen gefunden. Langsam wird es lästig, Emilie.« Lichtner befand sich in einer so miserablen Stimmung, dass er sich noch nicht einmal für Knochen interessierte.

»Keine Knochen, hundertprozentig keine Knochen. Dieses Mal steckte eine Bleikugel in einem Brotlaib und vermutlich gibt es im Backhaus in Bleichstetten einige Spuren, die dich interessieren könnten! Wetten?«

»Ist der Grießinger bereits informiert?«

»Nein! Noch gibt es keine Leiche und so frühmorgens ertrage ich diesen Menschen nicht. Seine Sprüche und seine spöttische Ader nerven mich.«

Lichtner musste grinsen, war aber nach wie vor nicht bereit, sich seine Tagesplanung über den Haufen werfen zu lassen.

»Ohne Grießinger, kein Lichtner. Du weißt, Emilie, gegenüber Kollegen bleibe ich fair und außerdem gibt es einen Dienstweg.«

»Soll ich jetzt etwa den Reitzle anrufen, damit er dich anruft und du dir das Backhaus wenigstens ansiehst? Mach dich nicht lächerlich, du faule Mimose.«

Emilies Worte verfehlten ihre Wirkung nicht.

»Dein Charme ist unwiderstehlich. Allerdings komme ich in meiner Freizeit ausschließlich aus privatem Interesse, nach Bleichstetten. Haben wir uns verstanden? Und du schuldest mir mindestens ein Mittagessen beim Autenrieth. Denn schließlich lasse ich für dich Lachstortelini bei Francesco sausen. Eine Sünde!«

6

Langsam öffnete sich die Bürotür der Mordkommission. Grießinger und Baisch blickten erstaunt auf. Baisch wollte gerade seinen Chef über die Probleme seines Kollegen informieren, da betrat Haible mit einem knappen »Morga« das Büro. Als ob nichts weiter gewesen wäre, ging er schlurfend zu seinem Schreibtisch. Seine dunklen Augenringe, die Bartstoppeln und die ungekämmten, strähnigen Haare zeigten, in welch schlechter Verfassung er war.

»Guada Morga, Kollege. Ka mr schon auf sei?« Grießingers Ton klang herausfordernd und zynisch.

Haible ignorierte den Tonfall seines Chefs und tat geschäftig.

»Was liegt an, Kollegen? War was los am Wochenende?« fragte er mit rauher Stimme.

Baisch verdrehte die Augen. Sein Kollege hatte eine deutlich wahrnehmbare Fahne. Das würde Folgen haben. Während ihrer einstigen ›offiziellen Vesperpausen‹ hatten sie zwar hin und wieder einen verdünnten Most oder ein ganz leichtes Weinschorle getrunken, aber niemals so viel, dass es ihre Arbeit beeinträchtigt hätte. Grießinger vertrat unmissverständlich den Standpunkt, dass er jeden sofort vom Dienst suspendierte, der alkoholbedingte Ausfallerscheinungen zeigte. Seit ihr Oberchef Reitzle das Vespern dienstlich untersagt hatte, stand auf ihren Schreibtischen nur Reutlinger Sprudel.

Der Kriminalhauptkommissar reagierte jedoch vollkommen unerwartet. Er rümpfte zwar die Nase und sein Blick verfinsterte sich, aber statt einer Standpauke, antwortet er durchaus freundlich:

»Bei uns ist es ziemlich ruhig gewesen, Haible. Jetzt gugsch mal, was auf deinem Schreibtisch zu tun ist und anschließend machen wir ein ›Schubladenvesper‹. Dabei zwinkerte er Haible verschwörerisch zu.

Baisch war irritiert. Was war mit seinem Chef los? Der begann eine beschwingte Melodie vor sich hin zu pfeifen und studierte vollkommen gelassen die Akten ihres letzten Falles. In Grießinger brodelte es zwar gewaltig, aber die Neugier hatte gesiegt. Er wollte unbedingt wissen, was der Grund für Haibles Zustand war. In den letzten Jahren ihrer Zusammenarbeit hatte er ihn zwar öfters übermüdet erlebt. Meistens waren daran aber irgendwelche Gleisarbeiten an seiner Modelleisenbahn verantwortlich gewesen. Einmal war Haible sogar im Schaffkittel und mit Schaffnermütze ins Büro gekommen. Mit Alkoholfahne war er allerdings noch nie zum Dienst erschienen. Grießingers Ermittlerinstinkt war geweckt, auch wenn es sich um seinen eigenen Kollegen handelte. Aber zugeben würde das der Kriminalhauptkommissar natürlich nicht.

Baisch wartete gespannt, was weiter passieren würde. Nach einer Weile legte Grießinger seine Akten weg und zog die

Schreibtischschublade auf. Das Zeichen für den Beginn des gemeinsamen Schubladenvespers.

»Hosch du dir au a Vesper mitgebracht, Haible?« Grießinger wusste genau, dass sein Kollege kein Vesper dabei hatte.

»Du kasch fei gern von mir ebbes han. I hätt a wunderbares Rauchfleischle ond a Stückle Schwarzwurscht vom Münchhof aus Hochberg. Wenn du willsch, hät i au no a Essiggürkle ond a Radiesle. I sags dr, so ebbes guads ond so g'sond!«

Jetzt war Baisch vollkommen fassungslos. Sein Chef teilte sein Vesper mit Haible. Einfach so. Unvorstellbar. Grießinger führte etwas im Schilde. Haible wirkte verunsichert, aber schließlich siegte der Hunger. Seit gestern Mittag hatte er nichts mehr gegessen. Schwerfällig erhob er sich und wollte gerade zu Grießingers Schreibtisch hinübergehen, das stand sein Chef ebenfalls auf. Er nahm sein Vesperbrettle aus der Schublade und balancierte es, mitsamt dem ansehnlichen Stück Rauchfleisch, der Schwarzwurst und den Essiggurken hinüber zu Haibles Tisch.

»Ich komme zu dir rüber Haible, dann vespern wir auf dem Tisch und nicht hählinga in der Schublade. Der Reitzle ist heute Morgen außer Haus. Der trainiert schon wieder für so ein Hasarenna. Quer durch Berlin will der springen.«

Der Spott in seiner Stimme war nicht zu überhören.

»Baisch, kommst du auch zu uns. Dann ist es doch viel gemütlicher.« Kriminalkommissar Baisch schüttelte nur den Kopf über so viel Fürsorglichkeit seines Chefs. Vorsichtig holte er sein Vesper aus der Schublade und trug das Brettle mit Hausmacher Leberwurst und einem Stückle Leberkäs vorsichtig zum Tisch seines Kollegen.

Grießinger sah den beiden eine Weile beim Vesper zu. Der Verzicht auf sein geliebtes Rauchfleisch schmerzte ihn bitter, aber er tröstete sich damit, dass sich das Opfer vermutlich lohnen würde.

»Das Vesper tut gut, Haible, oder? Wenn der erste Hunger rum isch, no isch mer doch wieder so richtig Mensch?«

»Scho,« war alles, was Haible zwischen zwei dünnen Streifen Rauchfleisch hervorbrachte. Dann kaute er genüsslich weiter.

Du verdienst dir des Rauchfleisch noch, dachte sich Grießinger grimmig.

»Haible, du willst mir doch bestimmt erzählen, warum du heute Morgen so spät ins Büro gekommen bist, oder?«

Grießinger vermutete, dass Haibles Ehe in ernsthaften Schwierigkeiten steckte. Baisch hatte Andeutungen gemacht, aber jedes Mal waren sie unterbrochen worden. Die vielen Überstunden, Nachtarbeit, die Wochenenddienste, schlechte Bezahlung und nicht zuletzt die Angst der Ehefrauen, dass ihre Männer nicht mehr nach Hause kommen könnten, zermürbte die besten Beziehungen. Er wusste nicht so recht, falls es sich um Eheprobleme handelte, was er seinem Kollegen sagen sollte. Seine Martha und er waren seit Jahrzehnten glücklich verheiratet. Natürlich war es keine leidenschaftliche Beziehung mehr, wie am Anfang, als sie sich heimlich im Heuschober getroffen hatten, aber außer einiger kleineren Differenzen empfand er seine Ehe als sehr harmonisch. Seine Frau war für den Haushalt und die Kindererziehung zuständig. Er verdiente das Geld. Sie wusste, welches Vesper er mochte und sie machte den zweitbesten Sonntagsbraten, den er jemals gegessen hatte. Nur an den Braten seiner Mutter und deren Kartoffelsalat, da kam sie nicht ganz heran. Ein Umstand, den er seiner Frau jedoch längst nachgesehen hatte.

Haible rückte verlegen auf seinem Stuhl hin und her.

»Chef, des isch so…«, begann er und knetete dabei nervös seine Finger.

In diesem Moment klingelte wieder das Telefon. Grießiger war erleichtert. Endlich Arbeit. Sein alter Kollege vom Polizeirevier Münsingen war am Apparat. Es gab einen Toten in St. Johann Würtingen vor dem Rathaus. Aufmerksam hörte Grießinger zu und machte sich mit dem Bleistift Notizen in sein altes Vokabelheft. Seine Frau hatte bei einer Geschäftsauflösung kartonweise alte Schreibhefte sehr günstig erstanden. Haible saß verzweifelt und müde an seinem Schreibtisch. Sein Chef hingegen war voll Tatendrang und überlegte, wie er Haible erklären sollte, dass er bei diesem Einsatz besser im Büro bleiben und Baisch mit nach Würtingen fahren würde.

»Haible, könnten wir heute ausnahmsweise deinen Wagen nehmen?«

»Noi.«

»Warum nicht?«

»Darum ned!«

»Haible, jetzt sag schon. Wir machen hier keinen Quiz.«

»Weil er halt in der Garage steht. Muss erst in die Werkstatt?«

»Schlimm?«

»Noi! Aber teuer.«

»Saublöd. Aber heut war es eh besser, dass du Bus gefahren bist, oder?«

»Wegen? Meinst du etwa, ich hätte nicht mehr fahren können?«

»Nicht direkt, ich mein halt, so müd wie du aussiehst, hätte ich …«

Wieder klingelte das Telefon. Sein Kollege aus Münsingen.

»Ist dein alter Strich 8 verreckt oder was?« Dieses Mal klang der Münsinger Kollege ziemlich genervt.

»Noi, der Haible ist besoffen«, erwiderte Grießinger ebenfalls genervt.

Das ist mir aber jetzt saublöd herausgerutscht, dachte sich Grießiger. Haible erhob sich und Baisch ahnte, was kommen würde. Er versuchte, seinen Kollegen noch zu beschwichtigen, aber Haible legte bereits los. Mit hochrotem Kopf stützte er auf den Schreibtisch seines Chefs zu. Lautstark versuchte er ihm klar zu machen, dass er weder betrunken, noch dienstunfähig sei und auch nicht beabsichtige, sich für heute dienstunfähig schreiben zu lassen. Außerdem stehe es Grießinger nach mehr als dreißig gemeinsamen Dienstjahren nicht zu, zu behaupten, er würde ›besoffen‹ zum Dienst erscheinen.

Baisch war aufgesprungen und versuchte, seinen Kollegen vom Tisch wegzuziehen um ihn zu beschwichtigen. Grießinger würde sich so etwas niemals gefallen lassen. Endlich gelang es Baisch, den Kollegen auf den eigenen Schreibtischstuhl zu setzen und seinen Redeschwall zu stoppen. Besorgt sah der Kriminalkommissar zu Grießinger hinüber. Er befürchtete das Schlimmste. Doch der blieb wiederum vollkommen gelassen.

»Scho rächd, Eugen. Wir zwei müssen das jetzetle nicht ausdiskutieren. Du hast halt eine ordentliche Fahne«

»Heimatsocka, i han halt mei Zahnbürste heut morgen nicht gefunden.«

Grießinger verdrehte die Augen. Einen Streit mit seinem Kollegen konnte er am Montagmorgen überhaupt nicht gebrauchen. Eigentlich konnte er sich auch nicht vorstellen, dass ausgerechnet Haible wissentlich betrunken zum Dienst erscheinen würde.

Baisch versuchte die Situation zu beruhigen: »Du Eugen, ich tät des heute für dich machen. Gestern war es scho spät bei dir und du hast doch auch noch einen Haufen Überstunden. Komm hau dich heute Morgen noch eine Weile aufs Bürosofa. Zum Mittag sind wir bestimmt wieder zurück.«

Grießinger reichte es allmählich. Sie mussten endlich losfahren, sonst würde der Münsinger Kollege noch mal anrufen.

»Bemitleiden und bemuttern könnt ihr euch nachher. Jetzt sollten wir mit Vollgas nach St. Johann und die Kollegen aus Münsingen bei dem Toten unterstützen. Baisch du wartest auf mich beim Daimler. Ich schau kurz beim Lichtner vorbei, nicht dass der sich nachher wieder beklagt, er wüsste von nichts. Und du Haible, nimmst dir jetzt deine Überstunden und schläfst aus. Hinten, bei mir am Waschbecken, liegt noch eine verpackte Zahnbürste!«

Emilie traute ihren Augen nicht, als sie die Backfrau mit Kittelschurz im Backhaus entdeckte. Irmhild Schaffig hatte aufgeräumt, die Blutspuren teilweise beseitigt, nur auf dem Boden und über dem Holzstapel sah Emilie noch die Leinentücher liegen. Frau Schaffig stand über eine Backschüssel gebeugt, mit beiden Händen im Teig.

»Was machst du eigentlich Irmhild? Das hier ist vermutlich ein Tatort, da kannst du nicht einfach backen!«

»Den Teig kann ich doch nicht verkommen lassen! 'S hat no genug Blutspuren auf dem Boden und i han bloß a bissle aufg'räumt und sauberg'macht!«

»Komm raus hier, wenn der Lichtner von der KTU kommt, ist hier der Teufel los. Das ist kein Gewöhnlicher, wenn es um Tatortspuren geht.«

Emilie zog Frau Schaffig am Kittelschurz von der Teigschüssel weg und schob sie sanft aber bestimmt zur Backhaustür. Dann entfernte sie noch eilig die Leinentücher und legte sie vor dem Backhaus in den Leiterwagen der Backfrau. In diesem Moment fuhr bereits Lichteres schwerer SUV vor.

Lichtner erreichte nach einer rasanten Fahrt mit seiner Assistentin das Backhaus, genau in dem Moment, als Emilie und Irmhild Schaffig zur Tür herauskamen. Der Verzicht auf sein Mittagessen bei Francesco war seiner Laune nicht unbedingt zuträglich gewesen. Eine schwäbische Backfrau, die einen Tatort mit einem Putzlappen verließ, bedeutete mit Sicherheit spurentechnisch eine Katastrophe. Ohne die sonst übliche, durchaus charmant-herzliche Begrüßung von Emilie stürmte Lichtner an den beiden Frauen vorbei und blickte misstrauisch in das Backhaus. Einen Moment dauerte es, bis er sich an das etwas schummrige Licht gewöhnt hatte. Lichtner schüttelte resigniert den Kopf. Dieser Tag hatte schlecht begonnen und wurde offensichtlich nicht besser. Unübersehbar war hier gebacken und geputzt worden. Wenn er Emilies schuldbewussten Blick richtig deutete, war dies alles geschehen, nachdem das Backhaus zum Tatort geworden war.

Entgegen seiner guten Manieren stieß er einen erzürnten Fluch aus. Mit Emilie war es schlicht unmöglich, nicht immer wieder in seltsame Geschichten mit den kompliziertesten Verwicklungen und Schwierigkeiten hineingezogen zu werden. Er fluchte ein weiteres Mal. Jetzt galt der Wutausbruch seiner eigenen Dummheit und Gutmütigkeit. Er hatte sich wieder einmal überreden lassen und stand jetzt mit zwei doppelten Apfelbrand im Blut und mehr oder weniger privat in der Tür eines Backhauses auf der Alb. Die große Blutlache auf dem Boden, die Putzspuren an den Wänden, der blutverkrustete Holzstapel. Ziemlich sicher handelte es sich um Menschenblut. Ziemlich sicher bedeutete das viel Arbeit. Seinen Koffer und Schutzkleidung hatte er vorsorglich immer dabei. Kurz und routiniert wies er seine Assistentin an, die wichtigsten Maßnahmen zur Tatortsicherung zu veranlassen. Wenn es darauf ankam, war Lichtner durch und durch Profi. Einer der Besten seiner Zunft.

Für Emilie hatte er an diesem Tag außer einem Brummeln keine Freundlichkeiten mehr übrig. Sie versuchte, ihn mit einem Lächeln aufzumuntern, was er jedoch standhaft ignorierte. Er begann routiniert mit der Arbeit, allerdings noch immer inoffiziell, quasi in privater Mission.

Komplizierte Spurenlagen und ungewöhnliche Tatorte waren eigentlich eine willkommene Herausforderung für ihn. Lichtner liebte es, auf Fachkongressen seine Fälle und Vorgehensweisen zu präsentieren. Europaweit genoss er einen fast legendären Ruf für seine Fähigkeit auch schlechteste Spurenlagen zu sichern und auszuwerten. An diesem Tatort allerdings fluchte er mehr als einmal laut und leidenschaftlich. So laut, dass Frau Schaffig hin und wieder zusammenzuckte und Emilie mit verzweifeltem Blick ansah. Diese lächelte sie beruhigend an. Sie kannte Lichtner bereits sehr lange und wusste, wie er zu besänftigen war.

Baisch klopfte seinem Kollegen Haible auf die Schulter, während ihr Chef bereits auf dem Weg zu Lichtners Büro war, um ihn von dem Mordfall in St. Johann zu verständigen.

»Warum bischd ned dahoim geblieben, Eugen.«

»Dahoim bleiba? Bei meiner Frau? Womöglich kommt ihr Neuer zu Besuch.«

Haible sah Baisch verzweifelt an.

»Dann bleibsch halt hier. Schließ die Tür ab, damit dich keiner stört. Ich bring dir was zum Mittag vom Metzger mit«

Grießinger hatte Lichtners Büro erreicht, aber niemanden angetroffen. Nachdenklich ging er zu seinem Kollegen Baisch auf den Parkplatz, der bereits beim Strich 8 wartete.

»Baisch, weißt du was mit dem Lichtner ist? Seit dem der Vater geworden ist, hat der es noch weniger mit der Pünktlichkeit wie sonst.«

»Vermutlich hatte er eine harte Nacht mit Vaterpflichten«, sagte Baisch grinsend.

»Pubertierender Nachwuchs ist anstrengender als seine amourösen Abenteuer. Ich könnte ihn auf dem Handy anrufen.«

»Wart no, Baisch, bis mir uns oben in Würtingen vor dem Rathaus die Leiche angesehen haben. Dann ist es noch zeitig genug.«

Wirklich unzufrieden war Grießinger nicht, dass er Lichtner nicht angetroffen hatte. So blieben ihm ein paar Minuten länger am Tatort, in denen er sich in Ruhe ein Bild machen konnte, bevor die Spurensicherung den Tatort übernahm. Lichtner duldete während seiner Arbeit außer dem eigenen Team niemand anderen am Tatort.

Grießinger fuhr mit Baisch über die L 380 die Eninger Steige hinauf. Eine echte Herausforderung für seinen Strich 8 und ihn selbst. Eine langgezogene Strecke mit anspruchsvollen Kurven und Kehren, Links-Rechts-Kombinationen, dazu die ständige Gefahr von Steinschlag.

Ortsauswärts ließ es Grießinger mit seinem Strich 8 gewohnt ruhig angehen. Zu ruhig für den nachfolgenden Verkehr. Die Streuobstbäume links und rechts der Straße zogen immer langsamer vorüber und Baisch ahnte bereits das Schlimmste. Von hinten hörte er einen alten Lanz-Bulldog herantuckern. Ein willkommener Anlass, seinen Chef anzufeuern und ihn zum Gas geben zu motivieren.

»Chef, hinter uns setzt ein Lanz-Bulldog D1906 mit gerade mal 19PS zum Überholen an und für die Spitzkehre da vorn solltest du vielleicht etwas mehr Schwung holen.«

»Baisch, wir sind doch nicht auf der Flucht. So einen schönen Bulldog lass ich mir nicht entgehen. Grießinger fuhr jetzt fast Schritttempo. Ohne Mühe zog der Lanz an ihnen vorbei und nahm mit Schwung die Spitzkehre, während Grießinger im letzten Moment zurückschaltete, noch einen Rennradfahrer vorbeiziehen ließ und dann wild kurbelnd die erste Kehre bezwang. Die folgende Steigung meisterten er und sein betagtes Gefährt mit Bravour und einer Spitzengeschwindigkeit von knapp dreißig Stundenkilometern. Der Lanz war wieder in Sicht und hatte schwer mit der Steigung zu kämpfen. Die zweite Spitzkehre nahte und Grießinger ließ sich etwas zurückfallen. Er hatte einen raffinierten Plan. Den Lanz wollte er sich in der Kehre schnappen. Dazu musste er notwendigerweise Anlauf nehmen, das Gaspedal bis zum Bodenblechle durchdrücken und gleichzeitig die Gegenfahrbahn beobachten, ob ein Fahrzeug von oben die Steige herunterkam. Baisch wurde es übel.

»Chef, du hast nicht vor, was ich vermute, oder? Es wäre nach der Kurve genug Platz zum Überholen.«

»Aber es wäre nicht so elegant und raffiniert. Die Helden meiner Jugend bei den legendären Bergrennen haben es immer so gemacht. Verwegen, sag ich dir.«

Baisch stöhnte auf. Grießinger und sein Daimler gaben alles. Im Scheitel der Spitzkehre passierten sie mit quietschenden Reifen den Lanz, dessen Fahrer fassungslos den Kopf schüttelte. Der Schwung trug den Daimler noch ein Stück die Steige hinauf, bis Grießinger wieder zurückschaltete, sich den Schweiß von der Stirn wischte und behutsam Gas gab.

»Ha Baisch, wie war ich?«, fragte er strahlend seinen Kollegen, der noch immer Todesangst in den Augen hatte.

Baisch atmete auf, als sie endlich das Rathaus in Würtingen erreichten. Der Münsinger Kollege hatte den Fundort der Leiche mit rotweißem Absperrband gesichert und hielt die Schaulustigen zurück. Der mächtige Bass, die buschigen Augenbrauen und seine kräftige Statur verschafften ihm den notwendigen Respekt. Als er Grießinger erblickte, dröhnte er bereits von weitem:

»Jetzt guck na. Der Reutlinger Kriminalhauptkommissar wie er leibt und lebt. Hättesch au ned denkt, dass wir uns so schnell wieder sehen, oder? Wie goahts au d'r Frau und deine Jonge. Isch dein Johannes jetzt endlich in Villinga auf d'r Polizeischul'.«

Grießinger grinste verlegen und winkte ab.

»Das schwätzen wir ein anderes Mal beim Vesper, Kurt. Erzähl mir lieber, was hier passiert ist!«

Kurt Scheufele, Polizeiobermeister auf dem Polizeirevier in Münsingen, informierte den Kriminalhauptkommissar knapp und sachlich über die bisherigen Maßnahmen. Grießinger hörte aufmerksam zu, stellte noch die eine oder andere Frage und begab sich anschließend zu dem Toten. Während Grießinger sich hinunter zu dem Opfer kniete, blieb Baisch noch kurz am Auto stehen und drehte Grießinger den Rücken zu. Hastig nestelte er sein Mobiltelefon aus der Jackentasche und wählte heimlich Lichtners Handynummer. Baisch lag es fern, seinen Chef zu hintergehen, aber sein kurzer Anruf würde allen Beteiligten viel Ärger und Arbeit ersparen. Grießinger hatte in der Vergangenheit hin und wieder unabsichtlich die Spurenlage verschlechtert, um eigene Erkenntnisse am Tatort zu gewinnen. Lichtner musste herkommen, auch wenn es seinem Chef nicht passte.

7 Gerade als Lichtner erneut angesichts der Putzaktion im Backhaus einen herzhaften Fluch herauspresste, klingelte sein Handy. Er stieß die Tür des Backhauses auf und rief nach seiner Assistentin. Sie beeilte sich, ihm das Handy abzunehmen, welches er ihr grazil entgegenstreckte. Sie ging damit nach draußen und nahm das Gespräch an.

»Herr Lichtner, der Kriminalkommissar Baisch ist dran! Er meint, es sei ziemlich dringend!«, rief sie zu ihrem Chef nach drinnen. Missmutig stapfte Lichtner aus dem Backhaus zum Telefon. Nach einer halbwegs freundlichen Begrüßung, hörte er gebannt zu, was Baisch hastig berichtete.

»Wir sind gleich da und danke für die Information, Kollege Baisch.«

Lichtner schüttelte den Kopf. Was für ein Tag. Erst ein nackter junger Mann in seinem Badezimmer, dann ein blutverspritztes Backhaus und jetzt noch ein Toter in Würtingen vor dem Rathaus.

Er wählte die Nummer der Spurensicherung, um den Kollegen Bescheid zu geben. Eigentlich war Lichtner Leiter der Kriminaltechnischen Untersuchungsstelle, welche die Ergebnisse der Spurensicherung auszuwerten hatte. Jeder wusste, dass die Arbeit am Tatort jedoch seine heimliche Leidenschaft war und deshalb ließ er es sich nicht nehmen, hin und wieder selbst vor Ort zu ermitteln.

Im Backhaus war er fast fertig. Die restlichen Ermittlungen eilten nicht so sehr. Er würde das Backhaus versiegeln und sich die Schlüssel aushändigen lassen. Sorgsam packte er seinen Spurensicherungskoffer und trug ihn zum Auto. Dort entledigte er sich eilig des Schutzoveralls und der Schuhüberzieher. Emilie und Frau Schaffig kamen mit fragendem Blick auf ihn zu.

»Emilie, ich muss los. Der Rest im Backhaus hat noch Zeit.« Noch immer war seine Wut über die Backaktion und den Zustand der Spuren im Backhaus hörbar. »Und du kommst mit, damit hier nicht noch mehr Unfug passiert!«

Dabei zwinkerte er ihr zu und Emilie war sichtlich erleichtert. Frau Schaffig verbot er eindrücklich das Backhaus nochmals zu betreten. Demonstrativ versiegelte er die Tür des Backhauses und forderte die Schlüssel von der Backfrau.

»Ond des guade Brot?«

»Beschlagnahmt!«

Frau Schaffig stemmte ihre zu Fäusten geballten Hände in die Hüfte und sah den Leiter der KTU grantig an. Sie hatte sich so gefreut, dass ihr Brot gerade noch rechtzeitig fertig gebacken worden war. Jetzt lag es im Backhaus und vertrocknete dort. Emilie beschwichtigte sie und riet ihr, es nicht persönlich zu nehmen.

Mit einer galanten Handbewegung forderte Lichtner Emilie auf, ihm zu seinem Auto zu folgen. Er öffnete ihr die hintere Autotüre und stieg selbst auf der Beifahrerseite ein. Als sie losfuhren, fragt Emilie etwas irritiert, seit wann er sich denn chauffieren ließe. Ob er möglicherweise keinen Führerschein mehr hätte, merkte sie schnippisch an.

Sie kannte Lichtners Leidenschaft für italienischen Grappa und hervorragende Rotweine. Hin und wieder kam er bei dem Genuss dieser Getränke auch mit seiner Fahrtauglichkeit in Konflikt. Lichtner verwies auf den hervorragenden doppelten Apfelbrand und entrüstete sich über Emilies Anspielung. Sie wisse doch, dass er niemals mit Alkohol im Blut fahren würde. Dann berichtete er ihr kurz, wohin sie fuhren. Emilie wurde blass. Erst die Kugel, jetzt ein Toter vor dem Rathaus in St. Johann-Würtingen. Sie ahnte, was auf sie zukommen würde. Ein neuer Fall mit Grießinger.

»A bissle domm isch jeder, abbr so domm wia mancher isch koiner.«

Mit diesen Worten ging Irmhild Schaffig zum Backhaus und ritzte mit dem Finger das Siegel auf. Dann holte sie die restlichen Brote von Rose und ihre frischgebackenen Laibe, um sie in den Leiterwagen zu packen. Dieser Herr Lichtner soll sich doch aufregen. Solange er nichts gesehen hat, muss er ihr erst einmal nachweisen, dass sie das Siegel gebrochen hatte. Nach all der Aufregung zeigte sich erstmals wieder ein verschmitztes und zufriedenes Lächeln in ihrem Gesicht.

»Ich bin der Willi, war alles was der Bauer sagte, als sie in seiner Küche saßen. Der Kollege hatte ihn wieder einmal im Stich gelassen. Dabei brauchte er ihn hier oben, bei den Älblern. Er selbst stammte aus der Nähe von Erfurt, wie man unschwer an seinem Dialekt heraushören konnte. Sein Kollege war hier aufgewachsen, wie er ihm einmal bei einem Pils in einer der namenlosen Hotelbars auf ihren Touren erzählt hatte. Dieser Willi stellte sich bald als Sturkopf heraus, der kein Interesse hatte nur einen Quadratzentimeter steinigen Ackerboden zu verpachten oder gar zu verkaufen. Ohne seinen Kollegen hatte er keine Chance. Er würde mit ihm gemeinsam einen zweiten Besuch bei diesem Willi machen müssen. Und wenn das nichts half? Dann würde ihr Chef einen »Überzeugungstrupp« schicken.

»Chef, der Lichtner täte auch gleich kommen. Ich hab ihn gerade auf dem Handy erreicht.« Baisch war seinem Chef zur Leiche auf dem Parkplatz vor dem Rathaus in St. Johann-Würtingen gefolgt.

»Du bist ein Hauptkerle, hättest nicht noch a bissele warten können?« Grießinger sah mit gerunzelter Stirn auf seine Uhr.

»Auf, Baisch, wir müssen Vollgas geben, in einer halben Stunde kann der schon hier sein.«

Grießinger bemerkte, dass sich relativ wenig Blut auf dem Fahrersitz befand. Er musterte den Sitz penibel, ob irgendwo ein Einschussloch zu sehen war. Dann begann er, die Jackentaschen des Toten zu untersuchen, während Baisch die Unterlagen auf dem Beifahrersitz sichtete. Der Kriminalhauptkommissar pfiff durch die Zähne. Weder das Sakko des Toten, noch sein Hemd wiesen Einschusslöcher auf. Da hatte sich einer ja richtig Mühe mit dem Toten gemacht und ihn frisch eingekleidet. »Aber warum? Was sollten die Kleidungsstücke oder das Einschussloch im Stoff verraten?« Grießinger verschob die Suche nach einer Antwort auf später und griff nach dem Kalender des Toten. Glücklicherweise benutzten zumindest noch einige Menschen einen analogen, althergebrachten Kalender für ihre Terminvereinbarungen. Diese modernen Geräte, über die man mit dem Finger wischen musste, waren für Grießinger ein Graus. Eben schlug er das aktuelle Datum auf, da hörte er das kernige Motorengeräusch von Lichtners schwerem Wagen.

»So a Allmachdsglomb, wo kommt au der scho her. Fliegen die bei der KTU zum Tatort? Baisch, wann hast du den Lichtner angerufen?«

»Chef, erst als wir hier angekommen sind, ganz bestimmt nicht früher!«

Die Wagentüren öffneten sich und Grießinger traute seinen Augen nicht. Wie hatte es dieser Lichter so schnell von Reutlingen nach Würtingen geschafft und wo kam diese Lämmle schon wieder her?

Emilie hatte modische Wanderstiefel an. Dazu trug sie geringelte Wollstrumpfhosen und eine lederne Kniebundhose. Unter ihrer fliederfarbenen Wetterjacke waren eine rotkarierte Wanderbluse und eine kurze graue Strickjacke mit Hirschhornknöpfen sichtbar. Die Kleidung Emilies störte den Kriminalhauptkommissar bereits auf den ersten Blick. Beim zweiten Hinsehen fragte er sich noch einmal, wo diese Frau eigentlich herkam. Er bestimmte grundsätzlich selbst, wer zum Ermittlungsteam der Mordkommission gehörte.

Lichtner erkannte sofort, dass Grießinger die Leiche bereits untersucht hatte. Zudem war Baisch sein schlechtes Gewissen deutlich anzusehen. Es half nichts, dass der Kriminalhauptkommissar den Kalender des Opfers hinter seinem Rücken verschwinden ließ und so tat, als könne ihn kein Wässerle trüben.

»Guten Tag, Kollege Grießinger. Sie können es einfach nicht lassen, oder?«

»Was meinen Sie damit, Herr Lichtner?«

»Haben Sie etwas angefasst, meine ich oder sind Sie womöglich im Fahrzeug des Toten herumgestiegen?«

»Noi, nicht direkt und wenn nur mit Handschuh, Kollege. Sie wissen doch. Meine Neugier. Mich hat es einfach so überkommen. Gell Baisch, eigentlich wollten wir auf den Herrn Lichtner warten!«

Baisch blickte verlegen vor sich hin und nickte kaum merklich. Mit Sicherheit würde jetzt ein lautstarker Vortrag von Lichtner vor allen Kollegen und Schaulustigen folgen. Am liebsten wäre er im Boden versunken. Doch Lichtner blieb erstaunlich gelassen. Er brummelte nur etwas wie: »Irgendwann dreh ich diesem Sturkopf den Hals rum oder schicke ihn mit seiner DNA am Tatort in den Knast.«

Anschließend ging er zu seinem Wagen, holte sich einen Zigarillo und zündete diesen, vollkommen unüblich, vor der Arbeit an. Sonst genoss Lichtner erst hinterher eine dicke Havanna. Nach einigen Zügen hatte der Leiter der KTU seinen Ärger über Grießingers Tatortschnüffelei weitestgehend im Griff. Er verschaffte sich einen Überblick und befragte die beiden Münsinger Polizeibeamten. Für die Spurensicherung waren die Umgebungsinformationen mindestens genauso wichtig wie Fingerabdrücke, um ein exaktes Gesamtbild des Tatorts zu erhalten. Insbesondere interessierte Lichtner, wer die Leiche gefunden hatte und wann der Mann entdeckt worden war.

Zwischenzeitlich war auch das Team der Spurensicherung eingetroffen. Lichtner informierte sie kurz und jeder machte sich an seine Arbeit.

Über die Jahre hatten Lichtner und der Leiter der Spurensicherung einige Spitzenleute nach Reutlingen geholt. Sie genossen deutschlandweites Ansehen und wurden des Öfteren bei komplizierten Fällen um Rat und Unterstützung gebeten. Lichtner zog erstaunlicherweise keinen Schutzanzug an, sondern ging direkt auf Grießinger zu.

»Wenn Sie so freundlich wären und mir noch das Fundstück hinter ihrem Rücken aushändigen würden, könnte ich mit der Arbeit beginnen.«

Lichtner zog sich Latexhandschuhe an und Grießinger errötete ein wenig. Er gab ihm den Kalender und erinnerte dabei an einen ertappten Schulbuben. Vermutlich war es besser, seine Beobachtungen am Hemd und Sakko des Toten jetzt nicht zu besprechen.

Immer öfter überließ Lichtner die Ermittlungsarbeit vor Ort den Kollegen und konzentrierte sich auf seine eigentliche Aufgabe – die Auswertung der Ergebnisse der Spurensicherung im Labor und am Schreibtisch. Seit er Vater geworden war, versuchte er, möglichst regelmäßig zu Hause zu sein und nicht noch mitten in der Nacht an irgendeinem Tatort herum zu stiefeln. Dafür hatten sie den Kriminaldauerdienst. Im Zuge der Neustrukturierung der Polizeidirektion Reutlingen hatte ihm Reitzle, der Leiter der Kriminalpolizei, unmissverständlich deutlich gemacht, dass die Spurensicherung und Auswertung der Spuren noch effektiver werden müssten. Nach diesem Gespräch zweifelte Lichtner das erste Mal in vielen Jahren Polizeiarbeit, warum er sich das alles eigentlich zumutete. Dank einer großzügigen Erbschaft war er finanziell unabhängig. Der Gedanke, ein sorgenfreies Leben als Privatier zu führen, war durchaus verführerisch.

Die Spezialisten der ›Spusi‹ stellten einen Sichtschutz auf und begannen, nach eingehender Betrachtung und Dokumentation des Tatorts, die Leiche zu entkleiden. Grießinger war es wichtig, bei dieser Untersuchung anwesend zu sein. Baisch hingegen verzichtete gerne auf den Anblick des nackten Opfers. Das war auch ein Grund, warum er lieber im Innendienst arbeitete. Während Grießinger seinen Schutzoverall anzog, ging Baisch zu Lichtner, da ihn die Antwort auf eine Frage brennend interessierte: Wie war sind sie so schnell am Tatort erschienen und wo kam die Frau Lämmle her?

Auf die Frage hin grinste Lichtner nur. »Hatte im Nachbarort zu tun!«

»Und wieso wissen wir nichts davon?«

»Offiziell war ich nicht dort!«

»Du hast privat ermittelt? Ist mir entgangen, dass du als Privatdetektiv nebenher arbeitest?«

Lichtner wurde die Brisanz seiner morgendlichen Aktion bewusst. Er beschloss, Baisch umfassend zu informieren.

»Frau Lämmle hat mich wegen möglicher Blutspuren im Backhaus von Bleichstetten angerufen. Sie hat mich gebeten, das zu untersuchen, bevor sie offiziell zu Reitzle und Grießinger geht. Du weißt doch Baisch, wie dein Chef in solchen Situationen reagiert. Vor Ort hat sich dann gezeigt, dass es sich tatsächlich um getrocknetes Blut handelte. Frau Lämmle hat zudem eine Geschosskugel in einem Brotlaib gefunden. Vielmehr war nicht sie selbst es, sondern ein Mitglied der Wandergruppe, mit der sie vermeintlich frisches Backhausbrot am Backhaus gekauft hatte. Die schlechte Spurenlage war sehr ärgerlich, aber es ließ sich doch einiges Verwertbare finden. Ich gehe davon aus, dass kein heftiger Kampf stattgefunden hat.

Das Opfer wurde hinterrücks erschossen. Vermutlich, als es nach einem Brennholzscheit griff. In einer Blutlache war ein Schuhprofil sichtbar. Das ist ganz brauchbar und müsste vom Täter oder der Täterin stammen. Jetzt allerdings scheint ja aus der Sache etwas Größeres zu werden. Ich wette eine Flasche Château Neuf du Pape, dass der Tote vor dem Rathaus nicht im Auto umgebracht wurde und ich wette noch eine Flasche extra, dass in seinem Rücken die gleich Kugel steckt wie im Backhausbrot. Was mich stutzig gemacht hat, ist die Tatsache, dass weder am Sakko noch im Hemd Einschusslöcher zu finden sind. Vermutlich wollte der Täter den Tatort verschleiern. Ich bin mir ziemlich sicher, dass an der Kleidung des Toten eindeutige Tatortspuren zu finden sind. Baisch, das sieht alles nach einer seltsamen Geschichte aus. Erst recht, wenn Emilie Berta Lämmle damit zu tun hat.«

»So schnell konkrete Ergebnisse, Kollege Lichtner? Das kennt man ja gar nicht von dir!«, sagte Baisch überrascht.

»Ich bitte dich, Kollege Baisch! Hältst du es für wahrscheinlich, dass in einer Nacht zwei Menschen im beschaulichen St. Johann ermordet worden sind? Noch gibt es keine Mafia auf der Alb!«

»Und die 150 kg Kokain drüben in Engstingen, draußen auf der Haid, die haben gewiss harmlosen Kleinkriminellen gehört.«

Lichtner winkte ab. Er war überzeugt von seiner These.

Grießinger kam jetzt dazu. Er hatte die letzten Sätze der beiden Beamten noch gehört.

»Kollege Lichtner, ich denke, dieses Mal liegen sie vollkommen daneben. Was wollte denn ihrer Meinung nach ein Auswärtiger im Backhaus von Bleichstetten. Und wer hat sich dann die Mühe gemacht, das Opfer in seinem eigenen Auto nach Würtingen zu fahren. Davor hat er es auch noch frisch eingekleidet, vermutlich, damit er ordentlich aussieht, wenn er vor dem Rathaus parkt. Schauen sie sich um Kollege, wie viele

Anwohner es gibt. Kein Täter würde es riskieren, so leicht entdeckt zu werden!« Grießingers Spott war nicht zu überhören.

»Möglicherweise mussten der oder die Täter das Risiko in Kauf nehmen, weil sie mit dem Toten im Auto ein Zeichen setzen wollten.«

»Oder aber, sie wollten mit dem Fundort der Leiche von den eigentlichen Gründen für den Mord ablenken.« mischte sich Emilie in die Diskussion ein. »Außerdem morgens zwischen drei und vier Uhr könnten sie einen Elefanten durch den Ort treiben und niemand würde es merken, so kuhnacht wie es in den meisten Orten aus Energiespargründen ist. Und wenn jemand unter Schlafstörungen leidet, dann sieht er zwei Nachtschwärmer, von denen einer betrunken in sein Auto gesetzt wird. Kein Mensch käme auf die Idee, dass ein Toter transportiert wurde«, kombinierte Emilie Berta Lämmle.

Die Information über die verschwundene Backfrau behielt sie erst einmal für sich. Sie hoffte inständig, dass der Tote vor dem Rathaus etwas mit dem Blut im Backhaus zu tun hatte. Möglicherweise war Rose nur vor ihrem Mann davongelaufen oder hatte vielleicht bei einer Freundin Schutz gesucht. Emilie wurde von einem Beamten der Spurensicherung aus ihren Gedanken gerissen. Er zeigte dem Kriminalhauptkommissar eine Klarsichthülle, in der sich ein handgeschriebener Zettel befand.

›Durchs Wiesetal gang i jetzt na‹, stand darauf mit schöner Handschrift geschrieben. Emilie kannte diese Textzeile. So hieß ein altes schwäbisches Volkslied. Nur die restlichen Liedzeilen fielen ihr nicht mehr ein. Grießinger hingegen winkte missmutig ab.

»Was soll ich mit einem Volkslied. Habt ihr vielleicht auch einen Personalausweis oder einen Führerschein, damit wir erstmal wissen, wie der Tote heißt? Wir können allerdings auch erst gemeinsam des Liedle singen, bevor ihr die Informationen herausrückt?«

Der Kriminalbeamte zog erschrocken den Zettel mit dem Liedtext weg und hielt Grießinger einen Ausweis und einen Führerschein, ebenfalls in einem Klarsichtbeutel verpackt, hin. Er wollte sich eilig wieder an die Arbeit machen, als Emilie ihn zur Seite winkte und ihn befragte, wo genau der Zettel gefunden wurde.

Später sprach sie Lichtner darauf an. Dieser maß der Liedzeile allerdings ebenfalls keine Wichtigkeit zu. »Der alte Silcher ist schon lang tot. Nichts als romantische Volkstümelei.«

Emilie war erstaunt über Lichtners Kommentar. Eigentlich hatte für ihn jedes Fundstück am Tatort einen Wert. Sie schob die Reaktion auf seine schlechte Laune an diesem Tag.

Der Leiter der KTU begab sich wieder zu der Leiche. Da sah Emilie den Bürgermeister von St. Johann, gefolgt von zwei Herren, deren ernste Gesichter erahnen ließen, um wen es sich handelte. Sie eilten direkt auf Grießinger zu. Emilie versuchte, sich unauffällig der Gruppe zu nähern um mitzuhören, was sie mit dem Kriminalhauptkommissar besprechen wollten.

Mit ernstem Blick stellte der St. Johanner Bürgermeister seine Kollegen, die Ortsvorsteher von Bleichstetten und Würtingen vor. Beide Herren sahen sehr besorgt aus.

»Kennen Sie den Toten, Herrschaften?«, fragte der Hauptkommissar.

Alle drei schüttelten bedauernd den Kopf.

»Hat der Tote hier etwas mit den Blutspuren im Backhaus in Bleichstetten zu tun?«, fragte einer von ihnen. Grießinger sah die Herren fragend an. Von Blutspuren im Backhaus wusste er noch nichts. Aber in diesem Moment wurde ihm klar, warum Lichtner so schnell in Würtingen gewesen war. Mit Sicherheit steckte diese Frau Lämmle dahinter. Er reagierte geistesgegenwärtig.

»Die Auswertung der Spuren ist noch nicht abgeschlossen, im Moment kann ich Ihnen zu dem Fall im Backhaus leider noch keine weitere Auskunft geben.«

Damit mussten sich die drei Herren fürs Erste zufrieden sein. Der Bürgermeister von St. Johann schien nachzudenken. Grießinger bemerkte, dass der Bürgermeister noch zögerte, sich zu äußern. Er fragte sich, was tatsächlich hinter der Sache steckte.

»Ist Ihnen möglicherweise etwas zu dem Toten etwas eingefallen, Herr Sängerle?«, fragte er den Bürgermeister.

»Können Sie mir vielleicht mitteilen, wie der Tote hieß?«, antwortete der Bürgermeister mit einer Gegenfrage.

»Martin Vögele, aus Bornheim, aber ein gebürtiger Älbler, aus der Gegend von Münsingen. Hat für einen Windkraftanlagenbauer als Vertreter auf der Schwäbischen Alb gearbeitet. Wieso interessiert Sie das, Herr Sängerle?« Grießinger musterte ihn neugierig.

»Na ja, ich hatte es geahnt. Dieser Martin Vögele wollte heute Morgen mit mir über Windkraftanlagen sprechen. Bleichstetten soll doch ein Bioenergiedorf werden und seitdem geben sich diese Herrschaften meine Bürotürklinke in die Hand. Möglicherweise hat sein Tod mit dem Wahnsinn zu tun, der momentan von Spekulanten hier veranstaltet wird. Meine Ortsvorsteher berichteten mir bereits, welche Unsummen zwischenzeitlich für Ackerland und Windkraftstandorte geboten wurden. Vor allem die Besitzer kleiner Handtuchäckerle witterten das große Geld. Es gab aber auch einige Landwirte, die Äcker und Wiesen für ihre Landwirtschaft kaufen wollten. Die fluchen natürlich über die momentanen Preise. Da musste Neid und Missgunst entstehen.« Sängerle blickte besorgt in die Runde.

Der Ortsvorsteher von Bleichstetten ergänzte, dass in seinem Ort wilde Gerüchte über Zahlungen für Vorverträge kursierten und manch ein Acker in günstiger Windlage plötzlich zum Goldland geworden war.

»Diese Vertreter schwirren wie die Mistfliegen um meinen Ort herum und machen die Leute verrückt. Wegen dieser alternativen Stromgewinnung soll jetzt alles anders werden. Können Sie sich vorstellen, Herr Kriminalhauptkommissar, wie es bei uns aussieht, wenn überall diese Windräder herumstehen und auf den Äckern nur noch Mais und dieses Chinaschilf für die Biogasanlagen wächst? Des isch fei ned lustig! Die da drunten in Stuttgart im Ministerium haben uns da droben doch nie verstanden oder Rücksicht genommen!« Der Ortsvorsteher von Bleichstetten hatte sich richtig in Rage geredet. Offensichtlich war er kein Freund der ›Energiewende‹. Grießinger hatte sich auch schon so seine Gedanken gemacht, als er von neuen Pumpspeicherwerken am Albtrauf und den vielen Windkraftstandorten gelesen hatte.

»Was wollten Sie mir jetzt eigentlich mitteilen, Herr Bürgermeister Sängerle?« Der druckste herum, suchte nach den richtigen, politisch korrekten Worten.

»Na ja, vielleicht ist der Herr Vögele in der letzten Zeit dem einen oder anderen Mitbürger zu aktiv geworden. Möglicherweise ist einem ja der Kragen geplatzt. Wissen Sie, Herr Kriminalhauptkommissar, unsere Bauern haben es derzeit nicht einfach. Plötzlich soll alles BIO werden, aber der Verbraucher bezahlt es nicht. Da kämpft manch einer um die Existenz seines Hofes.« Grießinger nickte verständnisvoll. Er dachte an den elterlichen Hof in Upflamör und seinen ältesten Bruder, der die Landwirtschaft übernommen hatte. Auch wenn ihre Eltern noch halfen so gut es ging, an der Milch verdienten sie gerade einmal drei Cent. Der Rest wurde von Kosten und immer neuen Auflagen aufgefressen.

»Wir werden der Sache nachgehen. Herr Bürgermeister, die Herren Ortsvorsteher, danke für den Hinweis, ich melde mich bei Ihnen, sobald wir erste Ergebnisse vorweisen können.«

»Halten Sie mich unbedingt auf dem Laufenden, Herr Kriminalhauptkommissar. Möglicherweise zwei Morde in einer

Gemeinde, das sorgt für große Aufregung und Unruhe. So ein Stress ist mir zutiefst zuwider. Ich möchte, dass meine Bürger in Harmonie und Frieden leben können.«

Grießinger bruddelte nur ›Amen, Herr Pfarrer‹ vor sich hin und wandte sich an Baisch.

»Du, Georg, schreib auf, was du alles im Büro erledigen musst.« Baisch sah ihn dankbar an. Vielleicht würde sich Haible ja zusammenreißen und könnte wieder mit Grießinger den Außendienst erledigen, während er im Büro blieb.

»Recherchiere sämtliche Geschäftskontakte von dem Vögele hier in der Region. Im Ausweis steht, er wohnt in Tübingen, sein Auto hat aber eine Bonner Nummer und die Firma, für die er arbeitet, hat ihren Sitz in Bornheim.« Baisch war fasziniert, wie schnell sein Chef Zusammenhänge erkannte.

»Du könntest dann gleich noch die Angehörigen unterrichten!« Solche unangenehmen Tätigkeiten delegierte Grießinger gerne.

»Außerdem täte mich alles über diese Bioenergiedörfer interessieren. Der Bürgermeister hat angedeutet, dass es ordentlich rumort in der Gemeinde, wegen der Grundstückspreise für Windkraftanlagen und den Ackerpreisen für dieses Biomassezeugs. Möglicherweise ist dieser Vögele Opfer seiner großzügigen Angebote geworden. Mancher Bauer ist angeblich ziemlich schlecht auf diese Spekulanten zu sprechen.«

Baisch hatte Zweifel an Grießingers Verdacht.

»Aber, Chef, warum soll jemand den umbringen, der ihm viel Geld bringen könnte?«

»Baisch, du bist ein Hauptkerle. Überleg doch mal! Dieser Herr Vögele wurde natürlich nicht von einem Grundstücksbesitzer umgebracht. Einer, der gegen das Projekt war oder kein lukratives Grundstück besitzt, sondern beispielsweise Äcker und Wiesen für seinen Betrieb kaufen wollte, könnte ein Motiv haben. Der Bürgermeister meinte, dass genug Leute mit Existenzangst und Wut im Bauch herumlaufen. Hast du alles notiert?«

Baisch nickte und steckte seinen Notizblock gemächlich in seine Jackentasche. Grießinger sah ihm kopfschüttelnd zu.

»Es wäre jetzt vielleicht hilfreich, wenn du dich ein wenig bei den Anwohnern umhörst, ob es letzte Nacht irgendetwas Auffälliges gab, anstatt hier weiter herumzustehen«, forderte Grießinger seinen Kollegen auf. Baisch zuckte zusammen. Seit ihre Abteilung von ihrem Oberchef Reitzle umstrukturiert wurde und die Effizienz gesteigert worden war, kamen von Grießinger immer wieder spitze Bemerkungen zu seiner Büroarbeit. An die Bezeichnung ›Archivmotte‹ hatte er sich gewöhnt, aber dass Grießinger seine Einsatzbereitschaft kritisierte, traf ihn heftiger als er sich anmerken ließ. Baisch machte seine Arbeit gewissenhaft und mindestens so akribisch wie Grießinger. Der hatte sich bereits hählinga eingestanden, dass er wohl etwas zu forsch gewesen war.

»Baisch, wenn wir hier fertig sind, tät ich dich nachher zum Fallenschütz in den Hirsch einladen. Tätest du vielleicht mitgehen wollen. Den Lichtner könnten wir auch mitnehmen, dann wär es quasi ein Arbeitsessen.«

Baisch musste in sich hineingrinsen. Eine Entschuldigung ganz nach Grießingers Art, sparsam und knitzig.« Die Aussicht auf ein Ochsenkotelett beim Fallenschütz oder Saure Nierle besänftigten halbwegs seinen Ärger über die harsche Kritik.

Die Befragung der Anwohner ergab erwartungsgemäß keine neuen Erkenntnisse. Die meisten nicht zu Hause und die übrigen hatten nichts Auffälliges bemerkt. Baisch würde noch einige Telefonate führen müssen, um sicher zu gehen, dass nicht doch jemand etwas gehört oder gesehen hatte. Der Leiter der KTU nahm die Einladung dankend an, war aber der Meinung, dass Emilie ebenfalls mit in den Hirsch zum Fallenschütz kommen sollte. Möglicherweise habe sie eine interessante Information von der Backfrau erhalten. Der Kriminalhauptkommissar sah ihn entgeistert an.

»Ist das Ihr Ernst, Herr Lichtner. Glauben sie wirklich, ich lade diese Frau Lämmle freiwillig zu einem Arbeitsessen ein?« Grießinger gab sich entrüstet.

»Nicht freiwillig, sondern notgedrungen! Im gegebenen Fall wäre es gut, wenn wir uns noch um diese verschwundene Backfrau kümmern würden. Möglicherweise haben wir es doch mit zwei Opfern zu tun.«

Jetzt war Grießinger neugierig geworden und sah ihn fragend an. Lichtner genoss die Situation und vertröstete den Kriminalhauptkommissar auf das gemeinsame Arbeitsessen mit Emilie Berta Lämmle.

Er stand mit seinem Mietwagen auf einem Parkplatz kurz vor Bleichstetten und dachte nach. Sein Sakko und die Krawatte hatte er ausgezogen und auf die Rücksitzbank gelegt.

Heute Morgen war Martin, sein Kollege, nicht im Hotel erschienen. Wie immer wollte er ihn auf seinem Zimmer abholen, damit sie gemeinsam frühstücken konnten. Hinter Ihnen lag ein bohrend langweiliges Wochenende. Sie hatten sich kaum gesehen, weil in ihrer freien Zeit jeder andere Interessen verfolgte. Martin hätte an diesem Morgen mit dem Bürgermeister einen wichtigen Termin gehabt. Anschließend wollten sie diesen Willi endlich herumkriegen. Kein Martin, kein Termin, kein unterschriebener Vertrag. Er wusste genau was das bedeutete. Vielleicht war es besser abzuhauen. Er warf einen Blick auf den Aktenkoffer im Fussraum. Mindestens 70000 Euro in kleinen Scheinen. Das könnte reichen, um zu verschwinden.

8

Das Ochsenkotelett beim Fallenschütz war vorzüglich. Grießinger hatte sich seinem Schicksal gefügt und begann noch während des Essens Emilie zu befragen. Natürlich nicht ohne seine unvergleichlich charmanten Bemerkungen.

»Sagen Sie mal, Frau Lämmle, fühlen Sie sich eigentlich wohl in ihrem Häs? Also mich täten die bunten Farben vor dem Spiegel vermutlich blind machen!« Grießinger stellte die Frage fast beiläufig, vollkommen harmlos.

»Lieber fröhlich bunt, als bruddelnd farblos, Herr Kriminalhauptkommissar«, antwortete Emilie schnippisch. Grießinger nahm den Konter gelassen, mit einem ironischen Lächeln.

»Sie könnten mir trotzdem erzählen, was es mit der verschwundenen Backfrau auf sich hat. Kollege Lichtner hat so Andeutungen gemacht und Ihnen damit ein Arbeitsessen auf Staatskosten organisiert.« Baisch folgte gebannt dem Schlagabtausch der beiden Kontrahenten.

»Mein Bauch sagt mir, dass wir uns dringend um die verschwundene Freundin von Frau Irmhild Schaffig kümmern sollten.« Emilie überlegte kurz. Sie entschloss sich, fast alles zu erzählen. Detailliert berichtete sie den Anwesenden von ihren Gesprächen mit Frau Schaffig. Diese machte sich ebenfalls große Sorgen um ihre Freundin Rosemarie Allgaier. Denn wenn diese ihren Mann verlassen wollte, hätte sie bestimmt Frau Schaffig informiert. Emilie gab zu bedenken, dass es bereits zwei oder drei äußerst gewalttätige Übergriffe des Ehemanns von Frau Allgaier gegeben hatte.

»Einmal musste sie sogar zur Behandlung der Verletzungen ins Krankenhaus«, sagte Emilie mit ernster Stimme.

Grießinger hatte zwar aufmerksam zugehört, schien aber keineswegs überzeugt von ihrer Schilderung.

»Hat sie ihren Mann angezeigt? Im Krankenhaus sehen die doch, wenn jemand verprügelt worden ist.« Grießinger reagierte bei diesem Thema ohne jeden Spott oder Zynismus.

Emilie sah irritiert Lichtner an. Sie hatte eigentlich eine bissige Bemerkung von Grießinger zu ihren Ausführungen erwartet. Lichtner kam ihr zu Hilfe.

»Kollege Grießinger! Sie wissen doch wie es läuft, wenn Frauen häuslicher Gewalt ausgesetzt sind? Meistens fallen sie die Kellertreppe hinunter. Natürlich, nachdem sie dieselbige vorher eigenhändig mit Schmierseife geputzt haben, damit sie besser ausrutschen!« Lichtner hasste diese Geschichten. Solange die Verletzungen nicht eindeutig waren oder die Frauen keine Anzeige erstatteten, konnten Ärzte und die Polizei nichts unternehmen. Diese Ohnmacht trieb ihn zur Verzweiflung. Wie oft hatte er schon fürchterlich zugerichtete Frauen in der Pathologie gesehen, deren Körper mit den grausamsten Narben jahrlanger Misshandlungen übersät waren.

»Scho rächd, Kollege. Hätte ja sein können, dass bereits etwas polizeibekannt ist. Des Thema ›häusliche Gewalt‹ diskutieren wir ein anderes Mal aus.« Grießinger war noch nicht fertig mit seiner Befragung.

»Hat der Mann dann wenigstens eine Vermisstenanzeige aufgegeben?«

Emilie zuckte mit den Schultern. Daran hatte sie bisher noch gar nicht gedacht, und Frau Schaffig hatte es nicht erwähnt. Grießinger blickte zu Baisch hinüber, der sofort wusste, was sein Chef wollte. Nach so vielen gemeinsamen Dienstjahren verstanden sich die beiden Kommissare in manchen Dingen fast blind.

»Ich ruf an, Chef, ob etwas vorliegt.« Der Kriminalkommissar verließ mit dem Handy in der Hand den Tisch und kam bald darauf mit einem Kopfschütteln zurück.

»Fehlanzeige, Herrschaften«, Grießinger hatte die Zeichen seines Kollegen verstanden, »was sollen wir dann eigentlich ermitteln, Frau Lämmle. Wissen Sie was los wär, wenn ich jeder davongelaufenen Ehefrau hinterherspringen würde? Ich hätte nicht einmal mehr Zeit zum Schnaufen.« Grießingers Ton war bissiger geworden.

Emilie blickte resigniert auf den Tisch. Sie hatte von Grießinger nichts anderes erwartet. Wieder mischte sich Lichtner ein.

»Nur langsam, Herr Kollege. Warten wir erst mal die Auswertung der Blutspuren ab. Momentan bewegen wir uns noch im fruchtlosen Bereich der Spekulationen. Ich hielte es für ratsam, diesem Ehemann einen Besuch abzustatten und bei dieser Gelegenheit ganz unauffällig DNA-Proben seiner Frau einzusammeln!« Lichtner sah den Kommissar herausfordernd an.

»Was angebracht ist, entscheide nach wie vor ich, Herr Lichtner!«, erwiderte Grießinger mindestens ebenso angriffslustig. Ein Blick zu Baisch hinüber genügte. Mit seinem Telefon am Ohr stand der Kriminalkommissar vom Tisch auf und kam kurze Zeit später zurück.

»Chef, ich hab die Adresse.«

Lichtner lächelte zufrieden und Emilies Stimmung besserte sich schlagartig.

»Herrschaften, wir statten diesem Allgaier jetzt einen Besuch ab. Ohne die Frau Lämmle!« Emilies Augen blitzen gefährlich auf. Lichtner versuchte, sie mit einem sanften Fußtritt zu beruhigen und zwinkerte ihr zu, was so viel bedeutete wie: ›Ich werde dich umgehend informieren‹. Grießinger war Lichtners Reaktion natürlich nicht entgangen.

»Kollege Lichtner, wann Frau Lämmle in die aktive Ermittlungsarbeit einbezogen wird, entscheidet nach wie vor unser Chef, Herr Reitzle, haben wir uns verstanden.«

»Ganz wie Sie wünschen, Herr Kriminalhauptkommissar!« Der Unterton Lichtners war selbst für Grießinger nicht zu überhören. Grießinger und sein Kollege standen auf und bezahlten am Tresen, natürlich mit Beleg für ein Arbeitsessen.

»Komme sofort, Grießinger,« rief ihm Lichtner hinterher.

Lichtner beugte sich nahe zu Emilie hinüber, damit niemand ihre kurze Unterredung mithören konnte.

»Emilie, verrenne dich nicht wieder. Die Spuren im Backhaus werden 100% eine Übereinstimmung der DNA ergeben. Der tote Herr Vögele wollte sich höchstwahrscheinlich im Backhaus vor seinem Mörder verstecken. Alles andere würde mich mehr als überraschen. Dir zuliebe können wir aber gerne nochmals nach Bleichstetten fahren, dann erläutere ich dir die Spurensituation vor Ort. Was noch nicht schlüssig ist, dass sich niemand bei der Polizei gemeldet hat wegen der Schüsse. Eigentlich nur zu erklären, wenn der oder die Täter eine Waffe mit Schalldämpfer verwendet hätten. So, wie die Leiche vor dem Rathaus platziert wurde, gehe ich davon aus, dass hier Profis am Werk waren. Es gehört doch eine ziemliche Abgebrühtheit dazu, quasi mitten im Dorf ein Mordopfer zu präsentieren.«

Emilie war noch nicht bereit aufzugeben.

»Fritz, ich bin mir fast sicher, dass es letzte Nacht zwei Verbrechen in St. Johann gab. Der Backfrau ist bestimmt etwas zugestoßen, und ob dieser Windkraftfuzzi im Backhaus erschossen wurde, ist für mich mehr als fraglich. Was hat der denn dort getan? Außerdem bin ich der Meinung, dass es sich bei dem Täter oder den Tätern nicht um Profis gehandelt hat. Warum sollten sie ihr Opfer öffentlich präsentieren? Zur Abschreckung? Für wen und aus welchem Grund. Du und Grießinger seit dieses Mal auf dem Holzweg. Mensch, Lichtner, denk doch mal nach.«

»Und wie erklärst du dir die Kugel im Brot, liebste Emilie?«

Sie schwieg betroffen. Daran hatte sie noch nicht gedacht. Es mussten im Backhaus mindestens zwei Schüsse gefallen sein. Eine Kugel im Brot und eine im Opfer. Sie dachte angestrengt nach. Lichtner ließ nicht locker.

»Wo wir gerade beim Thema sind. Du hast doch hoffentlich den Brotlaib mitgenommen, in dem die Kugel gesteckt hat?«

»Herr Lichtner, hätten Sie die Güte, sich von Frau Lämmle loszureißen? Sie können mir ja nach der Fahrt zu Herrn Allgaier mitteilen, ob fallrelevante Details Gegenstand ihrer angeregten Unterhaltung waren«, rief Grießinger den beiden von der Wirtshaustür aus zu.

»Sofort, Herr Kriminalhauptkommissar, nur keine Hektik.«

Im Aufstehen raunte Lichtner Emilie leise zu: »Nichts für ungut, mach dich nicht verrückt bezüglich der Backfrau. Die taucht bestimmt bald auf. Wegen dem Blut melde ich mich.«

Emilie bestellte sich einen Kaffee und dachte nach. Wieder so ein seltsamer Fall. Grießinger, der Sturkopf, wusste wie immer alles besser. Sie musste dringend mit Reitzle sprechen. Ohne einen offiziellen Auftrag war sie von den Ermittlungsergebnissen ausgeschlossen. Lichtner schien dieses Mal auch nicht unbedingt für ihre Theorien und ihr Bauchgefühl offen zu sein. Das verletzte sie mehr, als sie sich eingestehen wollte. Ihre Intuition sagte ihr, dass Rosemarie Allgaier tot war. Ob von ihrem Ehemann erschlagen oder ob sie ein Opfer anderer Machenschaften geworden war, musste Emilie herausfinden. Notfalls ganz auf sich alleine gestellt.

Auf dem Parkplatz vom Fallenschütz folgte ein kurzer heftiger mündlicher Schlagabtausch zwischen Grießinger und Lichtner. Der Kriminalhauptkommissar konnte es nicht ausstehen, wenn hinter seinem Rücken ein aktueller Fall besprochen wurde. Lichtner hielt dagegen, dass seine Privatgespräche selbst einen Kriminalhauptkommissar Grießinger nichts angingen.

Baisch erlebte eine weitere Überraschung an diesem Tag. So wie sonst auch ging er zur hinteren Tür des Strich 8 und wollte auf der Rücksitzbank Platz nehmen. Auf dem Beifahrersitz lagen seit jeher verschiedene Notizhefte, ein Straßenatlas und ihm Fußraum stand Grießingers Aktentasche. Es war noch eine aus den 60er Jahren, die Grießinger sorgfältig und eigenhändig pflegte. Er schwor auf Melkfett und seinen Schuhmacher in Upflamör, der die Nähte bereits etliche Male repariert hatte. Die Tasche passte zu Grießinger. Manchmal konnte man meinen, mit dem Strich 8, seiner etwas altbackenen Kleidung, seiner Schiebermütze mit Pepitamuster und seiner Aktentasche, er käme aus einer anderen Zeit. Abgesehen von seinem Kleidungsstil und seinem betagten Dienstfahrzeug war Grießinger jedoch keineswegs antiquiert. Er war ein Original, wie man es heutzutage auf der Polizeischule nicht mehr fand. Viele Menschen unterschätzten ihn auf Grund seines Äußeren, hielten ihn für einen harmlosen Beamten. Sein Scharfsinn und seine Beobachtungsgabe waren allerdings absolut auf der Höhe der Zeit. Nur mit den modernen Kommunikationsmitteln wollte er sich nicht anfreunden. Das Faxgerät in seinem Büro hatte er zwischenzeitlich akzeptiert und nutzte es auch eifrig. Aber Handy, E-Mail, Navi und Co hielt er für überflüssige Zeitfresser und lehnte sie kategorisch ab.

Der Kriminalhauptkommissar drehte sich um, als er Baisch an der hinteren Tür stehen sah, und winkte ihn nach vorne.

»Moment, Kollege, ich mach Platz. Du kannst dich zu mir vor setzen.«

Baisch verstand im ersten Augenblick nicht, was sein Chef von ihm wollte. Haible und er saßen immer hinten. Grießinger winkte nochmals mit der einen Hand und mit der anderen legte er bereits seine Utensilien auf die Rücksitzbank. Behutsam, beinahe andächtig öffnete Baisch die Beifahrertür.

»Chef, nur keine Umstände, der Daimler ist hinten so bequem wie vorne.« Baisch war es fast peinlich, wie sich Grießinger bemühte.

»Aber schwätzen lässt es sich geschickter, wenn du neben mir hockst. Außerdem ist hier die Aussicht viel besser.«

Der Kriminalhauptkommissar grinste verlegen. Liebenswürdig zu sein, gehörte nicht unbedingt zu seinen Stärken. Baisch setzte sich auf den Beifahrersitz, legte den Sicherheitsgurt an und wartete darauf, was Grießinger mit ihm besprechen wollte.

Der hingegen zog es bis auf weiterer vor zu schweigen. Er drehte seinen Lieblingssender SWR 4 etwas lauter und dachte nach, wie so oft, wenn er mit seinem Strich 8 über die Alb fuhr.

Nach seiner Kur fühlte sich Grießinger so fit wie lange nicht mehr. Ein weiterer Ansporn für ihn war das Studium seines Sohnes zum Kriminalkommissar. Des öfteren hatte ihn sein Sohn wegen der althergebrachten Ermittlungsmethoden belächelt und ihn ein wenig provoziert. Grießinger gehörte noch nicht zum alten Eisen. Er wollte es seinem Sohn beweisen. Ein neuer Fall mit Frau Lämmle motivierte ihn zusätzlich. Dieses Mal würde er sich keine Blöße geben. Dazu zählte auch der Besuch bei diesem Allgaier. Er sah ihn eher als lästige Pflicht, damit ihm nicht nachgesagt werden konnte, er ermittle nur in eine Richtung. Plötzlich drehte er das Radio aus und wandte sich mit ernster Miene an seinen Kollegen auf dem Beifahrersitz.

»Sag mal, Baisch, was ist jetzt eigentlich mit dem Haible los. Du weißt doch bestimmt mehr, oder?«

Baisch hatte also richtig vermutet. Umsonst durfte er nicht vorne neben Grießinger sitzen. Die Situation war ihm nach wie vor unangenehm. Obwohl sie bereits seit vielen Jahren ein Team waren, galt Grießinger bei ihnen als Chef und Autoritätsperson, dessen Anweisungen offiziell stets befolgt wurden. Das Benehmen von Haible konnte dienstliche Konsequenzen nach sich ziehen. Eigentlich wollte Baisch, dass Grießinger seinen Kollegen direkt auf seine Probleme ansprach.

»Chef, du könntest doch mit dem Haible persönlich schwätza?«

»Kenna scho, wella ed. So wie der sich aufgeblasen hat.«

»'S war gewiss nicht sonderlich feinfühlig von dir, Chef.«

Grießinger bruddelte etwas wie »'S isch mir halt so rausggrutscht.« Baisch war verblüfft, dass Grießinger sich quasi entschuldigte. Er wusste jedoch, dass Grießinger keine Ruhe mehr geben würde, bis er genaueres über Haible erfahren hatte. Sie erreichten das Haus von Allgaier und fuhren daran vorbei, um ein Stück abseits zu parken. Grießinger blieb demonstrativ sitzen. Im Wagen herrschte eine angespannte Stille.

Baisch fasste sich ein Herz und begann, Grießinger die wichtigsten Punkte zu Haibles Ehekrise zu berichten. Die finanziellen Probleme seines Kollegen erwähnte er nicht. Sein Kurzbericht endete mit dem Hinweis, dass Haible demnächst ausziehen müsse und nicht wüsste, wo er dann hin sollte. Das Problem war, dass seine Frau und die Frau von Haible eng befreundet waren und Haible deshalb unmöglich bei ihm einziehen könne.

Grießinger hatte aufmerksam zugehört. Aber der Hauptkommissar schwieg zu Baischs Ausführungen. Er schüttelte nur kurz den Kopf und war dann wieder ganz bei seinem Fall.

»Auf geht's Baisch, sehen wir nach, ob dieser feine Herr Allgaier dahoim ist!«, sagte Grießinger und öffnete die Fahrertür des Strich 8.

Baisch befürchtete das Schlimmste für Haible. Sein Chef hatte doch sonst immer einen bissigen Kommentar parat, wenn sich menschliche Schwächen offenbarten. Sagte er gar nichts, bedeutete das meist größeren Ärger. Die beiden Kriminalkommissare hatten Lichtner vollkommen vergessen, der bereits ungeduldig an seinem Auto vor dem Haus Allgaiers wartete.

»So die Herren, haben Sie Ihre Vesperpause beendet? Könnten wir jetzt endlich gemeinsam Herrn Allgaier einen Besuch abstatten?«

»Scho rächd, Lichtner.« Grießinger winkte ab, hielt es aber nicht für notwendig, sich zu erklären oder gar zu entschuldigen.

Baisch klingelte in der Zwischenzeit an Wolfgang Allgaiers Haustür. Es dauerte einige Minuten, bis er Geräusche im Inneren des Hauses hörte. Die Haustür wurde geöffnet. Im Halbdunkel des Hausgangs stand ein mittelgroßer Mann mit kräftiger, gedrungener Statur. Sein glattes Haar hing ihm in Strähnen ins Gesicht, die Augen waren blutunterlaufen und von dunklen Augenringen umrandet. Bekleidet war er mit einer blauen Schaffhose und einem weißen Unterhemd, das teilweise aus der Hose hing.

»Grüß Gott, mein Name ist Grießinger, Josef, Kriminalpolizei Reutlingen. Das sind meine Kollegen Baisch, Georg, ebenfalls Kriminalpolizei Reutlingen und Lichtner, Fritz, Leiter der Kriminaltechnischen Untersuchung Reutlingen. Sind Sie Herr Wolfgang Allgaier?«

»Warum? Was wollen Sie von dem?«

»Sind Sie jetzt Herr Allgaier, oder was?« Grießinger begann ungeduldig zu werden.

»Zeigen Sie mir bitte Ihre Ausweispapiere«, setzte Baisch nach. Lichtner verdrehte die Augen. Ihn nervte dieses Geplänkel. Allgaier griff murrend in die Innentasche seines Schaffkittels, der an einem Haken im Flur hing. Baisch zog vorsichtshalber seine Waffe und entsicherte sie mit einem deutlich hörbaren metallischen Klicken. Dann zielte er auf Allgaiers Beine.

»So, Allgaier, jetzt halten Sie beide Hände über den Kopf. Ich sehe in Ihrer Hand nur den Ausweis und sonst nichts, haben wir uns verstanden. Meine Waffe ist scharf und ich werde schießen, wenn Sie eine falsche Bewegung machen. Sobald Sie sich zu mir hingedreht haben, strecken Sie Ihre Hand mit dem Ausweis so weit wie möglich in meine Richtung. Die andere Hand bleibt über dem Kopf!«, sagte Baisch mit ruhiger Stimme. Doch war ihm seine Nervosität deutlich anzuhören. Aber er verhielt sich, trotz seiner Vorliebe für den Innendienst, sehr routiniert, wie Grießinger sich insgeheim eingestehen musste. Allgaier war sichtlich eingeschüchtert. Er befolgte exakt die Anweisungen des Kriminalkommissars. Grießinger nahm Allgaier den Ausweis ab und prüfte ihn.

»Ist alles o.k., Baisch, wir haben es tatsächlich mit dem echten Herrn Wolfgang Allgaier zu tun. Kannst deine Pistole wieder einpacken.« Allgaier atmete auf.

»Was welled se eigentlich von mir? I han mir nex zu schulda komma lassa, g'wiß ned!«

»Nur langsam, Herr Allgaier. Könnten wir uns hinsetzen und in Ruhe über den Grund unseres Besuches schwätzen?«

Schlecht gelaunt bat Allgaier die Kommissare in seine Küche. Dort stapelten sich leere Wurstbüchsen, schmutziges Geschirr, Kaffeebecher, volle Kaffeefilter und anderer Müll. Der Küchentisch war schmierig und mit Flaschenrändern übersät. Baisch besah sich schockiert das Chaos, während Grießinger so tat, als ob ihm nichts aufgefallen wäre. Das Angebot eines Kaffees lehnte er jedoch dankend ab. Lichtner war im Hausgang zurückgeblieben. Vermutlich suchte er das Badezimmer um DNA-Proben von Rosemarie Allgaier zu sichern.

»Herr Allgaier, wir hätten gern mit Ihrer Frau geschwätzt.«

Allgaier sah Grießinger mit glasigen, feucht schimmernden Augen an.

»Geht nicht!«, antwortete er stumpf.

»Ist sie unterwegs, oder?« Grießinger mimte den Ahnungslosen.

»Noi«, Allgaier schluckte, »abghaua isch se, dui domme Kuah, dui liedriche.«

»Wissen Sie, wo sie sich aufhalten könnte?« Grießinger ließ nicht locker. Sein Kollege Baisch hatte Allgaier genau im Blick.

»Wahrscheinlich bei ihrem Reitstallbesitzer oder sonst irgendeinem von den Typen.«

»Wer ist der Reitstallbesitzer?«

»Dieser Grandaspitz, dieser hondsliadriche. Der isch so domm wia zehn Meter Feldweg! Aber sei Vadder hod an digga Geldsack.«

»Hätten Sie mir auch vielleicht einen Namen?«, wollte Baisch wissen.

»Raimund Hüfinger, Ray nennt ihn die feine Damenwelt. Der große Reiterhof in Würtingen. Er ist Bereiter und Reitlehrer auf dem Hof von seinem Vatter. Der hat ihm eine Reithalle hingstellt, mit allem Drum und Dran. So viel Luxus und Komfort hat manch einer in seinem Wohnhäusle nicht, wie der in seinem Reitstall.«

Baisch machte sich Notizen.

»Hatten Sie eigentlich am Wochenende eine Auseinandersetzung mit Ihrer Frau, oder?«

»Noi, g'wieß ned!«

»G'wieß doch. Man hat Sie gehört. Es hat ja wohl ein ordentliches Geschrei im Backhaus gegeben!«

Allgaier schwieg betreten.

»War des auch wegen diesem Herr Hüfinger.«

»Schon möglich! I woiß es nemme!«

Grießinger sah ihn zweifelnd an.

»Seit dem Sonntag isch se weg, des Luder.«

»Hat sie nichts mitgenommen?«

»'S Geld isch weg. Elles.«

Baisch hatte zwischenzeitlich die Küche verlassen, um zu telefonieren. Als er zurückkam, gab er Grießinger ein Zeichen, was so viel bedeutete wie ›gegen Allgaier liegt derzeit nichts vor‹. Dann kam Lichtner herein und reckte den Daumen nach oben. Er hatte ausreichend DNA-Proben gefunden. Grießinger wusste, dass er von Allgaier kaum noch etwas erfahren würde. Solange die Ehefrau keine Anzeige erstattete, hatte er wenig Handhabe, um Allgaier mitzunehmen.

»Wenn Ihre Frau auftaucht, rufen Sie uns umgehend an, Herr Allgaier! Haben wir uns verstanden? Und keinerlei Gewalttätigkeiten mehr! Wir beide sprechen uns in jedem Fall nochmal, Allgaier!« Der Kriminalhauptkommissar spürte, dass Allgaier etwas zu verbergen hatte.

Die Kriminalbeamten verließen grußlos die Küche. Lichtner wartete bereits vor dem Haus. Sie waren von Allgaier und dem Chaos in der Küche angewidert und erleichtert, endlich wieder an der frischen Luft zu sein. Gemeinsam gingen sie zu Lichtners Wagen.

»Der hat schon deutlich Dreck am Stecken«, war Grießinger überzeugt, »aber ob er ein Mörder ist? Der ist allenfalls ein gewalttätiger Seggel und trinkt zu viel. Seine Frau hat er aber nicht umgebracht. Baisch, wir sollten klären, ob es irgendeine

Beziehung zu diesem Vögele gibt. Die Frau wird bald wieder auftauchen. Vielleicht hat er sie geschlagen und fürchtet eine Anzeige. Komm, Baisch, wir fahren zu dem Hüfinger. Womöglich treffen wir dort Frau Allgaier an.«

Lichtner war sich nicht so sicher, ob Grießinger mit dieser Annahme richtig lag.

»Kollege Grießinger, warten wir doch erst einmal die Spurenauswertung ab, bevor wir voreilige Schlüsse ziehen. Ich glaube schon, dass der Allgaier das Potential zum Mörder hat. Haben Sie seine Augen gesehen? Ich denke nicht, dass der betrunken war. Oder haben Sie übermäßig viele leere Flaschen bemerkt. Mir schien dieser Allgaier eher unter Schock zu stehen. Gut möglich, dass seiner Frau etwas zugestoßen ist und er mehr darüber weiß.«

»Scho rächd, Lichtner! Glauben tue ich nur an den lieben Gott. Gucken Sie nach der DNA und ich nach dem Mörder von diesem Vögele. Die Backfrau wird bestimmt quicklebendig wieder auftauchen.«

Mit einem kurzen Gruß stieg er in seinen Strich 8 ein und gab Baisch ein Zeichen, dass er auf der Beifahrerseite einsteigen sollte. Grießinger war grantig. Einmischungen in seine Ermittlungsarbeit mochte er gar nicht. Dieser Lichtner konnte es einfach nicht lassen.

»Auf, Baisch, das Vesper läuft uns schon nicht davon.« Baisch stieß einen Seufzer aus. Seine Frau würde bestimmt mit dem Essen auf ihn warten und ihn mit vorwurfsvollem Blick ansehen, wenn er später nach Hause kam. Außerdem hatte er bereits jetzt schwer mit dem Hunger zu kämpfen. Sein Magen knurrte und er roch das Rauchfleisch, die gerauchte Schinkenwurst und den Albkäs, der ihn erwartete. Haible würde sich bestimmt längst etwas zum Essen organisiert haben.

9 Beim zweiten Kaffee im Hirsch in Gächingen versuchte Emilie mit Bierdeckeln den Fall zu sortieren. Die Bedienung wunderte sich zwar über Emilies Bierdeckelarrangement, sagte aber nichts. Emilie beschriftete die Bierdeckel mit kryptischen Zeichen und ordnete sie immer wieder neu auf dem Tisch an. Es dauerte zwei weitere Tassen Kaffee, ein Stück Apfelkuchen und schließlich noch ein Käsbrot, bis Emilie erkannte, wo sie mit ihren Recherchen beginnen musste. Der Schlüssel zu diesem Fall war die Freundin der verschwundenen Backfrau, diese Irmhild Schaffig.

Zuerst allerdings sollte sie mit Thomas Reitzle sprechen. Der Leiter der Kriminalpolizei Reutlingen hatte sie damals als Profilerin auf Honorarbasis engagiert. Bald schon war sie bei ihrer Arbeit mit Grießinger aneinandergeraten. Außerdem fühlte sie sich nicht wohl bei dem Gedanken, ausschließlich Täterprofile zu erstellen, die den bruddligen Kriminalhauptkommissar überhaupt nicht interessierten, sondern meist nur spöttisch kommentiert wurden. Reitzle hatte einen Kompromiss vorgeschlagen und sie direkt seinen Anweisungen unterstellt. Sie recherchierte parallel zu Grießinger und tauschten dann wichtige Informationen in Lagebesprechungen unter der Leitung von Reitzle aus. Im letzten gemeinsamen Fall, Wacholderbrand, hatte sie Grießinger das Leben gerettet. Dies führte zwar nicht zu einer Freundschaft, aber Grießinger war doch etwas kooperativer geworden. Eine gewisse Dankbarkeit konnte selbst ein bruddliger Grießinger nicht verbergen. Zumindest nicht vor Emilie. Umso mehr ärgerte sie dieser Anfängerfehler mit dem fehlenden Brotlaib. Sie hatte in der Hektik nicht mehr an dieses wichtige Beweisstück gedacht, als sie vom Rutschenbrunnen zum Backhaus zurückeilte. Möglicherweise war das Brot mit dem Einschussloch von der Wandergruppe mitgenommen worden. Die Zeit war knapp. Heute Abend wollte die Gruppe abreisen und vorher musste Emilie noch das Chaos beim Wanderausflug erklären. Eilig bezahlte sie und stürmte aus dem Hirsch auf den Parkplatz. In diesem Moment wurde ihr bewusst, dass sie gar kein Auto dabei hatte. Lichtner und Grießinger hatten sie im Hirsch sitzen gelassen. Sie rannte zur nächsten Bushaltestelle und studierte den Fahrplan. Keine Chance, vor dem späten Abend Bremelau zu erreichen. Die einzige Möglichkeit war, Theo anzurufen, ob er sie ausnahmsweise abholen könnte.

Sie wusste nur zu gut, wie verärgert er reagieren würde, wenn sie ihn bei seiner Arbeit mit ›Nebensächlichkeiten‹ störte.

Doch Theo freute sich geradezu, als sie ihn anrief. Emilie beendete das Gespräch mit einem Lächeln im Gesicht. Egal was kam, auf Theo war stets Verlass. Er war so etwas wie ein Anker in ihrem Leben, der sie mit ihrer ausufernden Spontanität immer wieder auf den Boden der Realität zurückholte. Ohne Theo konnte sie sich ihr Leben nicht mehr vorstellen, auch wenn Lichtner in manchen Dingen durchaus eine Versuchung wert war. Insbesondere, seitdem er Vater einer zwischenzeitlich fast siebzehnjährigen Tochter geworden war, zeigte er Seiten an sich, die Emilie bemerkenswert fand.

Noch ganz in Gedanken versunken bemerkte sie nicht, wie Theo vor ihr angehalten hatte. Erst ein kurzes Hupen ließ sie zusammenfahren. Theo war ausgestiegen, und Emilie umarmte ihn innig, gab ihm einen Kuss und hüpfte dann fröhlich um das Auto herum, um auf der Beifahrerseite einzusteigen. Theo schüttelte verblüfft den Kopf.

»Diese liebenswert verrückte Frau!«, dachte er sich und startete den Wagen.

Emilie schien Gedanken lesen zu können.

»Du bist ein wunderbarer Mann. Vielen Dank, dass du mich abholst!«

»Und Lichtner? Warum hat der dich einfach in Gächingen sitzen lassen? Ihr müsst euch ja ordentlich gestritten haben.«

»Es war wohl mehr Gedankenlosigkeit von ihm. Allerdings sind wir bei diesem Fall zum ersten Mal grundsätzlich anderer Meinung. Ich kann also nicht ausschließen, dass er mich …«

»Hast du gerade gesagt ›Ein neuer Fall‹?«, unterbrach sie Theo aufgebracht und legte eine Vollbremsung hin. Er sah Emilie von der Seite mit düsterem Blick an. Sie hätte es wissen müssen. Ihr Mann war noch immer geschockt von den letzten beiden Ermittlungsfällen, die Emilie alles abverlangt hatten.

»Denk an dein Versprechen, Emilie!« Theos Tonfall ließ keinen Widerspruch zu.

»Theo, ich werde auf mich aufpassen, aber dieses Mal bin ich in eine Sache regelrecht hineingestolpert, die mich nicht mehr loslässt.«

Emilie erklärte Theo, was sie bisher wusste und welchen Rechercheansatz sie hatte. Ihr Mann wurde erstaunlicherweise immer ruhiger. Es war klar, dass alle Einwände und Forderungen von ihm sinnlos waren. Sie würde ihrem Bauch folgen, und wenn sie sich etwas in den Kopf gesetzt hatte, war sie davon nicht abzubringen. Also blieb ihm nur übrig, sie zu unterstützen so gut es ging und dafür hatte er bereits einen Plan. Sie würde seine Hilfe vermutlich gar nicht bemerken.

Emilie war vollends verblüfft, als Theo ihr unaufgefordert interessante Informationen zu den Backhäusern auf der Alb und den geplanten Bioenergiedörfern lieferte. Über die Windkraftanlagen wusste er ebenfalls einiges. Dankbar drückte Emilie seine Hand. So hatte er bisher noch nie auf einen neuen Fall reagiert. An seine Ablehnung gegenüber ihrer Mitarbeit in der Mordkommission war sie zwischenzeitlich gewöhnt, aber dass er sie sogar mit seinem Wissen unterstützte, machte sie sprachlos. Hatte ihr Mann ein schlechtes Gewissen? Wenn jetzt auch noch Blumen auf dem Esstisch standen, war sie sich ziemlich sicher, dass er etwas zu verbergen hatte. War etwa diese aufgebrezelte, ehemalige Studienkollegin wieder im Spiel?

Emilie war kaum aus dem Auto ausgestiegen, da kamen bereits die Mitglieder der Wandergruppe auf sie zu. Ohne große Ausreden erklärte sie, was heute alles passiert war, und die meisten Gäste zeigten daraufhin Verständnis für ihr seltsames Verhalten. Sie hatten trotzdem noch einen schönen Wandertag gehabt. Der Uracher Wasserfall und der Weg hinunter ins Maisental waren für die Aufregung am Morgen eine ausreichende Entschädigung. Bei einigen Wanderern wurde der Ermittlerinstinkt geweckt und sie mussten Emilie unbedingt ihre Theorien zum ›Backhausmord‹ mitteilen. Geduldig hörte sie sich die wilden Spekulationen an. Das Brot hatte die Wandergruppe tatsächlich mitgebracht. Emilie war erleichtert, als sie das Beweisstück wohlbehalten erblickte. Es hätte sie auch gewundert, wenn sie dieses Brot trotz des Einschussloches noch gegessen hätten. Wer wusste schon, was die Kugel im Brot vorher durchschossen hatte. Der Gedanke daran ließ Emilie erschauern. Womöglich hatte die Kugel Rosemarie Allgaier getötet.

Nachdem sie ihren Gästen eine Entschädigungs-Wanderführung, garantiert ohne Bleikugel im Brot, versprochen und sich alle verabschiedet hatten, ging sie hinüber zu Theo. Trotz der Aufregung und des Käsebrotes beim Fallenschütz verspürte sie einen großen Hunger. Theo erwartete sie bereits am Esstisch. Liebevoll hatte er das Abendessen gedeckt und dabei sogar an ihren Lieblingskäse gedacht. Einen intensiv riechenden Albkäs aus Hohenstein, den er eigentlich nur luftdicht verpackt ertragen konnte. Emilie aß diesen Rohmilchkäse am liebsten mit Zwetschgengsälz und frischem Bauernbrot aus Bremelau. Auf dem Tisch stand kein Blumenstrauß, aber eine Flasche Primela von der Dettinger Rosstrieb Kellerei.

Emilie fühlte ein Kribbeln im Bauch. Sie hatte Theo seit langem nicht so liebenswürdig erlebt. Gerade wollte sie sich für das Abendessen bedanken und sich an den Tisch setzen, da klingelte das Telefon. Sie ging in den Flur hinaus und hob ab. Die Überraschungen nahmen kein Ende an diesem Tag. Regine Oswald war am Apparat. Einige Wochen hatte sie nichts mehr von ihr gehört. Lichtner hatte ihre Bitte um Auskunft zu

Regine ebenfalls nur mit einem Schulterzucken und einem blumigen Spruch kommentiert.

»Sie ist leicht wie ein Schmetterling hinweggeflattert und ließ mir leider nur eine schöne Erinnerung zurück.« In der KTU Esslingen hieß es auf Nachfrage, dass Frau Oswald beurlaubt sei. Emilie war zum wiederholten Male sprachlos an diesem Tag. Regine Oswald hingegen verzichtete auf jede Erklärung für ihr Verschwinden und fragte Emilie direkt, ob sie Zeit für ein Treffen hätte. Verdattert stimmte diese einer Verabredung am nächsten Tag um halb elf Uhr im Innenhof vom Hotel Herbert am Münsinger Marktplatz zu.

Noch immer verwundert über das unerwartete Lebenszeichen ihrer Freundin, ging Emilie zu Theo an den Tisch zurück. Der fragte sie mit einem freundlichen Grinsen, wer denn am Apparat gewesen sei. Emilie erzählte von Regine und dass sie sich nicht erklären konnte, warum sie ausgerechnet jetzt plötzlich wieder auftauchte. Theo gab sich ebenfalls vollkommen erstaunt und unwissend. Seine Strategie hatte bis hierin prima funktioniert.

Es war nicht in seinem Interesse das Thema ›Regine Oswald‹ weiter zu vertiefen. Zuvorkommend schenkte er Emilie ein Glas Primela ein, reichte ihr den Lieblingskäse und fragte sie zärtlich, ob sie nach dem Essen noch ein Vollbad nehmen wollte. Seltsamerweise begann ihr Hund Laika bei dem Wort Vollbad ein verhaltenes Fiepsen von sich zu geben. Emilie lächelte. Laika wusste genau, dass sie bei dieser Gelegenheit nicht ins Badezimmer durfte, sondern vor der Tür warten musste. Emilie beschloss, sich nicht mehr zu fragen, was der Grund für Theos liebevolles Verhalten war. Wenig später lieferte er ihr selbst eine Erklärung.

»Du, Emilie, wenn der Lichtner gerade nicht so gut auf dich zu sprechen ist, könnten wir doch eventuell die Gelegenheit nutzen und ein romantisches Wochenende mit allem Drum und Dran verbringen.« Theo sah sie erwartungsvoll an.

Emilie war gerührt und betroffen zugleich. Theo schien die ganze Zeit stärker unter Lichtners Flirtversuchen gelitten zu haben, als sie wahrgenommen hatte. Sie schämte sich für ihre Achtlosigkeit, stand spontan auf und umarmte ihren Mann.

»So ein Schlemmerwochenende im Goldenen Eber in Erpfingen wäre sensationell, mein Schatz.«

Grießinger und Baisch erreichten den Pferdehof der Familie Hüfinger. Das Anwesen machte einen sehr ordentlichen, fast feudalen Eindruck mit kunstvoll beschnittenen Buchsbäumchen, gepflegten Blumenrabatten und einer neuen Reithalle, um die alle anderen Gebäude gruppiert waren: Stallungen, Wirtschaftsgebäude und das Wohnhaus, das entfernt an ein Gutshaus erinnerte. Es war mit Tuffstein gemauert. Den Eingang zierten zwei Säulen, auf denen ein kleiner Balkon aufgesetzt war, von dem aus man das gesamte Gelände überblicken konnte.

Baisch und Grießinger wollten gerade zum Wohnhaus gehen, da kam aus den Stallungen ein älterer, großgewachsener Mann auf sie zu. Unter den schlohweißen, buschigen Augenbrauen blickten zwei strenge Augen hervor. Seine hageren Gesichtszüge wirkten hart und unerbittlich. Er stellte sich als Herbert Hüfinger vor. Grießinger nahm an, dass es der Vater von Raimund Hüfinger war.

Die Kriminalkommissare stellten sich ihrerseits vor und fragten, ob sie seinen Sohn, Raimund, sprechen könnten. Hüfinger Senior wollte zuerst wissen, was der Grund ihres Besuches sei. Grießinger erklärte beschwichtigend, dass es sich nur um Routinefragen wegen einer vermissten Frau handelte. Daraufhin gab Hüfingen an, sein Sohn sei auf einer Pferdeauktion im Allgäu. Baisch fragte ihn, ob er eine gewisse Rosemarie Allgaier in den letzten Tagen auf dem Hof gesehen hätte. Die Augen des Reitstallbesitzers verdunkelten sich. Grießinger fiel diese Veränderung sofort auf.

»Auf meinen Hof kommt diese Frau nicht mehr!« presste der Seniorchef hervor.

»Was haben Sie gegen Frau Allgaier?«

Hüfinger winkte verächtlich ab.

»Seit mein Sohn dieses Weibstück kennt, spielt er vollkommen verrückt. Erst hat sie Reitstunden bei ihm genommen, danach hat sie ihm den Kopf verdreht. Ich hab doch extra die Reithalle für ihn hingestellt und jetzt überlegt er, ob er auswandern soll. Nach Kanada oder Neuseeland. Solche Hirnfürze hat sie ihm in den Kopf gesetzt. Wenn die sich noch mal hertraut, dann...!« Hüfinger verschluckte das Satzende. Er war aufgebracht und seine bebende Stimme war hasserfüllt.

»Was passiert dann, Herr Hüfinger?« hakte Grießinger nach.

»Nichts passiert. Sie wissen doch, was man so alles in der Wut sagt, aber vor der Polizei sollte man nicht einmal daran denken. Wer weiß, was für ein Strick einem daraus gedreht wird.« Hüfinger hatte sich wieder im Griff. Ohne zu blinzeln, hielt er dem herausfordernden Blick Grießingers stand.

»Des klingt ja grad so, als ob Sie etwas vom Verschwinden von Frau Allgaier wüssten, Herr Hüfinger?«

»Da muss ich Sie enttäuschen. Aber bedauern tät ich es nicht, falls sie endlich weg wär.«

»Es besteht der Verdacht, dass sie Opfer eines Gewaltverbrechens geworden ist!« Grießinger beobachtete Hüfingers Reaktion genau. Sein Gesicht zeigte keinerlei Regung.

»Meinen Sie etwa, ich oder mein Sohn hätten etwas damit zu tun?« Jetzt lächelte Hüfinger spöttisch.

»Trotz aller Spinnereien weiß Raimund, wo es warm rauskommt.« Hüfinger rieb Zeigefinger und Daumen aneinander, das Zeichen für Geld.

»Und ich würde mir niemals an so einem Luder die Finger dreckig machen. Was meinen Sie, wie viele Mädle und Frauen meinen Sohn bereits für sich haben wollten. Die sind alle wie das schlechte Wetter, sie kamen und gingen wieder. Einen Hüfinger bekommt man nicht ohne ordentliche Mitgift und ein gutes Elternhaus. Dafür sorge ich, solange ich lebe.«

Zur Bekräftigung seiner Worte schlug Hüfinger mit der Reitgerte auf seine Stiefelseite. Grießinger genügte ein Blick in die zornigen Augen seines Gegenübers, um zu wissen, dass er es ernst meinte.

»Sie helfen also hin und wieder nach, damit das ›schlechte Wetter‹ schneller abzieht?«

Herbert Hüfinger war jedoch auf der Hut.

»Herr Kriminalkommissar, geben Sie es bitte auf. Sie stehlen mir meine kostbare Zeit. Nachgeholfen habe ich schon, aber doch nicht mit Gewalt. Für wie primitiv halten Sie mich. Die jungen und älteren Damen gaben sich meist mit etwas finanzieller Unterstützung zufrieden.«

Grießinger witterte seine Chance.

»Und die ganz Hartnäckigen, was haben Sie mit denen gemacht?«, fragte er mit einem jovialen Grinsen.

»Jede hatte in ihrem Leben einen dunklen Punkt.«

»Erpressung, also!« Hüfinger bemerkte seinen Fehler und reagierte plötzlich sehr schroff und abweisend.

»Ich muss jetzt arbeiten. Verlassen Sie meinen Hof und fragen Sie besser den Ehemann Wolfgang Allgaier, anstatt hier herumzuschnüffeln.«

»Sobald Ihr Sohn zurück ist, soll er sich bei uns melden. Umgehend!« Der Kriminalhauptkommissar überreichte Hüfinger seine Visitenkarte und gab Baisch das Zeichen zum Einsteigen. Wie gewohnt, ging sein Kollege an die hintere Tür des alten Strich 8 und wartete, bis Grießinger von innen das Knöpfle hochzog. Dieser jedoch forderte ihn auf zu ihm, um das Fahrzeug herum zu kommen und hielt ihm den Zündschlüssel hin.

»Was soll ich mit dem Schlüssel, Chef?«, fragte Baisch entgeistert.

»Aufschließen, ins Zündschloss stecken und losfahren?« grinste ihn Grießinger an.

»Mit deinem Daimler. Bisch du sicher?« Baisch glaubte sich verhört zu haben? Was führte sein Chef im Schilde. Fühlte er sich nicht gut? Oder war an diesem seltsamen Verhalten der Kuraufenthalt schuld? Grießinger hatte zwar erzählt, dass er dort einen Business-Coach kennengelernt hatte, aber niemand wäre auf die Idee gekommen, dass dies solche Auswirkungen haben könnte. Vermutlich versuchte sich Grießinger in moderner Mitarbeiterführung und teambildenden Maßnahmen. Baisch wurde jäh von Grießinger aus seinen Gedanken gerissen.

»Wieso soll ich mir nicht sicher sein. Tätest du jetzt endlich aufschließen?«

Grießinger war bereits zur Beifahrertür gegangen. Bei dem Gedanken, dass jemand anders als er selbst seinen geliebten Daimler fahren würde und er auf dem Beifahrersitz mitfuhr, war es ihm ziemlich unwohl. Er war jedoch wild entschlossen, an seinem Führungsstil einiges zu ändern. Deutlich hatte er die Unzufriedenheit seiner Teamkollegen vor seiner Kur gespürt und natürlich hatte er herausgefunden, dass sie hinter dem Kurantrag gesteckt hatten. Die Tatsache, dass sie ihn an die Nordsee, nach St. Peter Ording schicken wollten, verzieh er ihnen nicht so schnell. Grießinger war aber gewieft genug, dass er alles nach seinen Wünschen hatte ändern können. Das Beste an der Kur war jedoch die Bekanntschaft mit dem Coach für Manager und Führungskräfte. Der hatte ihm von neutraler Seite Tipps gegeben, die er jetzt in der Praxis entschlossen ausprobieren wollte. Sogar seine Frau hatte bemerkt, dass er in letzter Zeit anders war. Grießinger war stolz auf sich.

»Wegen der Beule, Chef!«

Jetzt zuckte Grießinger doch kurz zusammen. Stimmt! Die Beule, die ihm Baisch ins Heck gefahren hatte. Fast hätte er den Zwischenfall vergessen. Grießinger musste hählinga grinsen. Baisch wusste nämlich nicht, dass diese Beule kein Drama gewesen war, weil er das Heck sowieso richten lassen wollte.

Sein Strich 8 hatte etwas Rost angesetzt und vor allem der Kofferraum war davon betroffen. Eine alte Krankheit dieser Serie. Deshalb hatte er sich damals nicht über den Rempler von Baisch aufgeregt. Dank seinem Kollegen konnte er den Schaden der Versicherung melden, und da es sich um einen Unfall während der Dienstzeit handelte, kostete Grießinger die Hecksanierung seines Fahrzeuges fast nichts. Bei aller Korrektheit gegenüber seinem Dienstherren, war Grießinger eben ein sparsamer Mensch.

»Scho rächd, Baisch. Längst erledigt. Jetzt fährst du halt etwas behutsamer und parkst ned so päb ein, dann wird es schon passen.«

Baisch genoss die Wertschätzung seines Chefs in vollen Zügen, auch wenn es ihn ziemlich nervös machte, Grießinger in seinem Daimler durch die Gegend zu chauffieren.

10

Lichtner war nach dem Besuch bei Allgaier direkt nach Hause gefahren. Mehrmals hatte seine Tochter versucht, ihn während der Fahrt zu erreichen. Er ignorierte die Rufanzeige auf dem Handydisplay standhaft. Die Situation am Morgen im Bad wollte er keinesfalls am Telefon klären. Es war an der Zeit, dass er ihr eine deutliche Ansprache bezüglich der Regeln eines für alle Seiten angenehmen Zusammenlebens hielt. Bisher war sein Leben, abgesehen von einigen, durchaus turbulenten, amourösen Abenteuern, in halbwegs geregelten Bahnen verlaufen. Daran würde auch seine Tochter nur bedingt etwas ändern. Sie hatte längst für genügend Aufregung in seinem Leben gesorgt. Sabrina erwartete ihn bereits im Wohnzimmer. Allein. Lichtner war erleichtert. Sein Bedürfnis, dem jungen Mann an diesem turbulenten Tag ein zweites Mal zu begegnen, war äußerst gering.

»Hallo Papa«, begrüßte ihn seine Tochter zaghaft. Lichtner nahm es mit Milde zur Kenntnis. Zumindest hatte sie ein schlechtes Gewissen. Außer einem gebrummelten »Hallo« erwiderte er nichts.

»War es ein stressiger Tag heute?«, fragte sie ihn betont verständnisvoll.

»Ich hatte eigentlich nur heute Morgen Stress. Im Bad!« Lichtner spürte, wie der Ärger erneut in ihm hochstieg.

»Habe ich womöglich vergessen, meine Klamotten aufzuräumen?«, gab sich seine Tochter ahnungslos.

»Vielleicht hätte dein Übernachtungsgast seine Klamotten besser im Bad liegen gelassen!« Noch immer war er schockiert über die Begegnung.

»Ach so, Papa, das meinst du. Also das war so …«

»Wie heißt er eigentlich?«, unterbrach sie Lichtner schroff.

»Ach Papa, jetzt sei doch nicht sauer. Tobi hat quasi gezwungenermaßen hier übernachtet. Er hat den letzten Bus verpasst, und ich konnte ihn ja wohl schlecht auf einer Parkbank schlafen lassen.« Seine Tochter sah ihn mit großen Augen und unschuldigem Blick an.

»Na ja, so gezwungen sah mir das nicht aus, eher ziemlich nackt!«

»Nackt war er nur, weil ich ihm ein Glas Wasser über die Kleidung geschüttet hatte.«

Jetzt wurde Lichtner neugierig. Mit einem versteckten Schmunzeln stellte er fest, dass seine Tochter einiges von ihm geerbt hatte. Er ahnte, welche Erklärung sie parat hatte.

»Und warum, um alles in der Welt, hast du ihm ein Glas Wasser über die Kleidung geschüttet? Gab es einen Streit?«

»Ne, Papa, Tobi ist nur ein bisschen schüchtern gewesen und ich wollte eben, dass er seine Klamotten auszieht.«

Jetzt musste sich Lichtner wegdrehen und kurz das Wohnzimmer verlassen. Er amüsierte sich köstlich. Zu gut konnte er sich an eine ähnliche Situation mit einer ebenfalls etwas schüchternen Dame erinnern. Er drehte eine Runde durch die Küche und kehrte mit strengem Blick zu Sabrina zurück.

»Egal wie es gewesen ist, das von heute Morgen war ein einmaliges Erlebnis, haben wir uns da verstanden?«

»Heißt das, Tobi darf nicht mehr herkommen?«

Seine Tochter sah ihn entsetzt an.

»Ganz genau, das meinte ich!«, gab ihr Lichtner mit ernstem Gesichtsausdruck zu verstehen.

Sabrina war den Tränen nahe. Schließlich tat sie ihm doch leid.

»Zumindest so lange, bis du ihn mir vorgestellt hast, und nur wenn er einen Bademantel mitbringt und das Bad abschließt!«, schob er mit sanfterer Stimme nach. Seine Tochter sprang vom Sofa auf und umarmte ihn stürmisch.

»Kein Problem, Papa. Das lässt sich regeln.«

Lichtner lächelte wie ein Vater, der seiner Tochter alles verzieh. Nur eine typische Elternfrage belastete ihn noch. Er druckste verlegen herum.

»Sabrina, wie ist das eigentlich …?« Lichtner fehlten äußerst selten die Worte, aber in diesem Falle tat er sich doch schwer.

»Was meinst du, Paps?«, fragte Sabrina betont ahnungslos.

»Na ja, mich würde interessieren, ob du die Pille nimmst, oder ihr irgendwie was anderes macht.«

»Ich glaube Papa, das könnte ein Problem werden«, sagte Sabrina und verließ das Wohnzimmer.

Lichtner verdrehte die Augen und atmete tief durch. Er hatte an diesem Tag ein weiteres Mal das dringende Bedürfnis, einen großen Schluck Dettinger Apfelbrand zu trinken und sich auf das Sofa zu setzen. Er dachte eine Weile darüber nach, wie das wohl wäre, wenn seine Tochter schwanger werden würde. Wie sollte er das verstehen? ›Das könnte ein Problem werden…‹ Er würde mit Sabrina darüber reden müssen, bald. Aber jetzt beschloss Lichtner, noch in sein Büro zu fahren. Er musste auf andere Gedanken kommen. Da er nicht einschätzen konnte, welchen Promillespiegel der ziemlich große Schluck Apfelbrand verursacht hatte, rief er lieber im Büro an, ob ihn jemand abholen konnte. Es dauerte nicht lange, bis es an der Tür klingelte.

Im Büro warf er einen Blick auf seinen Schreibtisch, was es an neuen Fällen gab und stöhnte angesichts der Aktenberge auf. Vermutlich wollten wieder alle die Spurenauswertung eigentlich gestern oder zumindest gleich. Er weigerte sich immer öfter, diesen Stress mitzumachen. Denn gute Arbeit brauchte seine Zeit und nur in ganz dringenden Angelegenheiten arbeitete er mal eine Nacht durch. Seltsamerweise war es bei den Fällen, an denen Emilie beteiligt war, meist mehr als eilig, sinnierte er bei der Durchsicht der Aktenberge.

Er dachte an die verschwundene Backfrau und diese Inszenierung vor dem Würtinger Rathaus. Warum betrieb jemand so einen Aufwand mit dem Opfer. Die Spuren in dem Wagen gaben nicht viel her. Beim Transport der Leiche wurden Handschuhe benutzt. Zumindest gab es erstaunlich wenig Fingerabdrücke im Fahrzeug. Textilfasern waren jedoch von der Spurensicherung in rauen Mengen gefunden worden. Die Auswertung dauerte Wochen, wenn nicht sogar Monate. Blieben also noch die Blutspuren an der Leiche, im Fahrzeug und im Backhaus. Lichtner sah kritisch auf seine Uhr. Eine DNA-Analyse würde bei dem guten Ausgangsmaterial etwa 4–5 Stunden dauern. Aufwändig waren eigentlich nur die Gegenproben von Allgaiers Frau. Er hatte ein paar Haare und etwas getragene Wäsche gefunden. Die Gegenproben musste er erst entsprechend vorbereiten. Bei seinem vollen Schreibtisch würde er morgen nicht gleich dazukommen. Lichtner überlegte hin und her. Irgendwie beunruhigte ihn die Präsentation der Leiche vor dem Rathaus und das ungeklärte Schicksal der Backfrau. Was wäre, wenn sie es doch mit Profis zu tun hatten? Gab es womöglich irgendwelche Querverbindungen von Vögele zu der vermissten Frau? Was, wenn der Tote vor dem Rathaus erst der Anfang einer Mordserie war. Mit der Leiche verband sich eine Botschaft.

Lichtner konnte nicht bis morgen warten. Er schaltete seine zweigruppige italienische Kaffeemaschine an, kontrollierte, ob noch genügend Kaffeebohnen in der Kaffeemühle waren und stellte seine Lieblingstasse auf den Wärmer davor. Dieses Gerät mit ungeheuren Ausmaßen hatte er sich selbst zur ›Geburt‹ seiner Tochter geschenkt. Francesco hatte ihn ausgiebig und sehr leidenschaftlich bei der Auswahl und Aufstellung der Maschine beraten. Unzählige italienische Bars und Restaurants mussten sie besuchen, nur um den besten Espresso zu finden. Letztendlich waren sie dann doch wieder zu Francescos Maschine und Kaffeeröstung zurückgekehrt. Ein Umstand, der den Barbesitzer vor Stolz um mehrere Zentimeter wachsen ließ. Seit dieser Zeit war Lichtner der Kaffeestützpunkt der Polizeidirektion Reutlingen und insgeheim fragten sich alle bereits, wann Reitzle diesen Kaffeetourismus zum Büro der KTU unterbinden würde. Bisher bezog sich seine Dienstanweisung ausschließlich auf das Vespern während der Dienstzeit. Eine gemeinsame Kaffeepause fiel nicht unter den Begriff der Nahrungsaufnahme.

Nach der zweiten Tasse frisch gebrühtem Kaffee und einer halben Havanna begann Lichter konzentriert seine Arbeit im Labor. Solange die DNA-Analyse lief, verglich er akribisch sämtliche Fingerabdrücke und besah sich die Textilfasern unter dem Mikroskop. Er stöhnte angesichts der endlosen Vielzahl von Fasern aus dem Backhaus. Doch plötzlich stockte er. Er hatte Anzugsfasern gefunden. Gebannt holte er die Faserprobe von Vögeles Anzug. Es passte. Damit war ziemlich sicher, dass sich Vögele im Backhaus befunden hatte. Die DNA-Auswertung würde das ebenfalls bestätigen.

Im Morgengrauen lehnte er sich endlich zurück. Die Nachtschicht hatte sich gelohnt. Seine Assistentin würde ein Dossier erstellen, und er würde sich jetzt noch für ein paar Stunden schlafen legen. Da fiel ihm ein, dass sein Wagen zu Hause stand. Es blieb ihm nichts anderes übrig, als im Büro zu nächtigen. Zu allem Übel hatte er seine Mohairwolldecke an Haible ausgeliehen. Vielleicht schlief der ja nicht mehr auf dem Sofa in der Mordkommission, sondern war zwischenzeitlich woanders untergekommen. Missmutig und vollkommen übermüdet begab er sich zum Büro der Mordkommission. Es war ein seltsames Gefühl, alleine durch die halbdunklen stillen Gänge und Treppenhäuser zu gehen. Sonst herrschte hier geschäftige Betriebsamkeit. Ohne anzuklopfen drückte er die Türklinke des Büros. Erstaunt stellte er fest, dass nicht abgeschlossen war.

Haible saß im Dunkeln auf dem Sofa und hielt seine Waffe im Anschlag. »Halt, stehenbleiben, sonst mache ich von der Schusswaffe Gebrauch!«, schrie er. Im selben Moment erkannte er den Leiter der Kriminaltechnischen Untersuchung und senkte schnell die Pistole.

»Mensch, Fritz, hast du mich erschrocken, fast hätte ich dich von den Füßen geholt.«

»Mensch, Haible, liegst du hier auf der Lauer, oder was?« Der Leiter der KTU hatte ebenfalls einen ziemlichen Schreck bekommen. Er tastete nach dem Lichtschalter, während Haible die Waffe sicherte und wieder unter sein Kopfkissen legte.

»Was machst du eigentlich um diese Uhrzeit in der Polizeidirektion, Lichtner?«

»Das könnte ich dich auch fragen. Bist du jetzt im Büro eingezogen?«

»Schon. Meine Frau hat mich rausgeschmissen, zum Baisch kann ich nicht wegen seiner Frau, die mit meiner befreundet ist und fürs Hotel habe ich kein Geld. Des isch älles en Granadascheiß, Fritz.«

Lichtner setzte sich zu ihm aufs Sofa. Der Schreck hatte ihn hellwach gemacht und offensichtlich benötigte Haible Hilfe.

»Eugen, wir zwei gehen jetzt in mein Büro und trinken einen frischen Kaffee. Nebenher können wir uns gemeinsam überlegen, wie ich dir helfen könnte. Ganz nebenbei informiere ich dich über einen hochinteressanten Fall, mit dem deine Kollegen gerade befasst sind. Vielleicht bringt dich das auf andere Gedanken und schaltet deinen Kopf wieder ein.«

Lichtner gab ihm mit der Schulter einen kameradschaftlich Schubser.

»Ich habe eh nicht schlafen können, ein frischer Kaffee wäre jetzt nicht das Dümmste. Gestern habe ich scho verschlafen, und der Grießinger weckt ziemlich unsanft.«

Haible kleidete sich an und folgte Lichtner in sein Büro. Bald zog ein besonders aromatischer Kaffeeduft durch die leeren Gänge der Polizeidirektion. Lichtner saß sehr gemütlich in seinem Designerschreibtischsessel an seinem Raucherplatz. Seine Füße lagen ohne Schuhe auf dem Schreibtisch. Haible hatte es sich ebenfalls bequem gemacht. Zum Kaffee gab Lichter auf den Schreck hin einen Apfelbrand aus. In seinem Aktenschrank fand er noch die Reste einer Edelschokolade, ein Päckle Riebele, Löffelbiskuit und eine Dose Leberpastete. Fast ein perfektes Frühstück. Zufrieden besah sich Lichtner die Köstlichkeiten und zündete eine Zigarre an.

»Bedien' dich bitte, Haible. Es ist zwar nicht wie im fünf Sterne Hotel, aber jede Zutat für sich gesehen ist eine wahre Delikatesse. Oder willst du zuerst eine Zigarre zum Kaffee?«

Haible schüttelte den Kopf. Beim Kaffee und den Riebele griff er jedoch dankbar zu. Lichtner nuckelte an seiner Havanna und wartete darauf, dass Haible von selbst erzählen würde. Es dauerte eine weitere Tasse Kaffee, bis dieser stockend begann.

»Der Baisch hat zu mir gesagt, meine Frau hätte sich bei seiner Frau beklagt, dass ich sie vernachlässige und nur noch an meiner Eisenbahn herumbastle. Außerdem hat sie gemeint, ich tät zu viel trinken.«

»Und? Ist das so?«, brummelte Lichtner mit der Zigarre im Mundwinkel

»Schon. Wenn ich an meiner Eisenbahn schaff, kann ich abschalten und dazu trink ich halt gern ein paar Viertele. Meine Frau versteht einfach net, dass ich gewaltigen Stress im Büro hab. Ständig sollen wir effektiver arbeiten und bessere Fallzahlen bringen. Wir sind doch keine Roboter!« Haible war empört und verzweifelt zugleich. Lichtner nickte verständnisvoll. Er spürte den gleichen Druck von oben und dachte dabei an die Aktenberge auf seinem Schreibtisch. Allerdings wusste er, dass er auch ohne Arbeit finanziell sorgenfrei leben könnte. Haible musste bestimmt sein Haus abbezahlen und eine Familie versorgen.

»Ihr zwei müsstet unbedingt miteinander reden, Haible. Oder hast du deiner Frau in letzter Zeit erzählt, was in deinem Job los ist?« Haible druckste herum.

»Noi, schon lang net mehr. Sie schwätzt immer nur von Pilates, Kinderziehung, Nordic Walking und solchem Zeug. Die hat doch keine Ahnung, was im echten Leben passiert.«

»Du tust mir leid«, erwiderte Lichtner mit ironischem Unterton. »Du bist der Allerärmste. Mensch, Haible, schaffen müssen wir alle und Stress gehört zu unserem Job dazu.« Lichtner war aufgebracht über Haibles Selbstmitleid. Haible sah ihn betroffen an. So direkt hatte lange niemand mehr mit ihm gesprochen.

»Aber was soll ich jetzt tun, Lichtner? I mog se doch«, fragte Haible noch immer weinerlich.

»Erinnerst du dich mit deinem Trollingerkopf an die Zeit, als ihr euch kennengelernt habt. Hast du da auch so herumgeheult?«

Für einen Moment blitzen Haibles Augen auf.

»Noi, ganz bestimmt net! Wir waren fast jeden Abend unterwegs zum Schwofen, im Kino, einmal war ich sogar mit ihr im Theater.« Die Erinnerungen brachten Haible zum Lächeln.

»Merkst du was, Eugen? Vermutlich wärt ihr nicht zusammengekommen, wenn du auch damals nur an deiner Eisenbahn herumgebastelt hättest. Ich würde dir empfehlen, lade deine Frau auf ein romantisches Wochenende ein. So mit allem Drum und Dran: Theaterbesuch, Mehrgangmenü, gemeinsame Unternehmungen, Tanztee und was dir sonst noch einfällt. Verwöhne deine Frau und redet endlich miteinander.«

Haible sah ihn mit großen Augen an. Warum war er eigentlich nicht selbst auf diese Idee gekommen? Wie oft hatte ihn seine Frau gefragt, ob sie nur einmal wieder gemeinsam übers Wochenende fortfahren könnten. Seit ihr siebenjähriger Sohn auf der Welt war, hatten sie dies nicht mehr getan. Haible war erst mit dem Hausbau, dann mit Lehrgängen und Fortbildungen und zwischenzeitlich nur noch mit seiner Eisenbahn beschäftigt gewesen. Allerdings würde Lichtners Idee vermutlich an seinen finanziellen Möglichkeiten scheitern.

»Lichtner, das Problem ist, ich kann mir halt solche Nobelhütten wie du nicht leisten. Bei mir ist seit dem Hausbau Ebbe in der Kasse.«

»Haible, Haible, du stellst dich an. Suche einfach im Internet nach Kurzreisen und Pauschalangeboten für's Wochenende. Da wird bestimmt etwas Passendes dabei sein. Wenn es nicht reicht, dann helfe ich dir mit meiner Privatstiftung für notleidende Kollegen aus. Du weißt doch, meine Erbtante hat es mehr als gut mit mir gemeint. So kann ich es mir leisten, es hin und wieder mit anderen Menschen gut zu meinen.«

Haible bekam wieder feuchte Augen. Dieses Mal nicht wegen seiner Frau, sondern wegen Lichtner. Ein feiner Kerl. Niemals stellte er sich mit seinen finanziellen Möglichkeiten über seine Kollegen. Ganz im Gegenteil. Er half, wo er konnte und brachte so sein geerbtes Geld unter die Leute.

»Haible, keine Eisenbahn an diesem Wochenende, keine

Viertele. Zeig dich einfach von deiner besten Seite. Außerdem gibt es noch etwas …«

Haible stöhnte auf, was wollte Lichtner denn noch von ihm?

»Verkaufe endlich deine Modelleisenbahn!« Lichtner war es sichtbar ernst mit dem Ratschlag.

»Noi, nie im Leba. Du kannst alles von mir verlangen, aber nicht die Eisenbahn. Ohne die bin ich bloß ein halber Mensch.« Haible war außer sich.

»Mach es, du wirst sehen, welche Wirkung das hat.«

»Was mache ich, wenn sie nicht mit will, Lichtner? Immerhin hat sich mich rausgeschmissen. Ich darf nicht einmal meinen Sohn besuchen!« Bei diesem Gedanken stiegen dem Kriminalkommissar wieder die Tränen in die Augen.«

»Buche das Wochenende und zeige deiner Frau die Verkaufsanzeige für deine Modellbahn. Du wirst dich wundern.«

Haible sah ihn zweifelnd an. Lichtner versuchte, ihn aufzumuntern. Aber die Idee war gut und das mit der Modelleisenbahn konnte er sich vielleicht auch noch einmal überlegen. Haible fühlte, wie er ruhiger wurde. Jetzt hatte er doch immerhin wieder etwas, auf das er hinarbeiten konnte. Wenn seine Frau mitging, dann würde alles gut werden, da war er sich sicher. Lichtner hatte die Veränderung bei Haible bemerkt und schweigend an seiner Havanna gezogen. Es war oft so wenig, das Menschen brauchten, um wieder ein wenig in die Spur zu kommen.

»Ich wollte dir noch von dem aktuellen Fall oder besser den Fällen berichten. Unter Umständen bringt dich das auf andere Gedanken, Haible.«

Haible setzte sich aufrecht auf seinen Stuhl und nickte. Der Leiter der KTU nahm seine Notizen vom Schreibtisch und legte detailliert die Untersuchungsergebnisse dar. Zwischenzeitlich war es hell geworden und allmählich füllten sich die Gänge der Polizeidirektion Reutlingen mit Stimmengewirr. Heftige Gähnanfälle unterbrachen immer häufiger Lichtners Bericht. Nachdem er den letzten Notizzettel mit Haible durchgearbeitet hatte, lehnte er sich in seinem Bürosessel zurück und schloss die Augen.

Haible hatte ihm konzentriert zugehört. Die Untersuchungsergebnisse Lichtners hatten ihn tatsächlich auf andere Gedanken gebracht. Sein Interesse war geweckt, und er spürte endlich wieder Lust auf Ermittlungsarbeit. Der Ratschlag von Lichtner, seine geliebte Modelleisenbahnanlage zu verkaufen, verursachte ihm hingegen immer noch heftige Bauchschmerzen. Andererseits war ihm klar, dass er seiner Frau beweisen musste, wie ernst es ihm war.

Haible blickte auf seine Uhr. Baisch und Grießinger würden demnächst ihren Dienst beginnen. Eilig stand er auf, ohne dabei Lichtner zu wecken, der zwischenzeitlich schnarchend im Bürosessel schlief.

Im Büro der Mordkommission riss der Kriminalkommissar die Fenster auf und atmete tief die frische Morgenluft ein. Dann räumte er die Spuren seines Bettes und die leere Trollingerflasche weg. Er stellte sie angewidert zu den anderen im Aktenschrank. Während dem Aufräumen überlegte er fieberhaft, wo er mit seiner Frau ein Versöhnungswochenende verbringen sollte.

Grießinger kam wie jeden Morgen als Erster ins Büro. Erstaunt registrierte er, dass Haible aufgeräumt hatte und offensichtlich arbeitend an seinem Schreibtisch saß.

»Guten Morgen, Kollege, kann man schon so zeitig auf sein?«, begrüßte er Haible mit einem Augenzwinkern.

»Natürlich, Chef, und ich habe einige Neuigkeiten!« Haible sprühte vor Tatendrang.

»Ja Haible, wie kommt´s, du bist ja wieder ganz der alte. Hat sich deine Frau erbarmt?«

Haible schüttelte den Kopf und sah Grießinger traurig an.

»Scho rächd, Kollege. Das wird schon. Was gibt es denn für Neuigkeiten?«, versuchte Grießinger eilig das Thema zu wechseln. Er taugte noch immer nicht als Ehetherapeut.

»Ich war frühmorgens beim Lichtner drüben. Der hat die Nacht durchgearbeitet und äußerst interessante Details herausgefunden.« Haible schwieg, um die Wirkung der Worte bei seinem Chef abzuwarten. In diesem Moment betrat Baisch das Büro. Er sah sich ebenfalls erstaunt um und wollte gerade etwas sagen, da gab ihm Grießinger ein Zeichen, sich herzusetzen und still zu sein.

»Also, der Lichtner«, begann Haible bedeutungsschwer, »der hat herausgefunden, dass der Vögele vor seinem Ableben im Backhaus in Bleichstetten war und das Blut dort von ihm stammt. Zumindest fast alles Blut.« Haible sah die beiden Kollegen an. Er genoss es sichtlich, die Ermittlungsergebnisse der KTU als erster und vor allem häppchenweise, zu präsentieren.

»Lubbf dei Zong, Haible!«, forderte ihn Grießinger ungeduldig auf.

»Was hat er noch herausgefunden, Kollege?«, setzte Baisch ungeduldig nach.

»Also, außer dem Blut von dem Vögele gab es Blutspuren von der Rosemarie Allgaier im Backhaus, nicht ganz so viele, aber immerhin. Die Kugel im Brotlaib stammt übrigens aus derselben Waffe wie die Kugel, die im Vögele gesteckt hat. Lichtner hat gemeint, das muss ein Querschläger gewesen sein, der durchs Backhaus gepfiffen ist und dann im Brotlaib stecken blieb.«

»Meint unser KTUler, dass Frau Allgaier ebenfalls im Backhaus ermordet wurde?«, hakte Grießinger zweifelnd nach.

»So direkt kann er das nicht sagen. Diese Irmhild Schaffig hat wohl ihrer schwäbischen Hausfrauenseele nachgegeben und den Tatort gründlich geputzt. Möglicherweise sind beide nicht zur gleichen Zeit im Backhaus umgebracht worden und der Mörder von Frau Allgaier hatte bereits versucht, Spuren zu beseitigen. Lichtner geht eigentlich sogar von dieser Annahme aus. Seiner Meinung nach haben wir es mit einer Verquickung unglaublicher Zufälle zu tun, und es handelt sich womöglich doch um zwei Fälle.«

Grießinger und Baisch sahen ihn erstaunt an.

»Da gibt es noch etwas. Unser KTU-Chef meint, die Kugeln auf Vögele wurden mit einem Schalldämpfer abgefeuert und dieses Arrangement des Toten vor dem Rathaus deutet für ihn auf Profis hin. Möglicherweise haben wir es mit einer Energiemafia zu tun.« Haible sagte den letzten Satz vollkommen ernst. Grießinger grinste nur spöttisch. Baisch kam seinem Kollegen zur Hilfe.

»Chef, wenn du wüsstest, um welche Summen es bei dieser alternativen Energiegewinnung geht, würde dich nichts mehr wundern. Ich sag dir, da passiert eine grandamäßige Sauerei auf der Alb. Bald haben wir nur noch solche turmhohen Betonsäulen mit Propellern in der Landschaft, egal wo du hingugscht.« Baisch war bei dem Thema regelrecht in Rage geraten.

»Scho rächd, Baisch. Tu nur langsam. Du hast ja einen ganz roten Kopf von den Windrädern bekommen. Verzähl weiter, Haible, auf!«

»Der Wolfgang Allgaier, der Mann der verschwunden Backfrau, war ebenfalls im Backhaus und Lichter hat ein Hemd von ihm in der Dreckwäsche gefunden. An dem war Blut von seiner Frau. Ach ja, bevor ich es vergesse, in dem Auto von dem Vögele waren ziemlich sicher keinerlei Täterspuren. Keine auffälligen Fingerabdrücke und vor allem für ein Firmenfahrzeug extrem wenige Spuren. Die müssen Handschuhe getragen und sauber geputzt haben. Auf dem Beifahrersitz hat er dennoch Fasern gefunden. Konnte sie jedoch nicht zuordnen. Heute wird er das allerdings nicht mehr schaffen, so tief, wie der schläft.«

»Dann gibt es jetzt zwei Büroschläfer in der Polizeidirektion!«, konstatierte Grießinger mit spöttischem Unterton. Haible verzog das Gesicht und Baisch warf seinem Chef einen vorwurfsvollen Blick zu. Dieser reagierte halbwegs schuldbewusst.

»Haible, es war ja nicht ganz verkehrt, dass du im Büro geschlafen hast. Was hältst du denn von einer vorgezogenen Vesperpause? Anschließend fahren wir zwei dann zu diesem Allgaier, der hat uns wohl noch einiges zu erklären!«

Baisch und Haible waren sichtlich erleichtert. Der eine, weil er heute endlich wieder einen Bürotag machen konnte und der andere, weil er einen Riesenhunger verspürte. Haible hatte allerdings seine stillen Zweifel, ob Allgaier der richtige Ermittlungsansatz war. Ein Mörder würde kein blutiges Hemd mit dem Blut des Opfers in seiner Dreckwäsche aufbewahren. Nach dem, was er bisher von Lichtner über Allgaier wusste, traute er ihm einen Mord an seiner Frau nicht zu. Im Moment behielt er jedoch seine Meinung für sich. Womöglich könnte es sich sonst Grießinger mit dem gemeinsamen Einsatz auf der Alb anders überlegen.

Ohne viel Aufhebens gaben Baisch und Grießinger ihrem Kollegen von ihrer gerauchten Schinkenwurst, der Schwarzwurst und dem Rauchfleisch etwas ab. Sie waren sich allesamt einig, dass es für eine gute Schwarzwurst niemals zu früh war. Während des Schubladenvespers diskutierten sie ausgiebig die Ermittlungsergebnisse von Lichtner. Einen Durchsuchungsbefehl für das Haus von Allgaier würden sie sich sparen. Es bestand Gefahr in Verzug. Vielleicht lebte ja die verschwundene Backfrau noch. Der Fall des toten Vertreters drängte fast noch mehr. Grießinger wollte gar nicht daran denken, was los wäre, wenn es weitere Opfer gäbe. Sie mussten sich beeilen und herausfinden, mit wem es Vögele in den letzten Tagen zu tun gehabt hatte.

Während die Kommissare ihr Vesper beendeten, um Allgaier einen Besuch abzustatten, war Emilie bereits ziemlich gespannt, was Regine Oswald ihr erzählen würde. Thomas

Reitzle, der Leiter der Kriminalpolizei, hatte sie gestern Abend telefonisch erreicht und sich mit ihr zum Mittagessen verabredet.

11

Wie immer war es etwas zu spät, als Emilie Emilie hektisch den Innenhof des Hotel Herbert in Münsingen betrat. Regine Oswald winkte ihr von einem Tisch am Rande zu und strahlte über das ganze Gesicht. Sie sprang freudig auf, um ihre Freundin herzlich zu umarmen. Für einen Moment dachte Emilie, ihre Freundin Regine sei nie fort gewesen. Die beiden Frauen standen sich freudig lachend gegenüber und sahen einander neugierig an.

»Was macht dein Hals Emilie? Äußerlich kann ich kaum etwas entdecken.«

»Du meinst wegen der Geschichte am Kienbein beim Heidengraben?«

»Ich glaube dir kaum, dass du dieses Erlebnis vergessen hast?«

Regine sah ihre Freundin mit einem vorwurfsvollen Blitzen in den Augen an. Am Kienbein wäre Emilie beinahe selbst zum Opfer geworden.

»Mein Hals ist in Ordnung. Die Narben von dem Lederband sind gut verheilt.« Emilie reckte ihren Kopf, um Regine die kaum sichtbaren Spuren der Verletzung zu zeigen.

»Der Rest ist Tagesform abhängig. Manchmal träume ich von dieser irrsinnigen Stimme am Ohr. Bei meinem letzten Fall am Wartstein hatte ich eine Begegnung, die mich fast wieder in den Abgrund gerissen hätte. Allerdings vermute ich, dass Theo mindestens ebenso unter den Vorkommnissen leidet. Gestern hat er zumindest sehr seltsam und wütend auf meine Nachricht von neuen Ermittlungen reagiert.«

Regine schmunzelte kaum merklich. Sie wusste also noch nichts. Vielleicht war es auch besser, wenn sie nie etwas erfahren würde.

»Regine, wo warst du eigentlich, was war los mit dir? Von einem Tag auf den anderen bist du verschwunden!« Emilie hatte oft an ihre Freundin gedacht und sich Sorgen um sie gemacht.

Regine sah lange in den Milchschaum ihres großen Latte Macchiato, ehe sie Emilie antwortete.

»Lichtner, du und meine Arbeit waren die Gründe für mein Verschwinden. Ich erinnere mich dunkel, dass du diesen Fluchtreflex in Zusammenhang mit Fritz Lichtner kennst.«

Regine blinzelte Emilie verschwörerisch zu. Diese wusste genau, worauf sie anspielte. Damals, vor mehr als 16 Jahren, hatte ihr Fritz Lichtner einen Heiratsantrag gemacht und sie war Hals über Kopf davongerannt, weil sie meinte, sie sei noch nicht reif zum Heiraten.

»Hat Lichtner dir etwa einen Heiratsantrag gemacht, Regine?«, prustete Emilie los.

»Und wieso bist du um Gottes Willen wegen mir untergetaucht. Was war mit deiner Arbeit?«

Jetzt blickte Regine ihre Freundin vorwurfsvoll an.

»Dein Alleingang am Kienbein wäre beinahe böse ausgegangen. Ich konnte nicht bei dir sein, weil ich erst verschlafen und mich dann verfahren habe. Eine tolle Freundin war ich dir. Das hat mir wohl den Rest gegeben. Mein Job hatte mich bereits längere Zeit überfordert. Deshalb auch die Versetzung nach Esslingen. Ich hielt irgendwann diese grausigen Geschichten zu den Tatortspuren nicht mehr aus. Zu wenige Leute im Team, der Zeitdruck, ein bisschen Mobbing und ich war reif für den Burnout. Die wunderbare Liebesgeschichte mit Lichtner hat meinen Zusammenbruch zwar noch etwas hinausgezögert und ich bereue davon keinen einzigen Tag, aber letztendlich war ich am Ende. Ich bin einige Monate bei einer heilkundigen Sennerin in den Bergen gewesen. Den ganzen Sommer über habe ich nichts anderes getan als Kühe gemolken und Almkäse hergestellt. In der verbleibenden Zeit haben wir geredet, geredet und nochmals geredet. Bis es endlich in meinem Kopf ›Klick‹ gemacht hatte und ich soweit war, neu zu beginnen. Seit knapp zwei Wochen bin ich erst wieder im Ländle.

Emilie war vollkommen überrascht. Sie hätte alles vermutet, aber nicht im entferntesten, dass ihre so starke und lebenserfahrene Freundin mit Burnout auf eine Alm geht.

»Du warst damals rechtzeitig am Kienbein, Regine, sonst würde ich nicht hier sitzen. Niemals wäre ich auf die Idee gekommen, dass du dir wegen mir Vorwürfe machst. Du hast mir das Leben gerettet, ohne Wenn und Aber. Weiß Lichtner eigentlich, dass du wieder im Lande bist?«

Emilie sah ihre Freundin aufmunternd, fast zärtlich an. Ohne Regine hätte sie die Zeit nach ihrer schweren Verletzung nicht geschafft. Sie hatte ihr viel zu verdanken. Regine druckste verlegen herum.

»Naja, wirklich wissen tut er es nicht. Ich habe ihm vor drei Wochen eine Postkarte geschickt und vorsichtig angefragt, ob er mich eventuell sehen möchte oder ob er sauer auf mich ist. Eine Antwort habe ich bis heute nicht erhalten. Ich bin mir noch nicht schlüssig, was daraus werden kann. Ich weiß nur, ich liebe diesen Mann über alles.«

Emilie schluckte. Sie spürte anstatt des Kribbelns im Bauch einen Stich, der sie verunsicherte. War das Eifersucht? Sie hatte doch Theo und erst gestern gespürt, wie gut er ihr tat.

»Lichtner ist Vater geworden!«

Jetzt war Regine betroffen und sah Emilie unsicher an.

»Wenn nicht von mir, dann hatte er nebenher noch eine weitere Beziehung, als er mit mir zusammen war?« Regines Stimme bebte.

»Langsam Regine. So stillos ist Lichtner nicht. Seine Tochter ist fast siebzehn. Er hat dich also nicht betrogen, sondern er war vollkommen ahnungslos. Eines Abends stand sie vor seiner Tür und hat ihm eröffnet, dass er ihr leiblicher Vater ist.«

Emilie kicherte bei dem Gedanken an Lichtners Schilderung, wie er seine Tochter kennengelernt hatte. Regine atmete erleichtert auf. Das Lächeln Emilies steckte sie an.

»Und, wie macht er sich als Vater?«, fragte sie glucksend.

»Ich glaube, er ist so dermaßen im Stress mit seiner Tochter, dass er nicht dazu kommt, über sein Vatersein nachzudenken. Diese Woche stand bereits ein nackter Jüngling in seinem Badezimmer, ohne Vorankündigung. Das hat ihn so geschockt, dass er mit seiner Assistentin darüber sprechen musste. Die wiederum sorgte dafür, dass die gesamte Polizeidirektion meint, dass Lichter sein spätes Coming Out hatte und homosexuell ist.«

»Lichtner, ausgerechnet Fritz? Vermutlich ist seine Mitarbeiterin bisher nicht seinem umwerfenden Charme erlegen.« Der Blick Regines verriet, dass sie sehr wohl Lichtners Charme erlegen war.

»So ist es, Regine. Ruf ihn doch an und treffe dich mit ihm. Erklär ihm, was bei dir los war. Ein Fritz Lichtner wird dich verstehen.« Wieder fühlte Emilie bei diesen Worten den Schmerz.

»Was ist eigentlich mit deinen aktuellen Ermittlungen, Emilie? Hast du einen neuen Fall oder bist du einfach nur neugierig? Oder kümmerst du dich tatsächlich ausschließlich um deinen Mann und dein Gästehaus?«, fragte Regine unvermittelt. Bei Emilie dauerte es einen Moment, bevor sie dem Themenwechsel folgen konnte.

»Ein neuer Fall? Ich muss heute erst noch zu Reitzle. Wenn er mich beauftragt, dann geht es vermutlich um zwei Morde. Einen im Backhaus in Bleichstetten und einen vor dem Rathaus in Würtingen. Dort wurde zumindest die Leiche gefunden, während das Opfer vom Backhaus noch fehlt.« Regine war neugierig geworden.

»Erzähl, das klingt ja ungeheuer spannend und mysteriös.«

Emilie zögerte. Sie wunderte sich etwas über die Neugierde ihrer Freundin, nachdem sie ihr erzählt hatte, dass der Job bei der KTU mit an ihrem Burnout-Syndrom schuld war. Emilie hatte da einen Verdacht.

»Sag mal Regine, kann es sein, dass wir hier nicht ganz zufällig sitzen.« Sie blickte ihre Freundin aufmerksam an.

»Bestimmt hat uns eine innere Stimme hierhergeführt, Emilie. Du weißt doch, ich glaube nicht an Zufälligkeiten im Leben.«

Regine war die Situation sichtbar unangenehm.

»War die innere Stimme möglicherweise Theo, der sich Sorgen um mich macht, wegen der Ereignisse in den letzten beiden Fällen?«, bohrte Emilie weiter. Sie nervte es ein wenig, wenn ihr Mann sie wie ein kleines Kind behandelte.

»Ich, äh, ich … Verdammt Emilie, du hast recht, ich kann dich eh nicht belügen!«, stotterte Regine. Emilie nahm es zur Kenntnis und sagte nichts. Theo würde sie später zur Rede stellen. Ein bisschen freute sie sich auch, dass ihr Mann so besorgt war. Vielleicht war es ja sogar gut, wenn sie Regine an ihrer Seite hatte. Eines musste sie dennoch mit Regine klären.

»Warst du mit Lichtner bei Francesco?«

»Wer ist Francesco?«, antworte Regine irritiert.

Jetzt atmete Emilie erleichtert auf. Zu Francesco ging Lichtner immer dann mit ihr, wenn er etwas auf dem Herzen hatte.

»Ach, nicht so wichtig«, tat sie ihre Frage ab.

»Liebste Freundin, ich muss los. Reitzle hat mich zum Essen eingeladen. Falls er mich beauftragt, melde ich mich sofort bei dir, und sollte er mich nicht beauftragen, werde ich möglicherweise trotzdem herausfinden, was in dem Bleichstetter Backhaus geschehen ist.« Mit diesen Worten stand Emilie auf, legte ein paar Münzen für ihren Latte Macchiato auf den Tisch und zwinkerte ihrer Freundin verschwörerisch zu.

Regine war erleichtert, dass Emilie jetzt den Grund ihrer

Verabredung kannte. Kaum war sie alleine, suchte sie in ihrer Tasche nach dem Handy und rief Lichtner an.

Reitzle hatte einen Tisch in der Gaststätte ›Ringelbach‹ reserviert. Emilie freute sich auf das Essen, denn dort gab es mehrere vegetarische Gerichte zur Auswahl und nicht nur das sonst übliche Schnitzel mit Pommes Frites. In dem Wirtshaus traf sich immer ein buntes Völkchen aus Heilerziehungspflegern, Sozialpädagogen, Handwerkern, Familien, Senioren und vielen anderen, die günstig, frisch und regional essen wollten. Thomas Reitzle, der Leiter der Reutlinger Kriminalpolizei erwartete sie bereits. Zuvorkommend stand er auf, begrüßte sie herzlich und bot ihr einen Stuhl an.

»Es freut mich Sie zu sehen, Frau Lämmle. Ich hoffe Ihr kurzfristiger Terminwunsch hat einen triftigen Grund?«

Das schätzte Emilie an Thomas Reitzle. Er redete nicht lange drumherum, sondern kam direkt auf den Punkt. So konnte sie sich ebenfalls unnötiges Gerede ersparen.

»Es geht um die Sache im Backhaus in Bleichstetten und vor dem Rathaus in Würtingen. Ziemlich seltsam die bisherigen Fakten.«

»Ich bin von Herrn Grießinger bereits vorab informiert worden. Er meinte allerdings, dass Lichtner und er diese Fälle nicht so kompliziert sehen würden.« Reitzle sah Emilie prüfend an. Die ignorierte seinen Blick und berichtete ihre Sicht der Vorkommnisse. Insbesondere wies sie auf das ungeklärte Schicksal der verschwundenen Backfrau hin. Reitzle hörte ihr aufmerksam zu.

»Lassen Sie uns das Essen auswählen, dann lässt es sich leichter reden«, war alles, was er vorerst zu Emilies Ausführungen bemerkte. Sie war etwas enttäuscht, da sie unbedingt wissen wollte, was er zu ihren Thesen und Argumenten meinte. Sie beeilte sich, ein Essen auszuwählen und hielt nach der Bedienung Ausschau. Reitzle hatte offenbar bereits während seines Wartens auf Emilie etwas ausgesucht. Mit einem kurzen Blick in die Speisekarte überprüfte er seine Wahl und legte sie dann zur Seite.

Das Essen kam erfreulich schnell. Mit Heißhunger machte sich Emilie über den gemischten Salat her und probierte dann ein Stück von ihren Dinkelbratlingen. Reitzle hatte sich ein Rindersteak bestellt. Genüsslich schnitt er einen Bissen herunter, garnierte ihn mit einem Klecks Kräuterbutter und schob ihn bedächtig in den Mund. Emilie konnte es kaum erwarten, bis Reitzle sich äußerte.

»Nun ja, Frau Lämmle. Sie können sich denken, dass der Kriminalhauptkommissar wenig Wert auf eine intensive Zusammenarbeit legt.« Er schnitt sich das nächste Stück Rindersteak herunter. Emilie rutschte unruhig auf ihrem Stuhl hin und her. Wenn Reitzle so zurückhaltend begann, war es kein gutes Zeichen.

»Allerdings scheint er dem Verschwinden der Backfrau nur geringe Beachtung zu schenken. Das stimmt mich zugegebenermaßen etwas bedenklich. Ich kann mir schlecht vorstellen, dass eine Frau erst noch Brot bäckt, dann alles stehen und liegen lässt, um ihrem Mann davon zu laufen. Allgaier behauptete gegenüber Kriminalhauptkommissar Grießinger, dass sie außer der Haushaltskasse nichts mitgenommen habe. Das passt nun überhaupt nicht zusammen. Welchen Grund gab es für den Ehemann, zu lügen?«

Emilie horchte auf. Grießinger hatte bei Allgaier doch intensiver nachgefragt, als er ihr gegenüber zugeben wollte. Reitzles Überlegungen bestärkten sie noch mehr in ihrer Meinung, dass Rosemarie Allgaier etwas zugestoßen war. Der Kriminalrat setzte nach einem weiteren Steakbissen seine Gedanken fort.

»Nehmen wir an, es gäbe tatsächlich, so wie Sie vermuten, zwei Opfer. Grießinger würde sich um den Toten vor dem Würtinger Rathaus kümmern und Sie sich um die verschwundene Backfrau. Aber ausschließlich um die Backfrau!« Reitzle sah sie streng an. Die erfolgreiche Zusammenarbeit mit Emilie schätzte er durchaus, aber deren Eskapaden und Alleingänge hatten ihn bereits des Öfteren an den Rand seiner Geduld und seiner dienstlichen Möglichkeiten gebracht. Emilie jubelte innerlich. Genau dieses Angebot hatte sie sich erhofft. Zufrieden strahlte sie Reitzle an.

»Frau Lämmle, Ihre vorschnelle und freudige Reaktion auf meinen Vorschlag macht mich etwas nervös. Sie haben verstanden, was ich ihnen zu erklären versuchte? Ich dulde dieses Mal keinerlei Einmischungen in die Ermittlungsarbeit von Kriminalhauptkommissar Grießinger!« Jetzt klang Reitzles Stimme fast drohend. Emilie senkte den Blick und nickte schuldbewusst. Zumindest wollte sie den Anschein erwecken. Der Leiter der Kriminalpolizei gab sich fürs Erste mit ihrer Reaktion zufrieden. Akkurat machte sein Messer einen weiteren Schnitt durch das exakt medium gebratene Rindfleisch.

»Dann sind wir uns einig. Sie suchen nach der Backfrau und Grießinger kann in Ruhe den Fall in Würtingen ermitteln! Sie halten mich über jedes noch so kleine Detail Ihres Vorgehens auf dem Laufenden und bitte, diesmal keine Alleingänge!« Seine Stimme duldete keinerlei Widerspruch. Eine Angelegenheit musste Emilie trotzdem nach wie vor klären.

»Es gibt da etwas, was Sie wissen sollten, Herr Reitzle.«

Der Leiter der Kriminalpolizei hob kritisch seine Augenbrauen.

»Wäre es vielleicht möglich, dass mich Regine Oswald von der KTU in Esslingen unterstützen könnte?«

»Die ist doch beurlaubt, soweit ich weiß. Außerdem haben wir unseren Herrn Lichtner, nicht wahr!« Reitzle war irritiert über ihr Anliegen.

»Sie würde mich quasi in ihrem Urlaub begleiten, jedoch nicht in ihrer Funktion als Kriminaltechnikerin, sondern eher als Beraterin in polizeilichen Angelegenheiten.« Emilie fand ihre Wortwahl sehr gelungen. Reitzle schien Gefallen an dieser Konstellation zu finden, hatte aber Bedenken.

»Ist sie schon wieder einsatzbereit? Vermutlich sind Sie über die Gründe für ihre Beurlaubung informiert?«

Emilie winkte gelassen ab.

»Wir haben darüber gesprochen. Ich denke sie schafft das. Sie hatte in den letzten Monaten genügend Zeit, um nach sich zu sehen.« Emilie musste über die unkonventionelle Auszeit ihrer Freundin schmunzeln, was Reitzle natürlich nicht entging.

»Muss ich noch etwas wissen?«

»Nein, nein Herr Reitzle. Mein Schmunzeln bezog sich auf die Tatsache, dass Frau Oswald ihr Burnout-Syndrom auf einer Alm in Begleitung einer Schamanin beim Kühe melken und Käse machen auskuriert hat.«

Jetzt musste auch Reitzle lächeln.

»Sie haben schon recht. Jeder und jede wie er oder sie es braucht. Manchmal gibt es Dinge zwischen Himmel und Erde, die muss ich nicht verstehen.« Genüsslich schob er das letzte Stück Fleisch in seinen Mund.

»Übrigens, dieser Ochse auf meinem Teller wurde von seinem Besitzer garantiert viel gestreichelt, so zart wie das Steak war.«

Emilie amüsierte sich köstlich bei dem Gedanken, wie der Bauer auf der Weide seine Rindviecher massierte.

»Vermutlich war es weniger der zarte Bauer, als vielmehr das gute Futter und ein sensibler Koch, die Ihnen diesen Genuss verschafft haben!«

Sie hatte ihre Bratlinge ebenfalls fast aufgegessen. Das Einverständnis von Reitzle ließ ihr keine Ruhe mehr. Sie wollte unbedingt Regine informieren und gleich noch heute Nachmittag der Backfrau Irmhild Schaffig einen Besuch abstatten.

Reitzle bezahlte glücklicherweise gleich, ohne seinen obligatorischen Espresso zu bestellen. Gemeinsam verließen sie die Gaststätte Ringelbach und verabschiedeten sich bei Emilies Wagen. Reitzle sparte sich eine weitere Ermahnung hinsichtlich ihres Ermittlungsspielraumes. Kaum war er weggefahren, rief sie bei Regine an. Es dauerte eine Weile und Emilie wollte bereits enttäuscht auflegen, als diese endlich an das Telefon ging.

»Emilie, geht gerade nicht, bin bei Lichtner«, hörte Emilie sie flüstern. Bevor sie etwas erwidern konnte, wurde bereits aufgelegt. Wieder dieser Schmerz. Emilie war eifersüchtig auf Regine und sie war traurig. Sie ahnte, dass sich vieles ändern würde.

12

Haible war wie gewohnt hinten in den Strich 8 eingestiegen und Grießinger war es nicht unrecht gewesen. Er wusste noch immer nicht, was er seinem Kollegen mit der Ehekrise raten sollte. Der Kriminalkommissar beschloß insgeheim zu warten, ob Haible seine Probleme von selbst ansprechen würde. Wenn nicht, wäre nur die Sache mit der Alkoholfahne im Dienst zu klären.

Schweigend, ohne SWR4 und mit gewohnt gemäßigtem Tempo, erklommen sie die Eninger Steige. Im Strich 8 herrschte eine schier unerträgliche Stille und Anspannung. Haible rang mit sich, ob sich der Chef für seine privaten Probleme überhaupt ernsthaft interessierte und Grießinger wusste nicht wie er wegen der Alkoholfahne anfangen sollte. Kurz vor dem Wanderparkplatz der Eninger Weide, hielt es der Kriminalhauptkommissar nicht mehr aus. Er bremste scharf, haute den Blinker hinein und bog ab.

Auf dem Parkplatz stieg er hastig aus, riss bei Haible die Tür auf und verlangte von ihm, dass er sofort aussteigen sollte. Haible war vollkommen irritiert. Sein Chef sah so aus, als ob er jeden Moment handgreiflich werden könnte. Langsam stieg Haible aus.

»Haible, eins sag ich dir! Auch wenn du nicht besoffen warst, gestunken hast du wie nach zwei Fläschle Trollinger und etliche Obstler! Beim nächsten Mal, kommst du mir nicht so einfach davon!« Grießingers Stimme überschlug sich und sein Kopf war hochrot angelaufen. Mit geballten Fäusten stand er vor seinem Kollegen. Haible war für einen Moment sprachlos. So emotional hatte er seinen Chef bisher noch kaum erlebt. Dann brach es aus ihm heraus.

»Was glaubst du eigentlich, was bei mir dahoim los ist, Chef? Meine Frau hat mich rausgeschmissen und ich hab keine Ahnung wie es weitergehen soll!« Haible hatte ungewollt seinen ganzen Frust hinausgebrüllt und Grießinger blickte ihn fassungslos an. Zeigte aber sonst keine Reaktion.

»Und wenn du es genau wissen willst, Chef, es waren am Sonntag zehn Viertele Trollinger mit Lemberger, ich glaub mindestens vier doppelte Obstler und nix dazu gegessen!«

»Scho rächd, Haible! Jetzt ist es uns beide etwas leichter, oder. Mit deiner Frau des wird wieder und des mit der Alkoholfahne vergessen wir. Das nächste Mal, bleibst einfach daheim und feierst Überstunden ab, verstanden?« Grießinger schnaufte durch und setzte sich wieder hinter das Steuer. Zögernd nahm Haible auf der Rücksitzbank platz. So richtig konnte er es noch nicht glauben, was er gerade mit seinem Chef erlebt hatte. Grießinger hatte recht, auch Haible fühlte sich deutlich erleichtert.

Diesmal parkte Grießinger direkt vor Allgaiers Haus. Haible stieg eilig aus und klingelte. Wieder dauerte es lange, bis Allgaier endlich öffnete. Offensichtlich hatte er bereits etwas getrunken. Der Kriminalhauptkommissar stand neben seinem Kollegen und musterte Allgaier, der unrasiert, mit Unterhemd und einer Schaffhose bekleidet, barfuß vor ihnen stand.

»Guten Tag, Herr Allgaier, müssen Sie heut nicht schaffen?«

»Noi, krank g'schrieba ond außerdem hend mir grad koi G'schäft.«

»Könnten wir trotzdem mit Ihnen reden?« Grießinger erwartete keine Antwort. »Bevor ich es vergesse, das ist mein Kollege Haible, Eugen, Kriminalkommissar.« Dieser hielt ihm seinen Dienstausweis unter die Nase.

»Wenn's sei muss!« Widerwillig trat Allgaier leicht schwankend ein Stück zur Seite und zeigte mit der Hand in den Flur.

Grießinger ging voraus in die Küche. Allgaier und Haible folgten ihm. Der Kriminalhauptkommissar ignorierte das Chaos und den Dreck. Zur Sicherheit nahm er ein paar Blatt der Tageszeitung und legte sie auf die Sitzfläche des Stuhles, schob diesen ein Stück vom Tisch weg und setzte sich hin. Allgaier lehnte sich mit verschränkten Armen an die Spüle und blickte die Beamten mit glasigen Augen an.

»Sie haben heute Morgen bereits ordentlich Durst gehabt«, begann Grießinger das Gespräch und zeigte dabei auf die leere Schnapsflasche, die auf dem Tisch stand.«

»Ond wenn? Mei Sach. Des kann Ihne grad egal sei!«, sagte Allgaier mit einem aggressiven Unterton. Haibe stellte sich an die Tür und legte die Hand auf seine Waffe im Holster. Unbemerkt öffnete er den Verschluss betätigte den Entsicherungshebel seiner Pistole.

»So lang Sie im Vollrausch niemanden etwas tun, ist mir Ihre Sauferei wurscht. Wenn aber mein Kollege Lichtner bei Ihnen ein blutiges Hemd mit Blut von Ihrer Frau findet, ist mir das nicht mehr egal, Herr Wolfgang Allgaier!« Der Angesprochene zuckte zusammen und sah den Kriminalhauptkommissar irritiert an. Es dauerte einige Sekunden, bis er die Konsequenzen von Grießingers Worten verstanden hatte.

»Ond, sie hat halt Nasenbluta g'het«, antwortete er gelassen und hob dabei bedauernd seine Schultern.

»Weil Sie ihr auf die Nase geschlagen haben, Herr Allgaier?

Wenn Sie uns jetzt nicht gleich erzählen, was im Backhaus passiert ist, nehmen wir Sie mit. Wir stecken Sie wegen Mordverdacht ins Untersuchungsgefängnis und stellen hier das Haus vom Kellerboden bis unters Dach auf den Kopf. Jedes Staubkörnle untersuchen wir! Und ohne Ihren Obstler wird es ganz schön trocken im Gefängnis, das garantiere ich Ihnen!«

»Mord? Mit Mord han i nix, aber au garnix zom doa! Sie kennet elles vo mir wella. Ermordet, womöglich no mei Frau, han i bestimmt niemand.«

Allgaier öffnete die Schranktür unter der Spüle und holte eine neue Flasche Obstler heraus. Hektisch entfernte er den Schraubverschluss und setzte die Flasche an. Grießinger gab Haible ein Zeichen, dass er Allgaier den Schnaps wegnehmen solle. Der Kriminalkommissar hatte bereits geahnt, was sein Chef beabsichtige und riss Allgaier die Flasche weg, während er noch gierig trank. In einem Schwall ergoss sich der Schnaps über das Unterhemd des Verdächtigen.

»Du Seggel, dir dreh i d'Nas rom, dass neiregned!« Allgaier wollte sich mit wutverzerrtem Gesicht auf den Kriminalkommissar stürzen, doch Grießinger war schneller. Blitzartig war er von seinem Stuhl hochgeschossen und hatte mit einem gezielten Tritt auf die Schienbeine den Angreifer von den Füßen geholt. Der schlug mit einem Schmerzensschrei hart auf dem Küchenboden auf und hielt sich wimmernd seine Schienbeine. Grießinger schrie ihn an: »Stand auf, du Memme. Hock dich do hin und lubbf dei Zong! Schnaps gibt es erst, wenn du eb bes mit ons g'schwätzt hosch!« Haible war erleichtert über die blitzartige Reaktion seines Chefs und gleichzeitig überrascht, was der Alte noch drauf hatte.

Der Verdächtige erhob sich schwerfällig vom Küchenboden. Grießinger hielt ihm helfend die Hand hin, doch Allgaier ignorierte die Unterstützung und setzte sich krachend auf einen Küchenstuhl am Tisch. Aggressiv blickte er Haible an, der mit der Schnapsflasche in der Hand wieder seine Position an der Küchentür bezogen hatte. Als Haible den Blick bemerkte, roch er provozierend an der Flasche. »Koin schlechter Obstler, vielleicht a bissle viel Apfel drin. Echt schad, wenn wir den ins Spülbecken schütten müssten!«

Allgaier heulte auf. »Noi, bloß ed. Des isch mein ledschder!«

»Umso besser, Allgaier, meinem Kollegen ist es nämlich ernst mit dem, was er sagt. Er ist überzeugter Antialkoholiker!«

»Was wellet ihr eigentlich von mir? Hen ihr nix anders zom do, als bei mir in d'r Kuch zom hocka?« Der Mann der verschwundenen Backfrau riss sich zusammen und versuchte, halbwegs freundlich zu klingen. Ihm war klar, dass die Kommissare nicht locker lassen würden.

»Haben Sie Waffen im Haus, Herr Allgaier.« Es huschte ein Lächeln über das Gesicht des Angesprochenen.

»Scho! Und was für schöne. Dreißig Jahre Schützenverein, send sogar no welche von meinem Vaddr dabei. Sie müssten eigentlich no vo em g'hört han. Der Büchsenmacher Allgaier. Soll ich Ihnen meinen Waffenschrank zeiga?« Grießinger warf einen kurzen Blick zu Haible, der höchste Alarmbereitschaft signalisierte. Gegenüber Allgaier ließ er sich nichts von seiner Anspannung anmerken. Allgaier war bei den Gedanken an seine Waffen und die alten Zeiten regelrecht ins Schwärmen geraten.

»Mei Frau hat meine Waffa nie möga. Aber kommet Se, ich zeig se Ihne. Verstandet Se was davon, Herr Grießinger? I han echte Schätzle dabei.«

»Haben Sie auch eine Waffenbesitzkarte für ihre ›Schätzle‹?«, meldete sich Haible zu Wort.

»Hawa, elles do. Mir Allgaiers hen nur legale Waffa. Koin Gruscht!« Allgaier kramte in seiner Hosentasche herum, dann griff er in die andere. Seine Bewegungen wurden immer hektischer.

»Mein Schlüssel isch weg! Wo han i den naglegt, so ein Glumpp, so ein verrecktes.« Er ging zu seiner Strickjacke und schüttelte sie. Mit triumphierendem Lächeln blickte er die beiden Kommissare an und zeigte ihnen den Schlüsselbund. »'S Haus verliert nix, gell!« Plötzlich stockten seine Bewegungen und sein Lächeln verschwand.

»Die Schlüssel zu meinem Waffazimmer ond zom Waffaschrank fehled!«, rief er nervös. Hektisch nahm er jeden Schlüssel einzeln in die Hand. »Der Schlüssel für den Munitionsschrank isch au weg. Kommet Se schnell, dohanna stimmt ebbes ed!« Mit diesen Worten schob er Haible zur Seite und rannte aus der Küche in Richtung Kellertreppe.

Haible war vollkommen überrumpelt worden. »Halt, bleibet Se schtanda, i schieß.« Haible folgte dem Hausherrn mit der Waffe im Anschlag zum Kellerabgang. »Langsam, Haible, nicht schießen!«, rief Grießinger beschwichtigend, »i komm mit!«

Grießinger und Haible stiegen vorsichtig die Kellertreppe hinunter. Es dauerte einen Moment, bis sich ihre Augen an das dämmerige Licht gewöhnt hatten. Unten sahen sie am Ende des Kellergangs einen Lichtschein aus einer geöffneten Tür auf der rechten Seite. Dicht an der Wand näherten sie sich. Haible hatte seine Waffe wieder im Anschlag. Mit einem Ruck drehte er sich von der Wand weg und sprang in die Türöffnung. Allgaier saß an einem Tisch den Kopf in die Hände gestützt und blickte auf einen leeren Lederkoffer, der mit Schaumstoff ausgeschlagen war. Der Schaumstoff war passend für eine Waffe mit Zubehör ausgeschnitten. Allgaier sah die Kommissare mit wässrigen Augen verzweifelt an.

»Mei beschtes Stück, mei Schätzle isch weg. Oifach nemme do!«

Grießinger besah sich den geöffneten Waffenschrank und den Munitionsschrank. Keine Spuren von Gewalteinwirkung. Die Türen mussten mit den fehlenden Schlüsseln aufgeschlossen worden sein. Haible stellte das Gleiche an der Türe fest, die mit einem schweren Schloss gesichert war.

»Fehlen noch mehr Waffen oder nur die eine aus dem Lederkoffer?«, fragte Haible.

»Es fehlt meine original Makarov PB, ehemals im Einsatz bei der russischen Spezialeinheit Alfa. Mit eingraviertem Wappen im Griff, ein einzigartiges Schmuckstück. Da bin ich nur nach zähen Verhandlungen mit einem russischen Offizier drangekommen. Die Waffe war sogar legal eingetragen.« Er hielt den Kommissaren seine Waffenbesitzkarte hin, die von Haible eingehend geprüft wurde. Allgaier hatte eine umfangreiche Waffensammlung in seinem Keller. Der Kommissar schüttelte den Kopf und wunderte sich, dass so etwas genehmigt wurde.

»Handeln Sie mit den Schießeisen oder wie kommt es, dass Ihre Karte fast so dick wie ein Büchle ist und Sie sogar eine rote Karte ohne Beschränkung haben?«

»Manchmal verkauf ich eine und kaufe welche an, die ich richte. Alles sauber, alles legal. Es ist aber mehr ein Hobby, als ein Geschäft. I ben Sammler.« Allgaier passte die Richtung des Gespräches offensichtlich nicht.

»Wir sind nicht vom Finanzamt, Herr Allgaier«, versuchte ihn Grießinger zu beruhigen. Im Augenwinkel sah er, dass ihm Haible aufgeregt Handzeichen gab. Sie verließen beide den Raum. Von Allgaier ging keine Gefahr aus. Apathisch starrte er auf den leeren Lederkoffer.

»Chef, PB, Pistolet Besschumnyj, die lautlose Pistole. Dieses Kürzel bedeutet bei der Makarov, dass es sich um eine Waffe mit Schalldämpfer handelte. Der Lichtner hatte mir etwas von einem auffälligen Kaliber erzählt. Jetzt fällt es mir wieder ein. Kaliber 9 x 18. Die Makarov PB verschießt Unterschallmunition. Die Nachbarn haben doch keine Schüsse aus dem Backhaus gehört. Es wurde garantiert mit der Makarov geschossen. Der Allgaier muss mit. Der hat uns die ganze Zeit nur Theater vorgespielt.« Aufgeregt sah Haible seinen Chef an.

»No langsam, Kerle. Wenn er das alles gespielt hat, dann sollte der sich dringend im Naturtheater in Hayingen bewerben. Ich meine, der ist ernsthaft verzweifelt.«

»Verzweifelt, weil wir ihn erwischt haben, Chef. Als du ihm mit Hausdurchsuchung gedroht hast, ist der käsweiß worda. Wir sollen glauben, ihm seien erst die Schlüssel gestohlen worden und dann die Waffe mit Munition.«

»Ich denk, dass es genauso war. Vermutlich war er betrunken und hat es nicht gemerkt. Komm, Haible, wir fragen ihn einfach. Vielleicht hast du recht und er verstrickt sich in Widersprüche.« Grießinger ging wieder zu Allgaier und setzte sich zu ihm an den Tisch in der Mitte des Raumes.

»War das eine Waffe mit Schalldämpfer?«, gab er sich ahnungslos.

»Scho, steht alles in der Waffenbesitzkarte.«

»Mit original Unterschallmunition, Kaliber 9 x 18 PM?«

Jetzt blickte Allgaier erstaunt auf.

»Sie kennen sich ja aus, Herr Kommissar. Respekt.« Allgaier ging zum Munitionsschrank und holte ein weißes Schächtelchen, das kyrillisch beschriftet war, heraus. Behutsam legte er es vor dem Kriminalhauptkommissar auf den Tisch und öffnete es.

»Allgaier, wann waren Sie das letzte Mal in Ihrem Keller?«

Allgaier versuchte sich zu erinnern.

»Donnerstag, vergangene Woche. Mich hat einer angerufen, ob ich eine bestimmte Waffe da hätte und sie ihm verkaufen würde. Aber gekommen ist er nicht. Wegen dem Spitz habe ich sogar auf meinen Stammtisch verzichtet. So ein Seggel!«

»Seitdem haben Sie nicht mehr nach Ihren ›Schätzle‹ geschaut?«, hinterfragte Grießinger die Zeitangabe.

»Wegen meim Weib und dem ganza Theater und meinem Durst und … Wenn i Durst hab, gang ich sowieso nicht in den Keller.«

Grießinger sah ihn prüfend an. Für ihn klang alles, was Allgaier sagte, ziemlich plausibel. Er blickte fragend zu Haible. Der schüttelte den Kopf, was so viel bedeutete wie, ›mitnehmen, überprüfen, weiter verhören‹. Noch vor ein paar Monaten wäre ihm die Meinung eines Kollegen in dieser Situation egal gewesen. Seit sein Sohn auf der Polizeischule in Villingen-Schwenningen war, versuchte er jedoch, sich in moderner Mitarbeiterführung zu üben. Der Kriminalhauptkommissar hatte sich sogar ein Buch über neue Führungsmethoden gekauft. Seine Toilettensitzungen wurden allerdings durch diese Buchlektüre deutlich verlängert. Seine Frau machte sich bereits sorgen und hatte ihn darauf angesprochen, ob er Verdauungsprobleme hätte. Sie kenne da einen wunderbaren Tee! Grießinger hatte die drohende Teetherapie heftig abgelehnt und seiner Martha versichert, er schätze eben die Ruhe und Ungestörtheit auf dem stillen Örtchen. Das alles nahm er auf sich, um seinem Sohn zu beweisen, dass er noch nicht zum alten Eisen zählte und sich mit moderner Polizeiarbeit auskannte.

Haible wunderte sich über den fragenden Blick seines Chefs. Seit einiger Zeit schien sich Grießinger zu verändern. Man wusste nicht mehr so recht, woran man war. Haible begann sogar die bruddlige und sture Art ein wenig zu vermissen.

»Allgaier, wir schicken Ihnen einen Schlüsseldienst, der neue Schlösser einbaut und Sie kommen mit uns. Ihre Geschichte ist zwar rührend, aber was zählt sind Fakten. Schmauchspuren an Ihrer Hand, beispielsweise. In der Polizeidirektion können wir ungestört miteinander schwätzen.«

Allgaier sah den Kriminalhauptkommissar fassungslos an. Dann schaute er prüfend zu Haible und sah sich im Raum um. Doch Haible würde sich nicht nochmals überrumpeln lassen.

»Allgaier, denk gar nicht daran. Handflächen auf den Tisch, Stuhl wegschieben und ganz langsam aufstehen. Die Handflächen bleiben auf dem Tisch.« Der barsche Tonfall Haibles duldete keinen Widerspruch. Grießinger beobachtete zufrieden die Situation. Haible würde irgendwann ein guter Nachfolger werden. Man konnte seine hervorragende Schule deutlich erkennen. Der Kommissar stand zwischenzeitlich hinter Allgaier. In der einen Hand die entsicherte Waffe, mit der anderen Hand tastete er ihn nach Waffen ab.

»Bleiben Sie ruhig, dann gehen wir ohne Handschellen«, gab Haible dem Verdächtigen zu verstehen. Dabei senkte er seine Waffe, um sie in das Holster zu stecken. Allgaier wirbelte blitzartig herum und rammte seinen Ellbogen Haible in die Brust. Der Kriminalkommissar sackte zusammen. Grießinger hatte es geahnt. Ein Alkoholiker mit der Aussicht auf Zwangsentzug war unberechenbar. Allgaier stürmte los und übersah zum zweiten Mal an diesem Tag das Bein des Kriminalhauptkommissars. Der Flüchtende krachte mit der Schulter gegen den Türrahmen. Ein kurzes Knacken war zu hören, ein Aufschrei und dann Wimmern. Zufrieden beugte sich Grießinger über den am Boden liegenden Allgaier. Unsanft legte er endlich die Handschellen an. Eine Prozedur, die von einem markerschütternden Schmerzensschrei begleitet wurde.

»Mitleid war gestern, du Bachel. Hättest du getan, was dir mein Kollege gesagt hat, tätest du jetzt nicht daliegen und heulen. Außerdem solltest du immer gucken, ob der Fluchtweg frei ist. Bei den meisten klappt mein Fußtrick nur einmal, Allgaier.«

Eilig kümmerte sich Grießinger um seinen Kollegen, der sichtlich angeschlagen an der Wand lehnte und leicht benommen war.

»Haible, Haible, was machst du für Sachen. Der hat dich ja saublöd erwischt.« Grießinger konnte sich ein schadenfrohes Grinsen nicht verkneifen, auch wenn er wusste, dass so eine Reaktion nicht unbedingt zu moderner Personalführung gehörte. Sein Kollege würde das schon verkraften.

»Solarplexus«, presste der Kriminalkommissar unter Stöhnen hervor, »der hat genau gewusst, wo es richtig weh tut.«

»Komm, steh auf und raus aus dem Keller an die frische

Luft. Ruf die Streife und einen Notarzt. Die sollen das Häufle Elend versorgen und in die Polizeidirektion bringen. Mir ist so flau im Ranzen. Es wäre mir arg nach einer kräftigen Fleischbrühe mit Maultauschen drin, oder Haible? Gehen wir zur Erholung zum Fallenschütz?« Grießinger schnalzte bei dem Gedanken mit der Zunge. Ihm lief bereits das Wasser im Mund zusammen.

»Mir ist grad nicht nach Essen, aber vielleicht täte mir ein Schnaps helfen!« Haible erschrak über sich selbst, weil er diesen Wunsch ausgesprochen hatte. Kein Alkohol! Grießinger sah ihn strafend an. »Du bekommst allenfalls einen Magentee oder einen Kaffee für den Kreislauf.«

Grießinger half seinem Kollegen aufzustehen. Mit zittrigem Zeigefinger wählte er die Kurzruftaste der Polizeidirektion und instruierte den diensthabenden Beamten über die Lage. Er forderte einen Streifenwagen, den Notarzt und die Spurensicherung an. Grießinger unterhielt sich unterdessen mit Allgaier.

»Jetzt kommt gleich der Doktor und gibt dir eine Spritze. Mein Kollege und ich leisten dir solange Gesellschaft und dann sehen wir uns in Reutlingen wieder, gell.« Der Kriminalhauptkommissar ärgerte sich über Amateure wie Allgaier, die ihn nur Zeit und Nerven kosteten.

Nach einer Weile hörten sie das Signalhorn des Krankenwagens und die Sirene des Streifenwagens. Die Spurensicherung traf ebenfalls ein paar Minuten später ein. In der Nachbarschaft würde helle Aufregung herrschen, denn in Bleichstetten war heute richtig was geboten. Endlich konnten Grießinger und sein Kollege den muffigen Keller verlassen und frische Luft schnappen. Haible war noch etwas wacklig auf den Beinen, aber sein Hunger war bereits zurückgekehrt.

»Chef, hast du eigentlich schon die Albbüffelgöschle beim Fallenschütz probiert?« Grießinger sah ihn entsetzt an.

»Glaubst du, ich ess freiwillig die Gosch vom Büffel. Hat dich der Allgaier auch am Kopf erwischt?«

Haible verzog den Mund zu einem schiefen Grinsen. Jetzt war er wieder ganz der Alte.

»Die heißen so, weil sie grad dei Gosch fülled. Ansonsten ist bestes Albbüffelfleisch drin, so ähnlich wie Maultaschen, hat der Baisch gemeint. Und wir sollten die unbedingt probieren.«

»Meinst du wirklich? Albbüffel hab ich noch nicht probiert.« Grießinger sah seinen Kollegen zweifelnd an.

Eine Stunde später verließen die beiden Kommissare den Hirsch vom Fallenschütz, jeder mit einer Einkaufstasche in der Hand. Haible hatte sich bestens erholt und ein breites Grinsen im Gesicht. Grießinger sah zumindest nicht unzufrieden aus.

»Und, Chef. War's schlimm?«

»Schon rächd, es isch grad so ganga!«

»Ich hab vier Päckle mitgenommen und du?«

»Sechs. Zwei für morgen Abend und der Rest zum Einfrieren.«

Haible täuschte einen Hustenanfall vor, um sein Lachen zu verbergen. Doch die Gedanken an seine Frau, den Verkauf seiner Eisenbahnanlage und das Versöhnungswochenende verdarben ihm umgehend die gute Laune. Außerdem gab es da noch diesen Brief von Reitzle, der mehr oder weniger offen auf Grießingers Schreibtisch gelegen hatte. Er musste seinen Chef unbedingt darauf ansprechen.

13

Gut gelaunt betrat Grießinger das Büro der Mordkommission, während Haible ihm eher nachdenklich folgte. Er wollte dringend mit seinem Freund und Kollegen Baisch über Lichtners Ratschläge reden.

Baisch saß versunken in seine Unterlagen vor dem Computer. Immer wieder gab er Suchbegriffe in eine Datenbank von

Interpol ein. Das Ergebnis schrieb er auf bunte Kärtchen und befestigte sie an einer Pinnwand. Er schien dabei einem speziellen Ordnungsprinzip zu folgen. Mit einem kurzen Kopfnicken begrüßte er seine beiden Kollegen, die ihm fasziniert zusahen.

»Siehst du, wie eifrig unser Archivjockel schafft. Heiligs Blechle, der ist auf Zack!« Grießinger stieß seinen Kollegen mit dem Ellbogen belustigt in die Seite. Haible jedoch fand Baischs Tätigkeit nicht amüsant, sondern hochspannend. Sein Kollege versuchte offensichtlich, ein Firmengeflecht zu entwirren, ausgehend von der Firma, bei der Vögele beschäftigt gewesen war.

»Grüß dich, Georg. Tätest du mir erklären, was ich dort an der Wand sehe?« Baisch fuhr erschrocken herum. Fast verlegen blickte er zu Grießinger hinüber.

»Ich bräuchte noch ein paar Stunden bis ich alles beieinander habe. Tut mir leid, Kollegen, aber wir sind hier, glaube ich, einer Riesensauerei auf der Spur. Größer wie ihr zwei euch das vorstellen könnt.«

»Jetzt machst du mich schon neugierig. Ich täte vorschlagen, wir gehen kurz zum Lichtner wegen des Obduktionsberichtes und der Spurenauswertung. Bis in einer halben Stunde gibst du uns dann einen Zwischenbericht zu deinen bisherigen Ermittlungen. Der Haible könnte uns doch einen Hefezopf und eine Kanne Kaffee besorgen, oder?« Grießinger sah die beiden Kommissare auffordernd an. Die beiden Beamten schauten verdutzt. Grießinger, Hefezopf und Kaffee? Eine vollkommen unbekannte Kombination, die kaum vorstellbar war. Was war mit dem Alten los? Haible zischte seinem Kollegen zu: »Der hat heut schon Albbüffelgöschle gevespert. Wundere dich über nichts mehr!«

»Und ich habe gestern seinen Daimler fahren dürfen!«, flüsterte Baisch zurück.

»Noi, des gibst nicht!«

»Doch, sicher!«, erwiderte Baisch nicht ohne Stolz.

»Ihr zwei könntet ruhig lauter schwätza, dann tät ich es auch verstanda. Auf, Haible, spring zum Berger-Bäck und hol uns einen Zopf, ohne Rosinen, gern von gestern, wenn's günstiger ist. Ich geh zum Lichtner.« Grießinger drehte sich um und ging Richtung Tür.

»Schon erledigt Chef, der Bericht vom Lichtner liegt auf deinem Schreibtisch!« Grießinger zuckte zusammen und sah Baisch erstaunt an. »Scho?«

»Längst!«

»Nicht ganz schlecht, Baisch.«

»Fast gelobt, Chef?« konterte Baisch frech.

Grießinger musste hählinga grinsen.

»Ihr send scho zwoi Hauptkerle, ihr!«, bruddelte er vor sich hin und ging an seinen Schreibtisch, während Haible sich beeilte, zum Bäcker zu kommen.

Es dauerte nicht lange, da öffnete sich schwungvoll die Bürotür und Haible balancierte ein Tablett mit einer Kanne Kaffee, drei Tassen, einem halben Hefezopf, Gsälz und Butter herein. Der Kriminalhauptkommissar pfiff anerkennend durch die Zähne und Baisch stand eilig auf, um auf dem Besprechungstisch Platz machen. Grießinger strich hingebungsvoll Butter auf eine fingerdicke Scheibe Hefezopf und verteilte eine ansehnliche Schicht Erdbeergsälz darauf. Dann schnitt er vier gleiche Teile. Dazu goss er sich eine Tasse Kaffee ein und gab Milch, sowie drei Stück Würfelzucker hinein. Zufrieden und voll Vorfreude lehnte er sich zurück.

»Chef, dass du so ein Süßer bist, haben wir nicht geahnt.«

»Da siehst du, wie man sich vertun kann, Haible. So wie du heute mit dem Waffensammler und den Handschellen!« Der Seitenhieb hatte gesessen. Baisch sah seinen Kollegen fragend an. Der winkte ab und zischte nur »Später!«.

Gerade wollte Baisch nach einigem Papierrascheln und Räuspern mit seinem Zwischenbericht beginnen, da öffnete sich erneut die Bürotür. Reitzle kam ohne zu klopfen ins Büro gestürmt.

»Meine Herren…!«, abrupt blieb er stehen und besah sich wortlos die Szenerie. »Meine Herren, ich gehe davon aus, Sie kennen meine Dienstanweisung!«

»Scho, Herr Reitzle! Auswendig!« konterte Grießinger gelassen.

»Dann widersetzen Sie sich bewusst dieser Anweisung?«

»Noi, niemals Herr Reitzle!« Grießinger blieb vollkommen ruhig. Mit hochrotem Kopf sah Reitzle den Kriminalhauptkommissar drohend an.

»Hocken Sie sich her und essen Sie einen Hefezopf mit uns. In Ihrer Dienstanweisung steht etwas von Vesper und Mahlzeiten. Ein Kaffee und ein Hefezopf sind aber im schwäbischen Kulturraum weder ein Vesper noch eine Mahlzeit. Bestenfalls eine Zwischenmahlzeit, viel eher aber ein Muckefuck mit Muggaseggele, wenn Sie verstandet, was ich meine!«

Reitzle resignierte und setzte sich tatsächlich mit an den Tisch. Eigentlich war er ja aus einem ganz anderen Grund gekommen.

»Herr Kriminalhauptkommissar Grießinger, es liegt gegen Sie und Ihren Kollegen Haible eine Anzeige wegen Körperverletzung vor. Keine schöne Sache. Trümmerbruch in der Schulter, Schlüsselbeinbruch, Prellungen an der Schläfe, an den Schienbeinen. Sind Sie vollkommen verrückt geworden?«

Grießinger blieb nach wie vor gelassen. Haible hingegen rutschte unruhig auf dem Stuhl hin und her. Ein Disziplinarverfahren, das fehlte ihm gerade noch.

»Herr Kriminalkommissar Haible, Herr Kriminalkommissar Baisch, könnten Sie bitte kurz das Büro verlassen. Ich möchte allein mit Ihrem Vorgesetzten sprechen!«

Baisch sah Haible betroffen an. Hier braute sich richtiger Ärger zusammen. Eilig verließen die beiden Kommissare das Büro, jeder mit einer Scheibe Zopf in der Hand und einem Becher Kaffee in der anderen.

Endliche hatte Haible eine Gelegenheit, mit Baisch in Ruhe

zu sprechen. Die Kommissare zogen sich in die Kaffeeküche zurück und Haible erzählte Baisch vom Trennungsstand und den Ratschlägen Lichtners. Baisch wiegte abwägend seinen Kopf.

»Haible, der Lichtner hat recht. Das Wochenende ist eine Superidee und davor verkaufst du deine Eisenbahn. Zeig deiner Frau, dass du neu anfangen willst!«

»Mensch, Baisch, meine Eisenbahn, denk au! Niemals kann ich mich von der trennen!« Haible war am Boden zerstört, als sein Kollege empfahl, Lichtners Rat zu folgen. Doch Baisch lächelte nur.

»Kollege, no langsam. Es geht doch darum, dass du einen guten Willen zeigst. Deine Familie braucht dich dringender wie deine Modelleisenbahn. Ich glaube nicht, dass deine Frau darauf besteht, dass du deine Eisenbahn verkaufen sollst. Aber, du wirst sehn, sie wird überglücklich sein, wenn sie merkt, dass du es ernst meinst. Du meinst es doch ernst mit einem Neuanfang?« Baisch sah ihn streng an. Haible dachte über die Worte seines Kollegen nach.

»Scho, Baisch, das Risiko nehme ich auf mich. Falls sie darauf besteht, verkaufe ich sogar meine Eisenbahnanlage! Für meinen Sohn und eine gemeinsame Zukunft!«, erklärte Haible heldenhaft.

Baisch atmete erleichtert auf. Endlich hatte es sein Freund Haible kapiert. Dieser war ebenfalls sichtlich optimistischer was die Zukunft seiner Ehe und seiner Familie anging. Nur die Geschichte mit dem Allgaier machte ihm Sorgen. »So ein Mostkopf, so ein elendiger, dieser Spitz«, dachte er sich grimmig. »Dem zeig ich, noch wo der Bartel den Moscht holt.«

Im Büro des Kriminalhauptkommissars saßen sich Grießinger und sein Chef Reitzle gegenüber. Der Kriminalrat hatte sich noch nicht beruhigt, eher noch mehr in Rage geredet. So eine Sache durfte man nicht auf die leichte Schulter nehmen. Das konnte den Ruf des gesamten Kommissariats schädigen. Er stellte seinen Kommissar zur Rede:

»Herr Grießinger, dieser Allgaier sieht übel aus, ich habe mich selbst davon überzeugt. Könnten Sie mir bitte erklären, was vorgefallen ist?«

»Fast nichts, Herr Reitzle. Der Kerle hat dumm getan, da hab ich ihm das Bein gestellt. Zum ersten Mal in der Küche, als er handgreiflich wurde und zum zweiten Mal unten im Waffenkeller, als er abhauen wollte. Dabei hat er übrigens den Kollegen Haible außer Gefecht gesetzt. Sonst war nix.« Grießinger lehnte sich abwartend, mit verschränkten Armen auf seinem Stuhl zurück.

Reitzle sah in zweifelnd an.

»Die Verletzungen sehen aber eher nach einer ordentlichen Prügelei aus, Herr Kriminalhauptkommissar Grießinger«, hakte er nach.

»Harter Boden, zu viel Alkohol im Blut, zu hektische Bewegungen. Wenn das alles zusammenkommt, sieht man so aus wie der Allgaier. Es ist halt die Frage, wem man glaubt, Herr Reitzle!« Jetzt wurde Grießinger grantig. In mehr als dreißig Jahren Dienstzeit hatte er noch niemals eine Anzeige bekommen und einem zweifelnden Chef gegenübergesessen. Bisher hatte sein Wort als Ehrenwort gegolten.

»Die Faktenlage sieht aber nun mal nicht sehr gut aus, mein lieber Grießinger, und letztendlich steht Aussage gegen Aussage. Der Oberstaatsanwalt tobt und ich bin verpflichtet, Sie zu befragen«, gab Reitzle besorgt zurück.

»Ist der Allgaier vernehmungsfähig oder nur anzeigefähig?«, wollte Grießinger wissen.

»Erst gegen Spätnachmittag. Die Ärzte wollen noch ein paar Tests und Untersuchungen machen. Dann haben sie keine Einwände.« Grießinger dachte kurz nach.

»Sodele, Herr Reitzle. Wir holen jetzt meine zwei Kollegen herein, denn der Herr Baisch wollte uns gerade einen hochinteressanten Zwischenbericht seiner Ermittlungsergebnisse geben. Am besten, Sie hören sich den mit an und anschließend gehe ich mit Haible den Verdächtigen im Krankenhaus besuchen. Der soll mir persönlich sagen, dass ich ihn verschlagen hab. Hat der einen Anwalt?«

»Der war wohl gleich bei ihm. Ein gewisser Oglischewski aus Tübingen. Der Oberstaatsanwalt hat gemeint, ein zahnloser Tiger, der einem schlimmstenfalls ans Bein pinkeln könnte. Wenn er sich da mal nicht getäuscht hat.«

»Den Spitz kenn ich. Der hot mi scho a Weile auf dr Ladd! Jetzt freut er sich wahrscheinlich, weil er meint, er könnte mir endlich eins auswischen. Aber, wart no, der soll mi kennenlernen!« Grießinger grinste grimmig, stand auf und holte seine beiden Kollegen herein.

»Auf, Baisch, verzähl, was hast du herausgefunden?«

»Ich habe die letzten Stunden von Vögele recherchiert und dabei bin ich über ein paar Dinge gestolpert, die mich mehr als erstaunten. Vögele war im Auftrag einer GmbH unterwegs, die hier in Reutlingen eingetragen ist. Die Gesellschafter haben wiederum eine Firma in Bornheim bei Bonn. Diese Firma gehört wiederum, über ein fast undurchdringliches Firmen- und Beteiligungsgeflecht, zu einer Holding in Russland. Dahinter stecken drei russische Geschäftsleute, die ihr Geld mit allen Arten von Energie machen. Sie investieren europaweit dort, wo es gute Renditen gibt und bekommen quasi jeden Standort, den sie wollen. Das ist die Kurzfassung. An der Pinnwand habe ich versucht, das Firmengeflecht etwas übersichtlicher darzustellen. Der Vögele war eigentlich eine kleine Nummer. Er ging von Haustür zu Haustür und bot den Grundstücksbesitzern horrende Summen für Windkraftstandorte, Photovoltaikflächen und Ackerland für Biomasse zur Beschickung von Biogasanlagen. Dafür wurde vermutlich Geld verwendet, das aus unsauberen Geschäften in Russland stammte. Diese drei dubiosen russischen Geschäftsleute stehen zumindest seit geraumer Zeit in Verdacht, mit regenerativen Energien ihr Geld in ganz

Europa zu waschen. Teilweise laufen die Mietzahlungen sogar am Finanzamt vorbei, indem offiziell viel niedrigere Mieten vereinbart, als nachher tatsächlich bezahlt werden.«

»Herr Kriminalkommissar Baisch, Sie erzählen uns hier etwas von Geldwäsche, russischer Energiemafia und Steuerbetrug. Können Sie das auch beweisen?« Reitzle hatte sich die Ausführungen von Kriminalkommissar Baisch mit kritischer Miene angehört.

»Später, Herr Reitzle, das kommt noch. Ich habe mir die Unterlagen von dem Vögele genauer angeschaut. Im Kofferraum war noch ein schwerer Aktenkoffer mit einem Haufen Papierkram drin. Das meiste waren irgendwelche Zahlenreihen zur Stromertragsberechnung. Auf den ersten Blick alles okay. Dann habe ich meinen Kumpel aus dem Schützenverein, der bei der ENBW schafft, angerufen. Einfach zur Sicherheit, weil ich wissen wollte, was diese Zahlen bedeuten. Der hat mich ausgelacht und gefragt, woher ich den Unsinn hätte.«

Baisch legte eine Kunstpause ein und sah in die Runde. Dabei hob er ein Blatt mit den angeblichen Zahlen zur Energieberechnung hoch und grinste triumphierend.

»Diese Zahlenreihen sind ein Zahlencode und listen detailliert auf, was, wie viel, wem für welches Grundstück geboten oder bezahlt wurde. Name, Anschrift, alles komplett und mit akribischer Genauigkeit bis auf den Cent aufgeschrieben. Interessant ist, dass es bei einigen Grundstückseigentümern auch Zweitbesuche gab. Hinter den Namen stand dann in Klammern ›Hund‹, ›Katze‹, ›Kind‹, ›Frau‹ oder so. Einen Zusammenhang kann ich nicht beweisen, aber es ist schon auffällig, wie sich Fälle von Tierquälerei oder versuchten Kindesentführungen dort häuften, wo Firmen der russischen Holding Energieanlagen bauten.«

Seine beiden Kollegen und auch Kriminalrat Reitzle sahen den Kollegen fassungslos an. Baisch genoss die Situation und gönnte sich wieder eine Kunstpause.

»Unser Herr Vögele war vermutlich nicht erfolgreich genug, weil er einige Zweitbesuche brauchte. Für seine Chefs eher lästig. Sie mussten wahrscheinlich ihre ›Überzeugungstrupps‹ losschicken und solche Einsätze waren immer mit einem gewissen Risiko verbunden. Den Vögele konnten sie aber auch nicht so einfach entlassen. Denn der wusste zu viel. Es muss übrigens noch einen Kollegen von dem Vögele geben, mit dem er zumindest in der Anfangszeit in Bleichstetten gemeinsam unterwegs war. Das haben Augenzeugen berichtet. Offensichtlich ist der aber, im Gegensatz zum Vögele, rechtzeitig abgehauen.«

»Willst du damit sagen, dass diesen Vögele ein solcher ›Überzeugungstrupp‹ umgebracht haben könnte?«, fragte Haible aufgeregt.

»Aber bestimmt nicht im Bleichstetter Backhaus. Denkt doch mal nach: ›Russische Energiemafia verübt Mordanschlag im Backhaus‹. Das täte uns noch nicht einmal die Bildzeitung glauben!« Grießinger fand die Thesen von Baisch ziemlich gewagt.

»Na ja, das Kaliber 9 x 18 aus dem Untersuchungsbericht von Lichtner könnte passen. Vermutlich eine Makarov.« Baisch war sich seiner Sache sicher. Grießinger und Haible sahen sich an. Beide schien der gleiche Gedanken durch den Kopf zu gehen: Bei dem Allgaier war eine Makarov mit Schalldämpfer und Munition verschwunden.

»Allgaier hatte eine solche Waffe, seit kurzer Zeit erst. Legal eingetragen. Weißt du, ob es bei ihm auch einen Besuch von Vögele gab?« Baisch sah eifrig in seiner Liste nach.

»Allgaier Rosemarie und Allgaier Wolfgang, da hab ich sie.« Baisch stutzte. »So wie es aussieht, hat der Vögele zuerst Frau Allgaier besucht und ein zweites Mal war er dann bei Wolfgang Allgaier. Der Besuch fand vor zwei Wochen statt.« Haible versuchte, sich an das Datum auf der Waffenbesitzkarte zu erinnern. »Chef, wenn ich mich richtig entsinne, dann hat Allgaier die Waffe erst vor drei Wochen eintragen lassen. Das könnte genau passen!« Baisch war jedoch noch nicht fertig.

»Ich habe mir überlegt, welche Gründe es noch gegeben haben könnte, so einen wie den Vögele umzubringen. Einmal könnten es seine Auftraggeber gewesen sein. Die zweite Variante wäre, er wurde von einem militanten Windkraftgegner umgebracht. Wenn ich mich richtig erinnere, hatten wir es doch bei dem Mord am Schäfer mit einer Radikalen Älbler Schutztruppe zu. RÄS nannten die sich. Und dann gäbe es vielleicht auch noch eine dritte Möglichkeit«, fügte Baisch zögernd hinzu.

»Komm, lubbf dei Zong, Baisch«, forderte ihn Grießinger ungeduldig auf.

»Na ja, es hat vielleicht alles nichts mit dem ganzen Energieklumpp zu tun, und Frau Lämmle hat wieder einmal Recht. Die Lösung ist ein Beziehungsdrama, Liebe, Eifersucht, so was halt.« Haible und Grießinger sahen ihren Kollegen entsetzt an, während Kriminalrat Reitzle sich ein Lächeln nicht verkneifen konnte.

»Hast du nachgeprüft, wie bei der überschaubaren Anzahl an Grundstücksbesitzern die Besitzverhältnisse sind«, versuchte Grießinger vom Thema Lämmle abzulenken. Baisch verdrehte die Augen.

»Chef, ich habe zuhause fast die ganze Nacht durchgearbeitet, die Grundstücksbesitzer habe ich noch nicht geschafft. Wenn dich der Allgaier besonders interessiert, könnte ich bei einem ehemaligen Schuler anrufen, der jetzt auf dem Bauhof in St. Johann schafft. Vielleicht weiß der zufällig ebbes«, bot Baisch an.

»Mach des«, sagte Grießinger nickend. Baisch ging sofort zu seinem Telefon und versuchte, den Bauhofmitarbeiter zu erreichen. Nach einem kurzen belanglosen Schwätzle kam Baisch zur Sache. Es dauerte nicht lange, da hob er die Augenbrauen und stieß einen Pfiff aus. Mit einem zufriedenen Lächeln legte Baisch den Hörer auf. Gespannt sahen ihn die anderen an.

»Der Allgaier besitzt keinen Quadratmeter Grund und Boden. Das Haus gehört ebenfalls seiner Frau. Es heißt, dass er bereits zu Lebzeiten seines Vaters gerne einen über den Durst getrunken hat und sein Vater alles seiner Schwiegertochter überschrieben hat. Nur die Waffen und die Werkstatt im Keller hatte er ihm vererbt. Ich muss das natürlich noch offiziell überprüfen.« Grießinger war aufgesprungen.

»Auf geht's, wir sollten dringend dem Allgaier im Krankenhaus einen Besuch abstatten, der ist jetzt fällig.«

»Moment, Herr Grießinger. Wenn Ihr Kollege Baisch seine Ausführungen beweisen kann, dann haben wir mit diesem Fall nichts mehr zu tun. Russische Energiemafia, Erpressung oder gar Auftragsmord sind eine Nummer zu groß für unsere Abteilung. Sie klären wenn möglich mit dem Allgaier, diese seltsame Sache wegen der Anzeige. Bezüglich des Mordfalls muss ich erst ein paar Telefonate führen. Also bitte, meine Herren, vorerst keine übereilten Aktionen. Bin ich verstanden worden?«

Die drei Kommissare hatten zugehört und nickten nur zustimmend. Reitzle war bereits aufgestanden und wollte den Raum verlassen. An der Tür drehte er sich nochmals um. »Grießinger, ich würde Ihnen empfehlen, den Anwalt von Allgaier über ihre ›Unterredung‹ zu informieren. Dringend! Ich muss Sie sonst beide vom Dienst suspendieren, bis die Vorfälle geklärt sind.«

Reitzle verließ das Büro und die drei Kommissare sahen sich betreten an. Es herrschte beklemmende Stille im Raum. Suspendierung! Reitzle hatte Grießinger und Haible die Suspendierung angedroht. Der Kriminalhauptkommissar reagierte als Erster.

»Haible, ruf diesen Oglischewski an und gib ihm Bescheid, dass wir jetzt zu seinem Mandanten ins Krankenhaus gehen. Baisch, du versuchst alles über die Allgaiers herauszubekommen: Konten, Grundbuch, Einkommen, irgendwelche Bettgeschichten, Dorfgeschichten, Gerüchte, das komplette Programm. Haible, wenn du fertig bist, dann packst du bitte noch deinen Elektroschocker und eine Flasche von unserem Büro-Obstler ein. Man weiß ja nie, in welche Geschichten man hineingerät.« Haible sah seinen Chef irritiert an. Obstler und Schocker, was hatte der Alte denn jetzt wieder vor?

»Beeil dich, Haible, wir müssen noch vor dem Anwalt dort sein.«

Der Anwalt reagierte am Telefon erwartungsgemäß. Erst drohte er mit irgendwelchen Paragrafen, falls die Kommissare eine Unterhaltung mit seinem Klienten ohne sein Beisein führten. Im nächsten Satz versuchte er dann, eine Freilassung seines Mandanten zu erreichen, zumindest auf Kaution, bot er an. Haible musste grinsen. Mit dem würden sie leichtes Spiel haben.

14

Grießinger wartete bereits unten am Strich 8, als sein Kollege endlich mit einer Stofftasche in der Hand den Parkplatz erreichte. Sie beeilten sich, ins Krankenhaus zu kommen, parkten direkt vor dem Eingangsbereich, zückten ihre Dienstausweise und rannten fast zum Empfang. Dort fragten sie nach dem Patienten Allgaier, nahmen das Treppenhaus, um in den zweiten Stock zu gelangen, und erreichten in Rekordzeit sein Zimmer. Nach einer kurzen Verschnaufpause klopften sie an der Zimmertür und traten ein. Auf der Fahrt ins Krankenhaus hatte Grießinger Haible über die weitere spezielle Vorgehensweise unterrichtet.

Haible schnaufte auffällig, als er zu Allgaier ans Bett kam. Nach einer kurzen Begrüßung, die Allgaier sehr unfreundlich und abweisend erwiderte, setzte sich Grießinger auf den einzigen Besucherstuhl. Haible hingegen täuschte einen Schwächeanfall wegen des Schlags gegen die Brust vor und setzte sich auf das Bett zu dem Verdächtigen.

»Entschuldigen Sie, Herr Allgaier, Ihr Schlag heute Morgen hat mir ganz schön zugesetzt, mir wird seitdem immer so schnell schwindlig. Immer, wenn ich mich ein wenig anstrengen muss. Kann ich mich kurz zu Ihnen aufs Bett setzen.« Allgaier grinste frech.

»Gelernt ist gelernt, Herr Kommissar. Wegen mir setzen Sie sich halt hin, aber bitte unten ans Fußende!«, bot er betont gönnerhaft an.

Grießinger nickte zufrieden. Sein Plan funktionierte. Blitzschnell holte sein Kollege den Elektroschocker aus der Tasche und hielt ihn unter der Decke an das Bein von Allgaier. Der schrie auf und wollte sein Bein wegziehen, doch Haible machte ihm unmissverständlich klar, dass er bei der kleinsten Bewegung nochmal abdrücken würde. Mit weit aufgerissenen Augen sah ihn Allgaier an und zischte wüste Beschimpfungen in Richtung des Kriminalkommissars auf seinem Bett. Da mischte sich Grießinger ein.

»Allgaier, sei oifach still und schwätz in der nächsten halben Stunde bloß des, was wir dich fragen. Vor allem solltest du unsere gemeinsamen Erlebnisse von heute Morgen richtig darstellen. Wenn nicht, tut es nur einmal weh!« In diesem Moment öffnete sich die Zimmertür, und der Anwalt rauschte herein. Die Begrüßung fiel erwartungsgemäß kühl aus. Dann instruierte der Anwalt seinen Mandanten und klärte ihn über seine Rechte auf. Vor allem empfahl er ihm, keine Aussage zu machen, die ihn belasten könnte. Allgaier nickte gequält und Grießinger grinste. Haible warf dem Patienten im Bett einen drohenden Blick zu.

Grießinger begann mit seiner Befragung. Allgaier antwortete wunschgemäß und widerrief im Beisein seines Anwaltes sämtliche Vorwürfe gegen die Kriminalkommissare. Außerdem beauftragte er seinen Anwalt, die Anzeige zurückzuziehen. Grießinger lehnte sich zufrieden in seinem Stuhl zurück und ließ seine Hosenträger schnalzen. Er hatte sogar abschließend eine Entschuldigung Allgaiers bei Haible herausgeholt. Der blickte noch immer mit düsterem Blick Allgaier an, bis der Anwalt endlich mit knappem Gruß und wutverzerrtem Gesicht das Zimmer verlassen hatte. Langsam zog Haible den Elektroschocker unter der Decke hervor und amüsierte sich köstlich über die erleichterte Reaktion Allgaiers. Grießinger war aufgestanden und an die Seite des Bettes gekommen. Ganz nahe stellte er sich neben Allgaiers verletzte Schulter.

»Allgaier, du bischt schon ein hondsliadricher Schofseggel!« Bei diesen Worten klopfte ihm Grießinger kumpelhaft auf die verletzte Schulter. Allgaier schrie dermaßen laut auf, dass gleich eine Schwester besorgt ins Zimmer blickte.

»Alles in Ordnung, Schwester. Der Patient hat tatsächlich eine äußerst schmerzhafte Verletzung.« Grießinger sah bedauernd in Richtung der Krankenschwester, die sich nach dieser Erklärung wieder ihrer Arbeit zuwandte.

»Allgaier, des hat sein müssen. Damit es nicht mehr so weh tut, habe ich dir einen besonders guten Obstler mitgebracht. Soll ich ihn aufmachen?«

Allgaier nickte gierig und setzte die Flasche mit seiner gesunden Hand direkt an, um einen großen Schluck zu nehmen.

Die Kommissare verließen mit einem zufriedenen Lächeln das Krankenhaus. Ihr nächster Weg führte sie ins Kommissariat. Grießinger wollte unbedingt gleich zu ihrem Oberchef Kriminalrat Reitzle und die Sache klären. Einen Grießinger konnte man nicht suspendieren. Auch ein Herr Reitzle nicht. Im Büro angekommen, fanden er auf seinem Schreibtisch bereits eine Kurzmitteilung von Reitzle.

»Im Fall Vögele weiterermitteln, bis konkrete Anhaltspunkte für organisierte Kriminalität vorliegen. Habe soeben Anruf von Allgaiers Anwalt bekommen. Aussage und Anzeige werden zurückgezogen! Protokoll der Vernehmung bis Morgen, wg. Oberstaatsanwalt. Alles bestens. Der Hefezopf war hervorragend! Gruß Reitzle.«

Grießinger zeigte seinen beiden Kollegen die Nachricht vom Oberchef.

»Sodele, Herrschaften, dann sollten wir Vollgas geben, oder!« Der Kriminalhauptkommissar machte einen sehr zufriedenen Gesichtsausdruck.

»Chef, ich hätte da noch eine Frage, wegen dem Reitzle...«, getraute sich Haible endlich zu fragen. Die ganze Zeit über bereitete ihm dieser Brief auf Grießingers Schreibtisch Kopfzerbrechen. Grießinger ahnte, was jetzt kommen würde. Längst wäre ein Gespräch mit Haible und Baisch fällig gewesen.

»Chef, ich habe zufällig mitbekommen, weil bei dir ein Brief offen dalag, dass unsere Mordkommission im Zuge der Polizeireform nach Esslingen verlegt und neu strukturiert werden soll! Ist da was dran?« Baisch sah Haible entsetzt an. Grießinger wurde nervös.

»Herrschaften, das ist also, wie soll ich sagen, saudumm gelaufen. Ich wollte euch längst informieren. Haible, du hast schon richtig gelesen. Momentan sieht es so aus, dass wir nach Esslingen umziehen sollen und in eine größere Abteilung eingegliedert werden. Wenn es so weit kommt, geh ich nicht mehr mit!«

Stille. Fassungslos sahen sich Haible und Baisch an.

»So schlimm ist Esslingen dann auch wieder nicht, Chef. Es gibt dort ein zünftiges Zwiebelfest und vielleicht täte denen ja ein bißle Vesperkultur gut«, versuchte Haible seinen Chef zaghaft umzustimmen.

»Jetzt bin ich fast 35 Jahre bei dem Verein. Wir schaffen nicht ganz schlecht miteinander, aber einen neuen Chef, die Fahrerei, immer weitere Einsparungen und Optimierungen, das mach ich einfach nicht mehr mit. Ein gutes Vesper, Frührente, Spazierenfahren, ein Gütle auf der Alb und Enkelkinder, das reicht mir vollkommen aus!«

»Und wir zwei? Du kannst uns doch nicht einfach hängen lassen. Was sollen wir allein bei den Zwiebeln?«, Baisch klang verzweifelt und entrüstet zugleich. Am liebsten wäre es ihm, wenn alles so bliebe. Der Innendienst, seine beiden Kollegen, das Schubladenvesper, Lichtner und was sonst noch dazugehörte. Unvorstellbar, dass dies zu Ende sein könnte.

»Buaba, so schlimm wird es dann auch nicht. Ihr seid jung, ihr werdet euch schon eingewöhnen und ein bißle Vesperkultur tut der Esslinger Mordkommission mit Sicherheit auch gut!« Grießinger versuchte ein schiefes Grinsen. Tief in seinem Inneren war es für ihn undenkbar, nicht mehr morgens um sieben Uhr ins Büro zu gehen und mit seinen Kollegen zusammenzuarbeiten. Grausig, allein schon der Gedanke.

»Und außerdem, wenn wir in Reutlingen bleiben können, überlege ich es mir nochmal und hänge ein paar Jährchen hintendran!«, lächelte Grießinger seine beiden ›Buaba‹ an.

Bisher ließ er nichts unversucht, damit ›seine‹ Mordkommission, quasi als Außenposten, in Reutlingen bleiben konnte. Reitzle, ganz angetan von der Idee, plante, mit diesem Vorschlag im Ministerium vorstellig zu werden. Grießinger hatte gehofft, eine positive Rückmeldung zu bekommen, bevor er mit seinen Kollegen sprechen musste.

Die drei Mitglieder der Reutlinger Polizeidirektion gingen mit hängenden Köpfen an ihre Schreibtische. An Arbeit war nicht zu denken. Irgendwie musste es Grießinger gelingen, die gedrückte Stimmung etwas aufzulockern.

»Haible, Baisch, auf, wir gehen geschwind nüber zum Vesper in die Markthalle, da gibt es doch auch eine Filiale vom Fallenschütz, oder?«

Seine beiden Kollegen stimmten ihm eifrig zu. Das Vesper war für die drei Kriminalkommissare viel mehr als nur Nahrungsaufnahme. Bei einem Rauchfleisch von der Alb, einer würzigen Schwarzwurst und einer geräuchten Schinkenwurst hatten sie in der Vergangenheit für so manchen Fall die Lösung gefunden. Beim Vespern vergaßen sie ihren Alltagsstress. Sie hielten inne, genossen in vollen Zügen und waren für eine halbe Stunde mit ihren Gedanken auf der Alb, ihrer Heimat.

15

»Lichtner am Apparat! Wer wagt es, meine Morgenverrichtungen zu stören?«

»Der Traum deiner schlaflosen Nächte, lieber Fritz. Wer sonst?« Emilie amüsierte sich über Lichtners gestelzte Ausdrucksweise. Dieser Mann war einzigartig. Fast zwei Meter groß, ein beachtlicher Bauch, seinen Charakterkopf zierte ein lockiger Halbkranz, ein spärlicher Rest der einstigen Haarpracht. Emilie mochte besonders seine vollen, sinnlichen Lippen und die angenehm tiefe Stimme. Er pflegte einen bisweilen ungewöhnlichen Bekleidungsstil, der vom Hawaiihemd bis zum Kaschmirpullover reichte. Lichtner strahlte eine immense Vitalität und Präsenz aus, die durch seinen umwerfenden Charme noch verstärkt wurden. Ein Gesamtkunstwerk, das sein imposantes Erscheinungsbild mit perfekten Manieren, immensen Kochkenntnissen und feinsten Geschmacksnerven verband, die er hin und wieder mit einer dicken Havanna betäubte.

»Emilie, wenn du um diese Zeit anrufst, hast du entweder Knochen gefunden oder steckst mit deinen Ermittlungen in einer Sackgasse. Womit kann ich dir dieses Mal helfen?« dröhnte er am anderen Ende der Leitung.

»Nichts von alledem, Fritz. Ich habe eigentlich noch gar nicht richtig mit meinen Recherchen begonnen. Abgesehen von einer erkenntnisreichen Unterhaltung von Frau zu Frau mit Irmhild Schaffig. Ich brauche dringend die Auswertung der

Untersuchungsergebnisse der KTU und ich bin sogar offiziell von Reitzle beauftragt! Also, rück endlich mit der Sprache raus«, forderte sie ihn schnippisch auf.

Lichtner unterrichtete sie ausführlich über den Stand seiner Untersuchungen. Reitzle hatte ihn bereits bezüglich der Aufgabenverteilung informiert.

»In einem Punkt muss ich dir übrigens Recht geben, Emilie. In Allgaiers Schmutzwäsche befand sich ein blutbespritztes Hemd. Das Blut stammte aber von seiner Frau. Im Backhaus fand ich die gleichen Blutspuren. Frau Allgaier ist möglicherweise, so wie du vermutet hast, etwas zugestoßen. Einen Mord beweisen die Blutspuren allerdings nicht. Abgesehen von der Tatsache, dass es bis heute kein Lebenszeichen von ihr gibt. Baisch hat unzählige Telefonate mit Freunden und Bekannten geführt, ohne irgendeinen Hinweis zu finden. Sie ist wie vom Erdboden verschluckt. Eine Sache, die mir Georg erzählt hat, könnte dir vielleicht weiterhelfen. Diese Rosemarie Allgaier hatte eventuell ein Verhältnis mit Raimund Hüfinger, dem Sohn von dem großen Reitstall in Würtingen. Zumindest war der Senior Hüfinger wohl nicht besonders gut auf Frau Allgaier zu sprechen. Dieser Raimund, von allen Ray genannt, soll übrigens, bis er Rosemarie kennenlernte, ein übler Schwerenöter gewesen sein. Bemerkenswert ist auch der Altersunterschied von fast zwanzig Jahren.«

»Sag mal, Lichtner, bist du jetzt als Ermittler bei der Mordkommission tätig oder warum war Baisch so mitteilsam. Grießinger und seine Jungs sind doch sonst nicht so gesprächig, wenn es um Ermittlungsdetails geht.«

Lichtner wieherte amüsiert los.

»Grießinger und ich, gemeinsam ermitteln!? Eine höchst anstrengende Vorstellung Emilie! Die aber einer gewissen Situationskomik bestimmt nicht entbehren würde.«

Nach einigem Glucksen und einem Schluck Kaffee, hatte er sich wieder so weit unter Kontrolle, dass er Emilie von Haibles

Problemen und dem informativen Besuch von Baisch berichten konnte. Im Gegenzug hatte er Haible selbstlos und aufopferungsvoll eine Eheberatung angedeihen lassen.

»Hast du Theo auch beraten?«, fragte Emilie kichernd.

»Theo? Ne, Emilie. Niemals würde ich den Stachel in meiner Wunde noch tiefer hineintreiben als unbedingt notwendig. Das Versöhnungstrinken an deinem Krankenlager nach diesem Fall am Heidengraben war absolut ausreichend und nüchtern kaum auszuhalten.« Lichtner konnte sich zuweilen sehr sentimental ausdrücken.

»Ich meine ja nur, weil er mich zu einem Genuss & Wellness Wochenende in den Goldenen Eber eingeladen hat. Ich freu mich bereits riesig darauf. Wahrhaftig romantisch hat er mich gefragt.«

Emilie genoss es durchaus, den Stachel der Eifersucht noch ein Stück tiefer in Lichtner hineinzutreiben. Dieser äußerte prompt mit zitternder Stimme und schwülstiger Wortwahl seinen Schmerz und drückte sein tiefstes Bedauern über den Verlust seiner großen unglücklichen Liebe aus.

»Fritz, tu nicht so scheinheilig. Wenn wir gerade von Stachel reden, könnte es sein, dass sich momentan Regine auf deinem orientalischen Diwan entspannt.« Schweigen am anderen Ende der Leitung. Mit dieser Frage hatte Lichtner vermutlich nicht gerechnet.

»Regine? Diwan? Bist du Hellseherin? In der Tat räkelt sich ein holdes Weib mit selbigem Namen auf meiner Chaiselongue und erwartet sehnsüchtig meine Rückkehr!« Genussvoll schlürfte Lichtner an seinem Kaffee.

»Ist es ernst, Fritz? Deine überschwängliche Stimmung ist eigentlich ein untrügliches Zeichen für schweren Liebestaumel.« Emilie klang bitter.

Lichtner hörte sofort an Emilies Stimme, dass ihr etwas nicht passte. Er versuchte vom Thema abzulenken.

»Emilie, was hast du über Rosemarie Allgaier herausgefunden? Konnte Frau Schaffig, die eifrig putzende Backfrau, dir weiterhelfen?« Emilie spürte, wie die Eifersucht ihr den Hals zuschnürte. Warum musste ihre Freundin ausgerechnet ›ihrem‹ Fritz den Kopf verdrehen? Mit erstickter Stimme antwortete sie.

»Es wird im Flecken wohl erzählt, dass dieser Vögele, der Windkraftanlagenvertreter, vor seinem Tod mit einigen Damen heftig geflirtet hat. Es seien ihm sogar Schläge angedroht worden, falls er nicht verschwinden würde. Es gab allerdings auch Ärger wegen der Kauf- und Pachtverträge, die er in der ganzen Gegend abschloss.

Ein Auswärtiger kauft Grund und Boden. Für viele bis heute undenkbar. Irmhild erzählte mir etwas von einer Freundin, bei der Frau Allgaier öfters übernachtete, wenn ihr Mann wieder einmal sturzbetrunken war. Die konnte ich aber noch nicht besuchen. Die meisten, mit denen ich gesprochen habe, nehmen an, dass ihr Mann sie totgeschlagen und irgendwo im Wald verbuddelt hat. Du glaubst gar nicht, Lichtner, wie viele Menschen in den letzten Tagen Verdächtiges im Wald beobachtet haben wollen. Sogar den Jagdpächter wollten sie verprügeln, als er gerade kniend auf dem Waldboden ein erlegtes Wildschwein untersucht hat.

Ich werde heute diese ›Übernachtungsfreundin‹ besuchen und ich bin da noch auf eine Spur gestoßen, die mir keine Ruhe lässt. Kennst du das Lied von den Batenke, Lichtner?«

»Ein trauriges Volkslied, wenn ich mich richtig entsinne«, meinte Lichtner nachdenklich. Er erinnerte sich an den Zettel, den seine Kollegen im Dienstwagen von Vögele gefunden hatten.

»Hör zu, Lichtner, ich habe den gesamten Text herausgefunden.« Mit warmer Stimme begann sie zu singen:

1. Durch's Wiesetal gang i jetzt na,
Brech' lauter Batenke durna;
Batenke muß i breche,
Schön Sträußele draus mache,
Aus lauter Batenke und Klee,
I han jo koi Schätzele meh!

2. Und wenn i's verlore doch habe,
Warum liegt's denn net in sein'm Grab?
Tät zum Grab jo mit Klage
E Sträußele ihm trage,
Aus lauter Batenke und Klee,
I han jo koi Schätzele meh!

3. Ach 's lebt jo und ist mer net treu,
Und i weiß: jetzt ist alles vorbei,
Und die Rose und die Nelke
Müßet traurig all' verwelke,
Verwelke Batenke und Klee,
I han jo koi Schätzele meh!

Nach der letzten Liedzeile gab Emilie einen tiefen Seufzer von sich. Lichtner konnte eine gewisse Ergriffenheit ebenfalls nicht verbergen, die aber eher durch ihren Gesang ausgelöst worden war.

»Was willst du mir mit dem Lied sagen? Ein trauriges Liebeslied. Hat das mit der verschwundenen Backfrau oder gar mit Vögele zu tun?«, fragte Lichtner verwundert.

»Du enttäuschst mich, Fritz! Immerhin habt ihr einen Zettel mit der ersten Zeile des Liedes bei Vögele gefunden. Überleg doch mal. Der Vögele ein Schwerenöter, der Raimund Hüfinger verliebt in die Allgaier, ein verzweifelter, gehörnter Ehemann. Das ist doch ein explosiver Cocktail, findest du nicht?«

Lichtner dachte nach.

»Und eine verschwundene Makarov mit Schalldämpfer. Emilie, wenn es so einfach wäre. Baisch hat Hinweise, dass Vögele von einem Killerkommando hingerichtet wurde. Dahinter steckt anscheinend die Firma, bei der er angestellt war. Eine Art Energiemafia, die mit Investitionen in regenerative Energien ihr Dunkelgeld wäscht. Eine ziemlich heiße Spur. Ich fürchte, ich muss dich enttäuschen. Kein Beziehungsdrama, sondern eher ein knallharter Thriller mit europaweiten Firmenverflechtungen. Drahtzieher ist vermutlich eine russische Holding,« Lichtner war sehr ernst geworden. Eine Lösung, wie von Emilie vermutet, wäre ihm deutlich lieber als die unglaubliche Vorstellung, dass im malerischen St. Johann das internationale Verbrechen angekommen war.

Emilie hatte der Schilderung Lichtners aufmerksam zugehört. Die Vermutungen des Bürgermeisters fielen ihr wieder ein. Er hatte ebenfalls den Verdacht geäußert, dass der Tod des Vertreters mit dem Projekt ›Bioenergiedorf Bleichstetten‹ zu tun haben könnte. Seine Sorgen bezogen sich jedoch eher auf einen möglichen Täter aus der Bevölkerung.

»Emilie, bist du noch dran?«, holte sie Lichter aus ihren Überlegungen zurück.

»Ja, ja, ich habe nur nachgedacht. Es klingt beängstigend, was du mir erzählt hast. Vielleicht sollte ich von diesem Fall die Finger lassen?«

»Und die verschwundene Backfrau? Willst du wirklich so schnell aufgeben?«, fragte Lichtner verwundert.

Lichtner hatte recht. Möglicherweise hatte doch alles mit dem Verschwinden von Rosemarie Allgaier zu tun. Sie musste herausfinden, was mit ihr geschehen war.

»Lichtner, wenn ihr zwei ausgeräkelt habt, soll sich Regine bitte bei mir melden. Es gibt einen Haufen Arbeit.«

Emilie beendete das Gespräch, ohne auf eine Antwort Lichtners zu warten.

16

Nachdenklich saß Edwin Sängerle in seinem Dienstzimmer. Die letzten Nächte hatte er schlecht geschlafen. Jedes kleine Geräusch ließ ihn aufschrecken. Der Tote ging ihm nicht aus dem Kopf. Warum hatten sie den Vertreter vor seinem Rathaus abgestellt? Noch mehr beunruhigt war er nach einem Telefonat mit diesem Kriminalkommissar Baisch. Der hatte ihn gefragt, ob er bereits Besuch von russischen ›Geschäftsleuten‹ bekommen habe. Auf sein Nachfragen, warum er das frage, hatte der Kriminalkommissar ausweichend reagiert und darum gebeten, dass sie sofort verständigt würden, falls sich jemand mit ausländischem Akzent telefonisch bei ihm melden würde.

Nervös stand er auf und ging in seinem Büro auf und ab. Bei der nächsten Gemeinderatssitzung würde er vorschlagen, die Idee mit dem Bioenergiedorf zu verwerfen. Bereits in diesem frühen Projektstadium hatte es zu Unfrieden und Neid in seiner Gemeinde geführt. Diese gespannte Atmosphäre in den Wirtshäusern, beim Friseur, ja sogar in seinem Chor, verabscheute er. Er sehnte sich nach Harmonie und Ruhe. Besorgt kam seine Sekretärin herein. Sie spürte schon seit Tagen wie angespannt ihr Chef war.

»Noch einen Kräutertee, Herr Sängerle?« In diesem Moment klingelte das Telefon im Vorzimmer. »Augenblick, Chef, ich komm gleich wieder.« Kurz darauf kehrte sie zurück.

»Herr Sängerle, da ist so ein komischer Mann am Apparat. Ich hab den fast nicht verstanden.« Sängerle wurde blass und spürte, wie ihm schwindlig wurde. Sie nahmen Kontakt mit ihm auf.

»Stellen Sie durch«, wies er seine Sekretärin mit unsicherer Stimme an und ging zögernd zu seinem Schreibtisch.

Martin Vögele war tot. Er musste die Gefahr geahnt haben. Warum sonst hatte er sie nach einer Waffe aus der Waffensammlung ihres Mannes gefragt. In der Zeitung war nichts von einem

Waffenfund bei dem Toten berichtet worden. Sie war durcheinander, wie konnte das alles passieren. Seit Tagen saß sie in diesem Hotelzimmer auf ihrem Bett, und versuchte, den Wahnsinn zu begreifen. Ihre Verletzungen im Gesicht schmerzten noch immer. Der ganze Körper war übersät mit Blutergüssen. Sie hatte gedacht, es hört nie mehr auf, er würde sie diesmal totschlagen. Endlich war es ihr gelungen, davonzurennen, eine Rückkehr war ausgeschlossen. Zu viele Jahre hatte sie die Demütigungen, die Gewalt, die Angst und die Schmerzen ertragen. Dazwischen gab es Zeiten, in denen er aufhören wollte und sie sich Hoffnungen auf eine bessere Zukunft machte. Ihre Freundinnen wendeten sich nach und nach von ihr ab. »Dir kann man nicht helfen«, bekam sie oft zu hören. Sie wussten es nicht anders. Ihre Männer waren keine Alkoholiker.

Ihr Wolfgang hatte nach der Prügelei das ganze Wochenende getrunken.

Wie er es geschafft hatte, ihr am Sonntag ins Backhaus zu folgen war ihr nach wie vor unerklärlich. Wieder einmal war sie von ihm im Backhaus zur Rede gestellt worden. Er hatte ihr gedroht und sie angefleht, mit ihm nach Hause zu kommen. Immer zudringlicher war er geworden. Schließlich hatte er sie auf den Backtisch gedrückt und an ihrem Kleid herumgerissen. In diesem Moment begann sie sich zu wehren. Ein verzweifelter Tritt zwischen die Beine und er brach zusammen. Panisch war sie zu ihrer Freundin gerannt. Dort war sie sicher vor seiner unbändigen Wut und seinen Schlägen.

Ihre beste Freundin hatte mit Vögele in eindeutiger Position auf dem Sofa gelegen. In diesem Moment war ihre letzte Hoffnung gestorben. Martin Vögele hatte mit ihr ein neues Leben beginnen wollen. Wie oft hatte sie mit ihrer Freundin darüber gesprochen, von Martin Vögele, von ihrem ganz großen Glück geschwärmt, sie um Rat gefragt. Alles gelogen. Alles verraten. Alles umsonst.

Ziellos war sie fortgerannt, über Felder und Wiesen bis hinüber nach Würtingen geirrt. Dort hatte sie den Bus nach Reutlingen genommen. Sie musste fürchterlich ausgesehen haben. Ihr schmutziges, zerrissenes Kleid, ihre Platzwunde am Auge, die wieder zu bluten begonnen hatte, ihre Tränen. Besorgt hatte ihr der junge Busfahrer Hilfe angeboten. Zum Glück war sie der einzige Fahrgast. Am Busbahnhof in Reutlingen erinnerte sie sich an das kleine Hotel, in dem sie vor einiger Zeit eine Nacht mit Vögele verbracht hatte. In einer öffentlichen Toilette machte sie sich etwas frisch und lief dann schnell zu dem Hotel.

17

Emilie ging das Lied von den Batenke nicht aus dem Kopf. Der Text beschrieb eine enttäuschte Liebe. Der Zettel mit der ersten Zeile, der bei Vögele gefunden worden war, musste eine Bedeutung haben. Vielleicht eine Warnung? Emilie wollte zuerst Hüfinger besuchen. Vorsorglich hatte sie ihre gelben Gummistiefel angezogen. Dazu trug sie eine froschgrüne Strumpfhose und Jeans-Shorts, die sie mit einer spitzenverzierten Bluse und einer orangefarbenen Filzjacke kombiniert hatte. Ihre hennaroten Haare verbarg sie unter einer kecken Schiebermütze und um den Hals war ein Seidentuch mit Rosenmuster geschlungen.

Auf dem Hof der Hüfingers ging sie direkt auf das imposante Hauptgebäude zu und betätigte den nostalgischen, massiven Türklopfer. Es dauerte nicht lange und ein Mann, schlank und muskulös, mit strahlend grauen Augen, stand vor ihr. Er musste ungefähr dreißig Jahre alt sein und besaß eine faszinierende Ausstrahlung. Mit einem umwerfenden Lächeln musterte er Emilie von unten bis oben und fragte sie freundlich nach ihrem Anliegen.

»Guten Tag, Emilie Berta Lämmle, ich bin auf der Suche nach Rosemarie Allgaier«, antwortete sie ohne Umschweife. Emilie hoffte auf den Moment der Überraschung.

Raimund Hüfinger reagierte plötzlich ziemlich nervös und unsicher. Er schien zu überlegen, was er jetzt tun sollte. Sein Lächeln wirkte gequält. Auf seiner Stirn bildeten sich Schweißtropfen. Emilie registrierte jede Veränderung Hüfingers genau.

»Kommen Sie, Frau Lämmle, gehen wir in mein Büro, da können wir ungestört reden.« Er sah sich um, ob sie jemand beobachtet hatte. Emilie war auf der Hut. Hier stimmte etwas nicht.

Raimund Hüfinger bot ihr einen Platz vor seinem Schreibtisch an. Sein Gesicht wirkte hart und unnahbar.

»Wieso wollen Sie mit mir über Rosemarie sprechen? Sind Sie von der Polizei oder hat Sie etwa Rosis Mann geschickt?« Seine Stimme zitterte. Er verschränkte feindselig die Arme vor der Brust.

»Weder noch, antwortete Emilie. Ich arbeite für die Polizei, genauer für die Mordkommission in der Polizeidirektion Reutlingen und versuche, Rosemarie Allgaier ausfindig zu machen, weil ich ein paar Fragen an sie hätte.« Emilie blieb betont freundlich.

»Und wieso kommen Sie da zu mir?«, fragte Hüfinger schroff.

»Nun ja, Herr Hüfinger, wenn Sie es direkter wollen, bitte. Frau Allgaier hatte eine große Zuneigung für Zuchtpferde und für knackige Reitlehrer, oder etwa nicht?«

Emilies Worte wirkten wie Peitschenhiebe auf Hüfinger. Er rieb sich erschöpft die Augen und zeigte eine abweisende Haltung.

»Ok, es ist ja eh vorbei. Ja, ich hatte ein Verhältnis mit ihr. Anfangs nichts Ernstes. So wie es sich eben mit manchen Reitschülerinnen hin und wieder ergibt. Mit Rosemarie wurde das anders. Ich verliebte mich in sie und wollte, dass sie sich von ihrem Mann trennt. Ich habe nie verstanden, was sie bei diesem brutalen Schwein hielt. Rosemarie blühte bei mir regelrecht auf. Eine wunderschöne Frau. Bis eines Tages dieser Vögele auftauchte. Er wollte unsere gesamten Dachflächen für eine Photovoltaikanlage anmieten, zu einem Preis, da begann sogar mein Vater darüber nachzudenken. Auf den Pferdekoppeln befinden sich zwei potentielle Windkraftstandorte, die er ebenfalls für einen ordentlichen Zins pachten wollte. Anfangs war ich begeistert von diesem dynamischen, sehr umgänglichen Geschäftsmann, bis er eines Tages Rosemarie beim Reiten sah.

Ich dachte mir nichts, als er sich nach ihr detailliert erkundigte. Meine Vermutung war, dass er ihr dasselbe interessante Geschäft vorschlagen wollte. Wenig später erfuhr ich, dass sie nicht nur eine geschäftliche Beziehung hatten. Rosemarie hatte sich verändert, von einer gemeinsamen Zukunft sprach sie nicht mehr. Es war von heute auf morgen vorbei. Meinen Vater hat es gefreut, aber ich … Wenn sie zu mir zurückkommen würde, ich würde alles für sie tun. Nach dem Mord an dem Vögele hatte ich wieder neue Hoffnung. Bis heute hat sie sich jedoch nicht bei mir gemeldet. Kein Lebenszeichen. Ich habe bereits sämtliche Plätze abgesucht, an denen wir mit den Pferden waren oder uns heimlich getroffen haben. Keinerlei Spur von ihr. Ihr Handy ist seit Tagen abgeschaltet.« Hüfinger saß verzweifelt in seinem viel zu großen Schreibtischsessel.

»Und der Altersunterschied? Machten Ihnen die fast zwanzig Jahre nichts aus?« Emilie wollte ihn provozieren.

»Wenn man sich liebt, spielt das keine Rolle«, antwortete Hüfinger trotzig.

»Sollte sie hier auftauchen oder sich bei Ihnen melden, rufen Sie mich bitte umgehend an. Ich habe nur ein paar Fragen im Zusammenhang mit Ihrem Mann und Martin Vögele. Rief bei Ihnen, nach dem Tod Vögeles, auch jemand mit seltsamen Akzent an?« Die Frage stellte Emilie betont beiläufig.

Raimund Hüfinger zögerte. Er war irritiert, dass sie ihn auf das gestrige Telefonat ansprach. Sie verlangten von ihm, das Angebot Vögeles für die Dachfläche und Windkraftstandorte anzunehmen, sonst könnte es sein, dass sein geliebtes Springpferd sich zufällig die Vorderbeine brechen würde. Hüfinger hatte den Mann am Telefon mit der kehligen Aussprache und dem extremen russischen Akzent angeschrien und ihm versucht klarzumachen, dass solchen Entscheidungen sein Vater alleine träfe. Sie müssten sich an den Alten wenden und seine Pferde in Ruhe lassen. Da wurde das Telefonat abrupt beendet. Sollte er dieser Frau Lämmle davon erzählen? Er wusste, sie würden Ernst machen.

»Nein, Frau Lämmle. Ich pflege keine geschäftlichen Beziehungen zu Russland und an einen solchen Anruf kann ich mich nicht erinnern. Vielleicht fragen Sie da besser meinen Vater. Möglicherweise haben die ja bei ihm angerufen oder ihm persönlich einen Besuch abgestattet. Hüfinger schwitzte noch mehr und seine Stimme klang gepresst.

»Kommen Sie, er ist mir heute zwar noch nicht über den Weg gelaufen, aber ich vermute, er wird in seinem Büro sein.«

Hüfinger war aufgestanden und wollte gerade zur Tür gehen, als sein Handy klingelte. Er nickte Emilie entschuldigend zu und nahm das Gespräch an. Schlagartig wechselte sein Gesichtsausdruck, Tränen schossen ihm in die Augen.

»Jetzt nicht, ruf nachher nochmal an. Ich warte«, flüsterte Hüfinger.

In diesem Moment wusste Emilie, dass Rosemarie Allgaier lebte. Sie hatte sich bei Hüfinger gemeldet und der hatte einen Grund, dies vor Emilie zu verbergen. Einen kurzen Augenblick später hatte er sich wieder unter Kontrolle und führte Emilie zum Büro seines Vaters, welches sich im ersten Stock befand. Von da oben konnte er den Hof überblicken, auf den Balkon hinaussitzen und seine Befehle in den Hof hinunterbrüllen. Von seinem Vater hatte Hüfinger Senior einst eine kleine Landwirtschaft mit drei Kühen, ein paar Ziegen, Hühnern und einigen Handtuchäckern übernommen. Das Gestüt, so wie es heute dastand, mit den Stallungen, der Reithalle und ausgedehnten Koppeln sowie Heuwiesen wurde von Hüfinger Senior mit den eigenen Händen erarbeitet. Seine Frau war viel zu früh gestorben. Seit dieser Zeit duldete er keinerlei feste Beziehungen seines Sohnes. Kurze Abenteuer waren kein Problem, etwas ernstes undenkbar. Er wollte mit aller Kraft vermeiden, dass sein Sohn womöglich den Hof wegen einer Frau verlassen würde.

Raimund Hüfinger klopfte an die Tür, wartete einen Moment und drückte dann die Türklinke herunter. Irritiert wich er zurück. Die Bürotür war abgeschlossen. Hüfinger sah Emilie fragend an. Er klopfte nochmal an die Tür, erst zaghaft, dann immer kräftiger.

»Vater? Bist du im Büro? Er hielt das Ohr an die Tür. Nichts war zu hören. Wieder klopfte er an die Tür.

»Geben Sie es auf, Herr Hüfinger. Die Tür sieht ziemlich stabil aus. Gehört zu diesem Zimmer der Balkon, der vorne am Haus ist?«, fragte Emilie betont sachlich.

»Ja, mein Vater hat schon immer das Balkonzimmer. Ich lasse sofort eine Leiter bringen. Mein Vater lehnt meist die Balkontür nur an, damit er mitbekommt, was unten im Hof läuft.«

Hüfinger Junior ging Emilie voraus nach unten und vor das Haus. Er telefonierte mit dem Handy und nach kurzer Zeit kamen zwei Männer mit einer großen Holzleiter herbeigeeilt. Fachmännisch stellten sie diese an das Balkongeländer. Einer der beiden sicherte die Leiter, der andere prüfte die Standfestigkeit. Hüfinger hatte bereits die ersten Sprossen erklommen, als sie ihn am Bein erwischte.

»Kommen Sie runter. Ich gehe da hinauf. Vielleicht ist ja gar nichts Schlimmes passiert. Hat eigentlich jemand Herrn Hüfinger Senior heute schon gesehen?«

Einer der Arbeiter reagierte prompt: »Ja freilich, heute in

aller Herrgottsfrüh, beim Stallrundgang und beim Leut anschreien. Dem Alten kann man es ja nie recht machen!« Hüfinger Junior sah ihn scharf an. Der Mann verstummte augenblicklich. Emilie kletterte die Leiter hinauf. Sie war jetzt nervös und hoffte, dass es für die verschlossene Tür eine harmlose Erklärung gab. Die Balkontür war, so wie beschrieben, nur angelehnt. Emilie öffnete sie vorsichtig. Dabei gab der Vorhang vor der Tür den Blick auf Hüfinger Senior frei. Er saß zurückgelehnt in seinem Ledersessel, die Augen weit aufgerissen, den Kopf zur Seite geneigt. An seiner Schläfe klaffte ein kleines, hässliches Einschussloch. Emilie konnte ihren Aufschrei gerade noch unterdrücken.

»Frau Lämmle, was ist dort oben los, warum gehen Sie nicht hinein«, rief Hüfinger besorgt hinauf. Sie erschrak und wich zurück. Sorgsam zog sie die Tür zu und drehte sich zu Hüfinger hinunter.

»Ihr Vater ist tot. Er wurde an seinem Schreibtisch erschossen. Ich verständige die Kripo. Bis auf weiteres darf niemand das Büro betreten.«

Emilie war über ihre sachliche Reaktion erstaunt. Vor ein paar Monaten hätte sie erst die Seele des Toten verabschiedet und der Anruf bei der Polizei wäre ihr nicht so wichtig gewesen. Sie wählte die Nummer Grießingers und informierte ihn über die Situation. Lichtner würde sie ebenfalls persönlich anrufen. Er musste unbedingt herkommen.

Es dauerte fast zwanzig Minuten bis Lichtner mit aufheulendem Motor auf den Hof fuhr und eine gewagte Vollbremsung hinlegte. Neben ihm saß Regine, die offensichtlich keinen großen Gefallen an seiner emotionalen Fahrweise fand. Mit weichen Knien stieg sie aus dem schweren SUV und ging auf Emilie zu. Nach einer herzlichen Umarmung fragte Regine flüsternd: »Bist du okay, Emilie?«

»Bis jetzt war es nicht sonderlich spektakulär. Hüfinger Senior wurde erschossen, soweit ich das von der Balkontür aus erkennen konnte. Der junge Hüfinger hat Dreck am Stecken und ich bin mir ziemlich sicher, dass die verschwundene Backfrau Allgaier vorher bei ihm angerufen hat. Seine Überraschung über den Anruf war echt, aber warum er das Telefonat vor mir verbergen wollte, verstehe ich noch nicht«, flüsterte Emilie zurück.

Lichtner war in der Zwischenzeit in seinen Schutzoverall geschlüpft und erstaunlich behände die Leiter hinaufgeklettert. Er betrat das Büro und schloss die Türe von ihnen auf, nicht ohne vorher die Balkontüre zu verschließen, damit kein Luftzug irgendetwas durcheinanderwirbeln konnte. Hüfinger war in den ersten Stock geeilt, doch Lichtner fing ihn an der Tür ab und hielt ihn fest.

»Machen Sie keinen Unsinn, Herr Hüfinger. Meine Kollegen und ich tun hier jetzt unsere Arbeit und dann können Sie zu Ihrem Vater. Bitte haben Sie Verständnis.« Lichtner gab Emilie und Regine, die Hüfinger gefolgt waren, ein Zeichen, ihn wegzubringen. Emilie hakte sich bei Hüfinger ein und zog ihn mit Hilfe ihrer Freundin von der Tür weg. Widerstrebend folgte Hüfinger ihnen die Treppen hinunter in die große Wohnküche. Dort setzten sie ihn auf einen Küchenhocker. Regine stellte sich hinter ihn, um ihm ihre Hand auf die Brust zu legen. Das beruhigte und tröstete ihn. Zwischenzeitlich durchsuchte Emilie die Schränke, bis sie eine Teekanne, Kräutertee und Honig fand. Sie kochte einen starken Tee mit viel Honig und forderte Hüfinger auf, ihn schluckweise zu trinken. Sie lehnte sich gegen den Gasherd und beobachtete dabei Hüfinger.

»Wollen Sie vielleicht Rosemarie zurückrufen?«, Hüfinger nickte zustimmend, bevor er die Falle bemerkte. Zufrieden blickte Emilie zu Regine, die ihr anerkennend zulächelte.

»Lassen Sie mich jetzt in Ruhe, Frau Lämmle!«

Er hielt ihr kraftlos sein Handy hin.

»Die letzte Nummer mit Reutlinger Vorwahl. Rufen Sie

doch selbst zurück und finden Sie heraus, wo sie ist. Ich will zu meinem Vater und muss mich um endlos viele Dinge kümmern.«

Er wirkte gleichgültig, resigniert. Emilie konnte ihn gut verstehen, bereute ihre hinterhältige Frage. Zumindest wusste sie jetzt, dass Rosemarie Allgaier lebte. Hüfinger stand auf, bedankte sich bei Regine und verließ die Küche. Mit schweren Schritten ging er wieder die Treppe hinauf. Emilie hatte die Telefonnummer längst auf einen Zettel geschrieben und gab die Ziffern eilig in ihr Handy ein. Die Rezeption eines Hotels in Reutlingen meldete sich.

»Emilie Berta Lämmle, Kriminalpolizei Reutlingen am Apparat. könnten Sie mir bitte bestätigen, ob eine Rosemarie Allgaier bei Ihnen ein Zimmer gemietet hat? Mir reicht ein einfaches Ja oder Nein.«

»Ja«, antwortete die Dame von der Rezeption misstrauisch, »mehr kann ich Ihnen am Telefon nicht sagen. Da müssten Sie schon persönlich vorbeikommen!«

»Worauf Sie sich verlassen können. Ich bin in ungefähr drei Stunden bei ihnen. Bis dahin bitte kein Wort zu Frau Allgaier und rufen Sie mich an, wenn Frau Allgaier das Haus verlässt. Sehen Sie meine Nummer auf Ihrem Telefon? Bei dieser Nummer rufen Sie auf jeden Fall an. Wie war nochmal Ihr Name?«

Emilie hatte nicht vor, erst in drei Stunden zu kommen. Emilie notierte sich den Namen der Mitarbeiterin vom Hotelempfang. Mit einem aufrichtigen und erleichterten Dankeschön für die Auskunft, beendete sie das Telefonat. Regine hatte mitbekommen, dass die Backfrau noch lebte und wollte Emilie freudig umarmen. Diese telefonierte jedoch schon wieder. Dieses Mal mit Reitzle, der sich anerkennend über ihren Ermittlungserfolg äußerte und für die professionelle Handlungsweise dankte. Er würde sofort eine Streife in das Hotel schicken und Frau Allgaier in die Polizeidirektion bringen lassen. Emilie war nicht sicher, ob das richtig war, aber ihr fiel momentan keine bessere Lösung ein. Zwischenzeitlich trafen auch Grießinger und Haible ein. Der Kriminalhauptkommissar ertrug den spitzen Kommentar von Lichtner bezüglich des späten Eintreffens erstaunlich gelassen.

»Lieber mit Verstand fahren, als dumm rasen!«, war alles, was Grießinger vor sich hinbruddelte, als er sich das Szenario im Büro von Hüfinger Senior betrachtete.

»Grießinger, wir haben ein russisches Problem. Ich könnte wetten, wieder eine Makarov PB mit Schalldämpfer. Das Einschussloch sieht so aus wie bei Vögele. Ich habe bisher keine weitere Kugel gefunden als die, die ihm den halben Hinterkopf weggerissen hat. Ein schräg aufgesetzter Schuss an der Schläfe. Absolut tödlich und eine Riesensauerei!«, Lichtner verzog angeekelt sein Gesicht. An großflächig verspritztes Hirngewebe hatte er sich auch nach unzähligen Tatorten noch nicht gewöhnt.

»Schauen Sie sich einmal das hier an!« Lichtner hielt dem Kriminalhauptkommissar Unterlagen hin, die in einer durchsichtigen Plastikhülle steckten.

»Der Hüfinger hatte diesen Vertrag in einfacher Ausfertigung auf seinem Schreibtisch. Mit detaillierter Regelung, wie im Falle seines Ablebens mit dem Vertragsinhalt verfahren werden soll. Raffiniert verfasst und wo eine Ausfertigung vorhanden ist, gibt es normalerweise auch eine zweite Ausfertigung. Noch dazu, wenn das erste Exemplar mit den Originalunterschriften versehen ist.« Lichtner brummelte zufrieden.

»Sie meinen, der Hüfinger musste nach der Unterschrift daran glauben, weil die Vertragspartner hatten, was sie wollten.« Grießinger schien nicht überzeugt von Lichtners These.

»Denken Sie mal nach, Lichtner, wenn das Schule macht, dann werden der halbe Ort Bleichstetten und Teile von Würtingen ausgerottet! Grausig, der Gedanke!« Grießingers Zynismus war nicht zu überhören.

»Ihren seltsamen Humor möchte ich nicht mal geschenkt,

Kollege!«, drückte Lichtner deutlich sein Missfallen aus. Haible zog es vor zu schweigen. Nachdem Grießinger sein o.k. gegeben hatte, wurde der Leichnam aus dem Stuhl gehoben, auf den Boden gelegt und entkleidet. Der Leiter der KTU sprach die ganze Zeit in sein Diktafon und instruierte seine Kollegen von der Spurensicherung, was er noch genauer sehen wollte und in welche Lage sie den Toten bringen sollten. Außer dem Kopfschuss waren keine weiteren Verletzungen und Abwehrspuren sichtbar. Es mussten Profis gewesen sein oder Hüfinger Senior hatte seinen Mörder gekannt und nicht damit gerechnet, dass er abdrücken würde. Raimund Hüfinger stand schweißüberströmt und bleich an den Türrahmen gelehnt.

Grießinger war es keineswegs humorig zumute. Sein Zynismus war nichts anderes als Galgenhumor. Wenn ihre These mit der Energiemafia stimmte, dann hatte es ein nächstes Opfer gegeben und niemand würde abschätzen können, wie viele noch folgen würden. Diese russische Holding schien im rechtsfreien Raum zu agieren. Sie hinterließen Spuren, aber keine Beweise. Für alles gab es eine plausible Erklärung. Nur für die zwei Toten nicht. Ein Kofferraum voll Unterlagen, die seltsamerweise zurückgelassen worden waren. Ein Vertrag, der zufällig auf dem Tisch gelegen hatte, ein Makarov PB, die abhanden gekommen war. Eine Waffe, die weltweit nachgebaut wurde. Niemand wusste, wie viele davon im Umlauf waren. Der oder die Täter verließen den Tatort ohne Spuren zu hinterlassen. Keine Zeugen, keine Spuren. Wer würde als Nächstes dran sein? Grießinger machte sich ernste Sorgen. Zum ersten Mal in seiner langjährigen Dienstzeit fühlte er sich richtig hilflos.

»Chef, mir hat es hier zu viele offensichtliche Spuren und doch keine. Verstehst du, was ich meine? Hier stimmt irgendwie gar nicht. Einerseits keinerlei tatrelevanten Fingerabdrücke an der Balkontür, an der Türklinke, an den Schlüsseln und andererseits lassen sie diesen Vertrag liegen. Und bei Vögele war es nicht anders. Da macht sich jemand die Mühe, das Opfer neu anzukleiden und in seinem Auto mitten in der Nacht vor dem Rathaus zu postieren. Bis heute gab es keinen Anruf beim Bürgermeister, kein anonymes Schreiben. Dafür bleiben im Kofferraum Geheimunterlagen zurück. Wir haben kein beweisbares Motiv für die Morde. Verstehst du, was ich meine, Chef. Oder bin ich zu blöd zu kapieren, was hier passiert.«

»Leider nicht, Haible, heute wärst du mir ausnahmsweise saublöd viel lieber als zu intelligent. Du hast mit deiner Vermutung voll ins Schwarze getroffen. Ich habe die ganze Zeit auch so ein Grummeln im Bauch mit mir herumgeschleift. Es war alles zu offensichtlich, so als ob uns jemand mit Gewalt ins Mostfass drucken wollte.« Grießinger klang jetzt sehr nachdenklich, als ihm plötzlich eine Idee kam.

»Herr Hüfinger, ich will Sie nur ungern in Ihrer Situation stören, aber ich sollte unbedingt wissen, ob Sie einen Anruf von einem Mann mit russischem Akzent bekommen haben? Genauer in der Zeit nach Vögeles Tod.«

Hüfinger nickte zögern und brach in Tränen aus. Sein ganzer Körper wurde durchgeschüttelt. Haible legte ihm mitfühlend die Hand auf die Schulter.

»Hüfinger, so wie Sie reagieren, verschweigen Sie mir doch noch etwas?«, hakte Grießinger scharf nach.

Nach einigen tiefen Seufzern begann der Reitlehrer alles zu erzählen. Das Telefonat, die offenen Drohungen und, dass er die Mörder zu seinem Vater geschickt hätte. An diesem Punkt brach er wieder unter Tränen zusammen. Grießinger ließ ihn in Ruhe. Er musste jetzt Reitzle verständigen.

»Du denkst des gleiche wie ich. Wer ist der oder die Nächste. Ich glaub, ich weiß es, Chef!«

Grießinger schreckte aus seinen Gedanken hoch.

»Ja und, schwätz raus!«, fragte er ungeduldig.

»Der Bürgermeister! Mit dem Hüfinger wollten die uns doch nur zeigen, zu was sie im Stande sind. Das war eine letzte Warnung.«

Mit besorgtem Gesicht stimmte der Kriminalhauptkommissar zu. Er sah plötzlich sehr alt und müde aus.

»Haible, ruf den Reitzle an. Große Lagebesprechung. Des packen wir nicht mehr allein.«

Spätestens jetzt wusste Haible, dass die Lage todernst war. Grießinger würde sonst niemals Hilfe holen.

18

Emilie war längst mit Regine auf dem Weg zur besten Freundin von Rosemarie Allgaier. Zwischenzeitlich hatte sie den Namen und die Adresse herausbekommen. Monika Kraussmaier, verheiratet mit einem Monteur, der bei Schwörer arbeitete. Immer wieder musste Emilie an das Lied mit den Batenke denken. Sie hatte das Gefühl, irgendetwas übersehen zu haben. Der Tod von Hüfinger Senior erschien ihr mehr als dubios. Regine Oswald schwieg während der Fahrt. Emilie parkte ihr Auto am Straßenrand und wollte gerade aussteigen, als Regine die Hand auf den Arm ihrer Freundin legte.

»Du, Emilie, ich muss mit dir reden!«, begann sie mit leiser Stimme.

»Hat das nicht bis nachher Zeit? Wir müssten uns dringend mit dieser Monika unterhalten. Möglicherweise kann sie uns einiges über Rosemarie Allgaier und diesen Vögele erzählen«, sagte Emilie ungeduldig.

»Es wäre besser, das vorher zu klären!«, Regine klang jetzt ziemlich bestimmt.

»Schieß los, was plagt dich so?«, gab Emilie nach. Sie wusste, dass ihre Freundin etwas Wichtiges auf dem Herzen hatte, wenn sie so dringlich ein Gespräch forderte. Im Stillen ahnte Emilie, was Regine von ihr wollte.

»Emilie, dieser Mord an dem Hüfinger und diese Energiemafia, das passt nicht zusammen. Ich kann mir nicht vorstellen, dass jemand auf diesen Hof fährt, einfach über den Balkon in Hüfingers Büro einsteigt und ihn erschießt. Dann wieder über den Balkon das Büro verlässt, ohne dass er gesehen wird. Steckte der Schlüssel etwa von innen in der Bürotür?«

Emilie war überrascht, eigentlich hatte sie ein anderes Thema von Regine erwartet.

»Ich habe mir das gleiche überlegt. Hüfinger Junior war ziemlich nervös, als ich an seiner Tür geklingelt hatte. Lichtner hat erzählt, dass er erst den Schlüssel suchen musste, als er die Bürotür von Hüfinger Senior aufschließen wollte. Er fand den Schlüssel in der Hosentasche des Toten. Seine These war, dass Hüfinger selbst die Tür abgeschlossen hatte, um ungestört mit seinem Besucher reden zu können. Ich bin mir da nicht so sicher. Es gab für Hüfinger keinen Grund abzuschließen. Wenn er Angst hatte, wäre damit sein einziger Fluchtweg abgeschnitten gewesen. Was ich auch nicht verstehe ist, warum Hüfinger nicht einfach um Hilfe geschrien hat. Wenn sein Mörder nur auf den Vertrag aus gewesen war, hatte er Hüfinger mit der Waffe bedroht und zur Unterschrift zwingen wollen. Der Hüfinger Senior war auf der Alb als knallharter Hund bekannt, der sich nicht so leicht einschüchtern ließ. Ich schätze den so ein, dass er sich hätte nicht zur Unterschrift zwingen lassen. Er war außerdem ein öffentlich bekannter Gegner des Biosphärengebiets und der Windräder auf der Alb. Vermutlich hätte er sogar eher seinen Tod in Kauf genommen, als zu unterschreiben. Schon allein aus Stolz und Sturheit.«

Emilie hatte den letzten Satz nicht ohne Anerkennung ausgesprochen. An den Älblern liebte sie genau diese Eigenschaften: Stolze Menschen, stolz auf das, was sie den steinigen Böden abrangen, stolz auf ihre Dörfer und stolz auf ihre Heimat. Waren sie von etwas überzeugt, zogen sie es unbeirrt und stur durch. Egal, wie groß die Hindernisse waren, die sich ihnen in den Weg stellten.

»Wenn wir mit unseren Vermutungen richtig liegen, dann käme beispielsweise auch Hüfinger Junior als Täter in Betracht. Die Frage ist nur, wer hat ein Motiv, den Alten umzubringen? Und was hat der unterschriebene Vertrag zu bedeuten. Denkst du, dass jemand die Unterschrift gefälscht hat?«, fragte Regine aufgeregt.

»Ich habe das Gefühl, Regine, dass wir irgendetwas Wichtiges übersehen. Ich glaube nicht, dass der Hüfinger nur wegen einem Vertrag umgebracht wurde. Es muss einen anderen Grund geben. Vielleicht stecken Erbstreitereien dahinter oder blanker Hass. Mir fehlt ein Mosaikstein bei meinen Recherchen. Komm, lass uns zu dieser Monika gehen. Möglicherweise bekommen wir dort neue Hinweise, wo wir nach dem Mosaiksteinchen suchen könnten.« Emilie wollte aussteigen.

»Da ist noch etwas, Emilie!«, begann Regine wieder mit leiser Stimme.

»Ja, Regine?« Sie wusste was kommen würde.

»Der Fritz und ich… Versteh mich jetzt nicht falsch. Niemals würde ich meiner Freundin… Emilie, hast du was mit dem Fritz?« stotterte Regine.

Emilie musste laut lachen. Glucksend umarmte sie ihre Freundin, so gut es in dem engen Auto ging.

»Wer weiß, wer weiß, ob ich was mit dem Lichtner hatte oder habe. Meinen Fritz kenne ich halt schon ewig und finde ihn in seiner ganzen Pracht ziemlich lecker. Wie du weißt, bin ich durchaus glücklich mit meinem Theo verheiratet. Wie du aber auch weißt, gibt es Dinge zwischen Himmel und Erde, die kann man nicht erklären und über die spricht man besser niemals, egal mit wem.«

Sie lächelte ihre Freundin vielsagend an. Regine reagierte verdutzt und verunsichert.

»Was heißt das? Sollen wir uns etwa Lichtner teilen?«

»Ja, ganz genau! Du kannst von ihm alles haben, nur hin und

wieder leihst du ihn mir zum Essen gehen, für geistreiche Unterhaltungen und vielleicht ein bisschen flirten aus.«

Emilie grinste frech. Regine musste sichtlich schlucken, sah aber insgesamt erleichtert aus.

»Mehr nicht?«, wollte sie sich bei ihrer Freundin rückversichern.

»Regine, du kennst doch Lichtner. Er ist ein Gentleman!«

Damit war für Emilie das Gespräch beendet. Verwundert stellte sie fest, dass sich ihre Eifersucht nur noch ein ganz kleines bisschen bemerkbar machte. Sie parkte den Wagen an der Straße vor der Adresse von Frau Kraussmaier. Die beiden Frauen stiegen aus, gingen zur Haustür und drückten auf den Klingelknopf.

Monika Kraussmaier öffnete die Haustür und musterte die beiden Frauen misstrauisch.

»Guten Tag, Frau Kraussmaier, mein Name ist Emilie Berta Lämmle und das hier ist Regine Oswald.« Sie zeigte auf ihre Freundin.

»Wir suchen im Auftrag der Kriminalpolizei Reutlingen nach Rosemarie Allgaier.« Emilie lächelte Frau Kraussmaier freundlich an.

»Haben Sie einen Ausweis?«, fragte Frau Kraussmaier immer noch misstrauisch. Für solche Fälle hatte Emilie eine Art Dienstausweis von Reitzle bekommen, der ihren offiziellen Auftrag bestätigte. Emilie hielt der Frau die Karte hin. Die Freundin von Rose Allgaier gab sich damit zufrieden und bat die beiden Frauen herein. Sie setzten sich ins Wohnzimmer, das mit einer großen modernen Couchecke ausgestattet war. Monika Kraussmaier fragte, ob sie etwas zu trinken bringen dürfte. Die Ermittlerinnen baten um ein Wasser. Frau Kraussmaier verschwand kurz in der Küche und kam mit einem Tablett mit Gläsern und einer Flasche Mineralwasser zurück. Sie setze sich mit möglichst viel Abstand zu den beiden Frauen auf die Couch.

»Frau Kraussmaier, uns wurde gesagt, Sie seien die beste Freundin von Rosemarie Allgaier. Ist das richtig?«, begann Emilie unbefangen das Gespräch.

»Schon möglich ...«, erwiderte Frau Kraussmaier. Emilie beschloss, nicht zu erwähnen, dass sie Rose Allgaier bereits ausfindig gemacht hatte.

»Wissen Sie, wo sich Ihre Freundin derzeit aufhält? Wir hätten ein paar dringende Fragen«, fuhr Emilie fort. Regine hörte aufmerksam zu und beobachtete die Reaktionen von Frau Kraussmaier.

»Keine Ahnung. Seit einer Woche hat sie sich nicht mehr bei mir gemeldet. Auf ihrem Handy ist sie nicht erreichbar.« Allmählich schien Monika Kraussmaier ihre Zurückhaltung aufzugeben.

»Wussten Sie von der Beziehung zwischen Ihrer Freundin und Martin Vögele?«, Emilie hatte ihren Ton etwas verschärft. Bei dem Namen ›Vögele‹ schien Monika zusammenzuzucken. Regine knuffte Emilie unauffällig in die Seite, was bedeutete, dass sie so weitermachen sollte.

»Mit Sicherheit hat Ihnen Ihre beste Freundin von ihrer großen Liebe und den gemeinsamen Zukunftsplänen erzählt. Dieser Vögele war ziemlich attraktiv und bei den Frauen beliebt, oder?« Emilie versuchte Monika Kraussmaier in die Enge zu treiben.

»Schon, wir haben mal beim Kaffeetrinken darüber gesprochen. So glücklich habe ich sie nie zuvor erlebt.« Monika Kraussmaier war dieses Thema sichtlich unangenehm. Sie biss auf ihrer Unterlippe herum und zitterte, als sie das Glas Mineralwasser vom Tisch nahm, um zu trinken.

»Kannten Sie diesen Vögele auch?«, Emilie ließ nicht locker.

»Kennen ist zu viel gesagt. Rose hat ihn einmal mitgebracht und erzählt, was er beruflich macht. Ich hatte ihm daraufhin einen Acker angeboten, den mir mein Vater vererbt hatte und der verpachtet ist. Meinen Sie, Rose ist etwas zugestoßen?«, versuchte Frau Kraussmaier abzulenken. Emilie ignorierte ihre Frage.

»Könnte es sein, dass Sie und dieser Vögele …?«, fragte sie ohne Umschweife. Die Frau reagierte, wie es Emilie vermutet hatte. Sie wurde unsicher, rutschte unruhig auf dem Sofa hin und her. Noch einmal nahm sie zitternd das Wasserglas vom Tisch.

»Ich habe mich erst geweigert, weil doch Rose meine beste Freundin ist. Martin ließ aber nicht locker. Eines Tages lag ein riesiger Strauß Rosen auf meiner Terrasse. Immer wieder kam er kurz vorbei, brachte mir kleine Aufmerksamkeiten und dann ist es eben passiert. Sein Charme war unwiderstehlich. Danach habe ich mich fürchterlich geschämt. Wegen meiner Freundin und meinem Mann«, brach es aus Monika Kraussmaier heraus. Tränen schossen ihr in die Augen. Sie schluchzte. Regine reichte ihr ein Papiertaschentuch.

»Frau Kraussmaier, was haben Sie eigentlich letzten Sonntag gemacht?« Monika reagierte mit einem Weinkrampf auf die Frage. Emilie sah sie an und schüttelte den Kopf. Sie hatte es geahnt. Manchmal waren diese Geschichten zum Verzweifeln.

»Martin Vögele hat Sie an dem Sonntag besucht, Ihr Mann war auf Montage und da ist es passiert. Habe ich recht?« Monika nickte und weinte still vor sich hin.

Emilie sah ihre Freundin Regine vielsagend an. Es gab aber noch eine weitere Frage, auf die sie eine Antwort suchte.

»Was war mit dem Verhältnis zu Raimund Hüfinger. Wussten Sie auch davon?« Wieder nickte Monika Kraussmaier. Mit tränenerstickter Stimme begann sie zu erzählen.

»Raimund ist ein lieber Kerl. Zwischen den beiden gab es eine Affäre, mehr nicht. Rose liebte seine Pferde und war sogar bereit, mit ihm zu leben, auch wenn sie ihn selbst nur gern mochte. Alles war besser als das Leben mit ihrem Wolfgang, der immer nur soff und sie schlug. Bis Martin kam. Von heute auf Morgen ließ sie Raimund fallen und war Hals über Kopf in Martin verliebt. Ich hatte sie gewarnt. Diese Typen suchen nur ein Abenteuer und ziehen dann weiter zu den nächsten Frauen, denen sie ewige Liebe schwören. Bis ich ihm selbst hörig wurde.« Wieder begann sie laut zu schluchzen.

»Er ist an allem Schuld. Dieser miese Typ hat irgendwann so enden müssen. Glauben Sie ja nicht, dass ich ihm nachweine. Ich weine wegen meiner Dummheit, wegen meiner Freundin und ich habe keine Ahnung, wie ich es meinem Mann beichten soll. Nie mehr wird er mir vertrauen können, wenn er irgendwo in Deutschland auf Montage ist und ich mit den Kindern zu Hause bin. Aber ich liebe ihn doch!«

Wieder begann sie laut zu schluchzen und weinte.

»Vielleicht ist es besser, ihm nichts zu erzählen. Falls Sie sich sicher sind, dass Sie ihn lieben, sollten Sie ihn nicht verletzen. Irgendwann ergibt sich bestimmt eine gute Gelegenheit, mit ihm zu sprechen.«

Emilie sprach aus Erfahrung und verstand gut, was in Monika Kraussmaier vorging. Regine drückte der verzweifelten Frau mitfühlend die Hand.

»Wusste Allgaier, warum und mit wem ihn Rose verlassen hatte oder verlassen wollte?«, fragte Emilie sanft.

»Ganz bestimmt. Er hatte ihm sogar Prügel angedroht. Raimund war ein verwöhntes Einzelkind, der alles bekam, was er wollte, wenn er nur nach dem alten Hüfinger seiner Pfeife tanzte. Vermutlich hat der Alte fast einen Herzinfarkt bekommen, als er erfuhr, dass sein Sohn mit Rose poussierte. Es ging das Gerücht um, dass der Hüfinger Senior unliebsamen Freundinnen seines Sohnes sogar Geld und Urlaubsreisen anbot, damit sie seinen Sohn in Ruhe ließen. Nicht wenige haben anscheinend dankend dieses Schmerzensgeld angenommen. Rose aber hat sein Angebot ausgeschlagen. So ein toller Hecht, wie er selbst von sich denkt, ist Raimund außerdem nicht. Er muss genauso wie sein Alter immer den eigenen Kopf durchsetzen. Notfalls auch mit Gewalt! Der kann ein richtiger Hitzkopf sein. Hat sich oft genug eine blutige Nase geholt. Ich hätte ihn nicht geschenkt wollen, diesen Möchtegern-Playboy.«

Emilie horchte auf. Raimund Hüfinger hatte ein Motiv, wurde als Hitzkopf beschrieben, der einem Konflikt nicht aus dem Weg ging und sein Vater stand seinem Glück mit Rose im Weg. Emilie hatte mehr erfahren, als sie sich erhofft hatte. Die Mosaiksteine schienen zu passen. Sie gab Regine das Zeichen zum Gehen und erhob sich vom Sofa.

»Vielen Dank. Sie haben uns sehr geholfen, Frau Kraussmaier!«

Emilie ging zur Wohnzimmertür. Bevor sie den Raum verließ, drehte sie sich nochmals um.

»Eine letzte Frage. Wissen Sie, wem der Gutshof der Hüfingers gehört?« Monika Kraussmaier sah Emilie fragend an und überlegte. Regine reagierte ebenfalls verwundert.

»Rose hat mal irgendwas erzählt, dass der alte Hüfinger mit seinem Sohn beim Notar war. Danach hätten die beiden feierlich einen Sekt getrunken und Raimund hat einige Tage später gemeint, dass ihrer Zukunft nun nichts mehr im Wege stehen würde. Kurz darauf tauchte Martin auf. Warum interessiert Sie das?«

»Nur so, ich denke nicht, dass es wichtig ist…!«

Emilie beeilte sich, das Haus von Monika Kraussmaier zu verlassen. Regine verabschiedete sich von der verzweifelten Frau, gab ihr ein Kärtchen mit ihrer Telefonnummer und bot ihre Hilfe an. Monika Kraussmaier schüttelte kraftlos den Kopf und weinte wieder. Regine stieg in Emilies Auto ein, die bereits ungeduldig wartete.

»Emilie, wir können die Frau doch nicht in diesem Zustand alleine lassen. Was ist denn los mit dir?«, fragte Regine ihre Freundin empört.

»Sie wird das schon schaffen und ich bin mir ziemlich sicher, du hast ihr deine Telefonnummer gegeben.« Emilie blickte Regine fragend an.

»Ja, aber ...!«

Emilie unterbrach ihre Freundin.

»Regine, diese Kraussmaier schafft es wirklich alleine. Und ob sie die Sache mit Vögele ihrem Mann nun gesteht oder nicht, das ist ihre Sache! Wir müssen dringend mit Lichtner sprechen ....«

Emilies Handy klingelte. Reitzle rief an, informierte sie über den aktuellen Stand und forderte sie auf, unverzüglich nach Reutlingen zur großen Lagebesprechung zu kommen. Reitzle beendete das Gespräch und Emilie sah ihre Freundin verdutzt an. In der Mordkommission herrschte aus irgendeinem Grund Alarmstimmung.

»Reitzle scheint ziemlichen Stress zu haben, wir sollen sofort in die Polizeidirektion nach Reutlingen fahren. Große Lagebesprechung!«, informierte sie ihre Freundin nachdenklich.

19

Grießinger und Haible fuhren fast zur gleichen Zeit nach Reutlingen. Wie immer hörte der Kriminalhauptkommissar SWR4 und wie üblich saß Haible hinten. Grießinger war der Meinung, er hatte genug positive Teambildung betrieben, als er Baisch angeboten hatte, auf dem Beifahrersitz in seinem Strich 8 mitzufahren und sogar am Steuer zu sitzen. Was nicht alltäglich war, dass Grießinger alles von seinem betagten Fahrzeug forderte und die Eninger Steige unverhältnismäßig schnell hinunterschoss. In den engen Kurven neigte sich der Daimler bedrohlich zu Seite, begleitet von Grießingers Juchzen und Haibles Stöhnen. Die weiche Federung des Oldtimers war für solche Kurvenfahrten vollkommen ungeeignet. Erst am Ende der Steige ging Grießinger plötzlich vom Gas, was zu heftigen Bremsgeräuschen und wildem Hupen hinter ihnen führte. Im Radio wurde von der Pressekonferenz des St. Johanner Bürgermeisters Sängerle berichtet. Der verkündete, dass ein Bioenergiedorf in Bleichstetten nicht umgesetzt wird. Des weiteren würde zukünftig die Genehmigung von Standorten für Windkraftanlagen strengsten Prüfungen hinsichtlich der Umweltverträglich unterliegen. Außerdem kündigte er als letzte Möglichkeit eine Bürgerbefragung an, ob Windkraftanlagen in seiner Gemeinde überhaupt von den Bürgern gewünscht werden. Grießinger fluchte.

»So ein Seggl, der schaufelt sich gerade sein eigenes Grab. Haible wir sollten uns saumäßig beeilen. Wenn die feinen Herren, dieser russischen Holding davon erfahren, werden sie zu allem fähig sein, um ihn umzustimmen.«

Haible wurde blass. Weniger wegen der Pressekonferenz des Bürgermeisters, sondern vielmehr, weil er ahnte, was ›saumäßig beeilen‹ bei Grießinger bedeutete. In diesem Moment gab der Kriminalhauptkommissar bereits Gas und sein Daimler stieß ächzend eine beachtliche Rußwolke aus. Unter Missachtung fast sämtlicher Geschwindigkeitsbegrenzungen und mit eingeschalteter Warnblinkanlage sowie unter stetigem Hupen, schlängelte sich Grießinger hochkonzentriert durch den Verkehr, bis sie endlich die Polizeidirektion erreichten. Er sprang aus dem Wagen und eilte hinauf zum Besprechungszimmer. Haible folgte ihm noch immer bleich und mit wackligen Knien. Seine Sehnsucht nach einem Schnaps für den malträtierten Magen war kaum auszuhalten.

Aus dem Besprechungsraum drang Stimmengewirr bis hinaus auf den Flur, als Haible schnaufend die letzten Treppenstufen erklomm. Er klopfte an die geöffnete Tür und musterte die Anwesenden. Reitzle hatte das Sondereinsatzkommando, Lichtner, den Leiter des Münsinger Polizeipostens, den Leiter der Spurensicherung, der Leiter der Abteilung für Wirtschaftskriminalität, der Leiter der Abteilung für organisierte Kriminalität, den Oberstaatsanwalt und einen Vertreter der Landespolizeidirektion eingeladen. Nur Emilie Berta Lämmle konnte er nirgends erblicken.

Haible atmete auf, so blieben ihm zumindest die Auseinandersetzungen seines Chefs mit dieser eigensinnigen Frau erspart. Der Stuhl neben Grießinger und Baisch war noch frei. Mit einem allgemeinen Gruß in die Runde eilte er durch den Raum, um sich zu seinen Kollegen zu setzen. Reitzle stand ungeduldig vor der großen Leinwand an der Stirnseite des Raumes und begrüßte Haible mit einem kurzen Kopfnicken.

»Guten Tag, meine Damen und Herren, leider sind wir noch nicht ganz vollzählig, aber die Situation erfordert es, dass wir zügig beginnen. Ich möchte zuerst Kriminalkommissar Baisch bitten, uns seine Ermittlungsergebnisse vorzustellen. Anschließend werden wir von Kriminalhauptkommissar Grießinger über den aktuellen Stand informiert und von Herrn Lichtner bekommen wir einen Bericht von der Kriminaltechnischen Untersuchung. Ich denke, Sie sind sich soweit alle bekannt, wir können also loslegen.«

Er wollte gerade Baisch das Wort erteilen, als sich die Tür des Besprechungsraumes öffnete. Emilie Berta Lämmle und Regine Oswald betraten leicht außer Atem das Besprechungszimmer.

»Schön, dass Sie es auch geschafft haben! Immerhin waren Sie fast pünktlich«, bemerkte Reitzle mit genervter Stimme.

Emilie sah in verblüfft an. Bisher hatte sie Reitzle selten so gestresst und unfreundlich erlebt. Ohne den sonst üblichen Chai zu kochen, schlichen sich die beiden Frauen an Lichtner vorbei zu zwei freien Plätzen. Beim Leiter der KTU hielten sie kurz an und umarmten ihn herzlich, drückten ihm einen Begrüßungskuss auf die Backe und setzten sich anschließend grinsend in die Tischrunde. Grießinger schüttelte missbilligend den Kopf, was aber vermutlich weniger mit der Begrüßungszeremonie zu tun hatte, als vielmehr mit Emilies Kleiderwahl. Sie trug noch immer dasselbe wie auf dem Hof von Hüfinger. Allerdings wirkten ihre gelben Gummistiefel in der Polizeidirektion reichlich deplatziert.

»Sagen Sie mal, Frau Lämmle. Ziehen Sie sich eigentlich so an, um mich zu ärgern? Meinem katholisch erzogenen Auge tut Ihre Bekleidung gar nicht gut. Sehen Sie, wie es zuckt?«

Grießinger versuchte, Emilie zu provozieren, biss sich aber an diesem Tag an ihr die Zähne aus. Endlich würde es ihr gelingen, ihn vorzuführen. Seine bissigen Kommentare! Zu oft hatte sie der Kriminalhauptkommissar vor allen bloßgestellt und ihre Fähigkeiten in Frage angezweifelt.

»Klar, Herr Grießinger. Ich stehe morgens eine Stunde vor meinem weitläufigen Kleiderschrank und überlege mir, was ich anziehen muss, damit Sie sich aufregen können«, konterte sie schnippisch.

Die Antwort verfehlte ihre Wirkung nicht. Lichtner verschluckte sich fast an seinem Lachen. Baisch grinste hählinga und manch anderer in der Runde freute sich heimlich über die Schlagfertigkeit Emilie Berta Lämmles. Grießinger wurde im gesamten Polizeipräsidium respektiert und teilweise für seine Erfolge sogar bewundert, aber beliebt war er bei den meisten Kollegen nicht. Seine Bruddelei, die Ehrenkäsigkeit und Akribie waren gefürchtet. Das Vesper der Mordkommission war legendär, auch wenn die Kommissare auf Grund einer Dienstanweisung von Reitzle zwischenzeitlich hählinga aus der Schublade vespern mussten.

Reitzle erbat sich hundertprozentige Aufmerksamkeit und Baisch begann mit seinen Ausführungen. Detailliert stellte er das Firmengeflecht der russischen Holding dar. Er erläuterte die enormen Gewinnspannen im Bereich der regenerativen Energien. Die Methode des Geldwaschens durch Betrug bei den Pachtverträgen erklärte er umfassend und vergaß dabei nicht, auf die Geschäftsmethoden der Eigentümer der Holding hinzuweisen. Mit einiger Mühe hatte er herausbekommen, dass diese bereits mehrfach durch ihre rüden Methoden aufgefallen waren. Aktenkundig bisher allerdings nur in den Staaten der ehemaligen Sowjetunion. In Westeuropa galten sie als seriös und unbescholten. Baisch hatte auch herausgefunden, dass über die Holding eine mafiaähnliche Struktur aufgebaut worden war, die vor allem in Deutschland mit Erpressung und Gewalt ihre Geschäftsziele zu erreichen versuchte. Ihre Opfer gingen vermutlich deshalb nicht zur Polizei, weil sie sich auf gefälschte Pachtverträge eingelassen hatten, um einen großen Teil der Einnahmen dem Finanzamt vorzuenthalten.

Baisch war sich ebenfalls sicher, dass in manchen Fällen die Anpachtung attraktiver Windstandorte und Standorte für Biogasanlagen mit Erpressung verbunden war. Selbstverständlich gab es auch dafür keine gerichtsverwertbaren Beweise. Sogar in St. Johann kursierten über diese Vorgehensweise Gerüchte. Immer wieder soll es seltsame Telefonate von einem Mann mit russischem Akzent gegeben haben. Martin Vögele hatte für eine Firma der Holding gearbeitet und er war offensichtlich nicht erfolgreich genug. Die These der drei Kommissare war, dass Vögele zu viel wusste und deshalb zum Schweigen gebracht werden musste. Die Geheimunterlagen im Kofferraum waren vermutlich ein ›Betriebsunfall‹ und die einzigen gerichtsverwertbaren Beweise für die unsauberen Geschäfte des Firmengeflechts. Insbesondere das Finanzamt und die Steuerfahndung würden angesichts der teils enormen Schwarzgeldzahlungen ihre Freude an den Zahlungslisten haben.

Die verwendete Waffe deute ebenfalls auf ein russisches Mordkommando hin! Baisch führte akribisch aus, was es mit der Makarov PB und der speziellen Unterschallmunition auf sich hatte. Nicht ohne Stolz glänzte er dabei mit ein paar Brocken Russisch, die er mit kehliger, tiefer Stimme vortrug.

Im Besprechungsraum herrschte atemlose Stille. Die Anwesenden hatten konzentriert den Ausführungen des Kollegen zugehört und sich eifrig Notizen gemacht. Baisch war sichtlich zufrieden und bedankte sich fast überschwänglich für die Aufmerksamkeit. Grießinger nickte ihm durchaus wohlwollend zu und ging zur Stirnseite des Tisches, um seinen Bericht zu beginnen.

Der Kriminalkommissar hielt äußerst ungern Vorträge vor so vielen Kollegen. Sorgsam achtete er darauf, dass sein Hemd richtig in der Hose steckte, die Hosenträger nicht verdreht waren und der Kragen seiner graublauen Strickjacke ordentlich saß. Nach einigem Räuspern informierte Grießinger die Anwesenden über den Mord an Hüfinger Senior. Im Anschluss stellte er seine Theorie vor, dass sowohl der Mord an Vögele, als auch der an Hüfinger von der Holding in Russland in Auftrag gegeben worden waren. Alle Tatumstände deuteten darauf hin. Auf Nachfragen erklärte er, warum Vögele im Backhaus in Bleichstetten umgebracht und warum das Fahrzeug mit dem Toten vor dem Rathaus des Bürgermeister abgestellt worden war. Nach einer Kunstpause, die er einlegte, um seinem letzten Teil des Berichtes die notwendige Bedeutung zu verleihen, räusperte sich Grießinger.

»Herrschaften, ich gehe derzeit davon aus, dass der St. Johanner Bürgermeister erpresst wird. Insbesondere weil er öffentlich den Ausstieg aus dem Projekt Bioenergiedorf bekannt gegeben hat. Bisher hat er zwar jede Kontaktaufnahme der Energiemafia abgestritten, aber er ist kein guter Schauspieler. Dieser Mann hat grausige Angst. Ich würde empfehlen, dass sein Privathaus und das Rathaus in Würtingen ab sofort observiert werden.« Grießinger blickte auffordernd in die Runde und bekam ein allgemeines Kopfnicken als Bestätigung.

»Wir haben bereits zwei Tote. Die Presse wird über uns herfallen, wenn jetzt noch ein Bürgermeister dazu kommt«, sagte Kriminalrat Reitzle und ließ keinen Zweifel daran, dass er eine solche Situation um jeden Preis vermeiden wollte.

Als nächstes war Lichtner an der Reihe. In knappen Worten beschränkte er sich auf das wesentliche, da er selbst brennend interessiert war, was Emilie und Regine zu berichten hatten. Die Spurenlage bei Vögele und Hüfinger verursachte ihm Bauchschmerzen. Ihm war aufgefallen, dass die Spurenauswertung kein schlüssiges Gesamtbild ergab. Daraufhin hatte der Leiter der KTU nochmals alle Spuren neu ausgewertet. Die Spurenlage sollte sie in die Irre führen, den Verdacht auf bestimmte Personen lenken. Möglicherweise mussten sie mit den Ermittlungen ganz von vorne beginnen und die Zeit lief ihnen davon. Lichtner betonte allerdings, falls Grießinger Recht hätte, befänden sich Bürgermeister Sängerle und seine Familie in höchster Gefahr.

Nachdem Lichtner seinen Bericht beendet hatte, ging er nachdenklich an seinen Platz. Die beiden Mordfälle belasteten ihn mehr, als er sich eingestehen wollte.

Reitzle fasste die bisherigen Ermittlungsergebnisse zusammen und ordnete nach kurzer Rücksprache mit dem Oberstaatsanwalt die Observierung von Rathaus und Privathaus des Bürgermeisters an. Die weitere Koordination der Ermittlungen sollte eine Sonderkommission übernehmen. Grießinger verdrehte die Augen bei dieser Ankündigung. Die vielen Sitzungen und Besprechungen waren ein Graus und erschienen ihm persönlich als Zeitverschwendung. Mit seinem Sohn, der den aktuellen Stand der Polizeiarbeit studierte, hatte er bereits manches Mal Diskussionen über die eigene, sehr individuelle Ermittlungsarbeit geführt. Vermutlich in Folge dieser Gespräche, hatte er Reitzle angerufen und um die Einberufung aller notwendigen Abteilungen gebeten. Ein Grießinger war durchaus lernfähig, aber eben auf seine Art, hählinga, mit viel Anlauf.

Emilie hatte die ganze Zeit über aufmerksam zugehört. Sie ging davon aus, dass Reitzle ebenfalls einen kurzen Bericht von ihr haben wollte, doch der ignorierte sie bei dieser Lagebesprechung. Ein Verhalten, dass Emilie irritierte. Sie war sich keiner Verfehlungen bei ihrer Ermittlungsarbeit bewusst und am Telefon hatte er sich freundlich für ihre Ermittlungen hinsichtlich des Aufenthaltsortes von Frau Allgaier bedankt. Lichtner wurde ebenfalls unruhig. Im letzten Moment, als Reitzle die Sitzung für beendet erklären wollte und Grießinger bereits halb von seinem Stuhl aufgestanden war, erhob er sich und wandte sich an Reitzle.

»Herr Reitzle, Sie wissen, wie sehr ich Sie schätze. Allerdings halte ich es für dringend notwendig, dass wir uns auch den Bericht von Frau Lämmle und Frau Oswald anhören. Ich selbst weiß zwar nichts Näheres über den Stand ihrer Ermittlungen, aber ich befürchte, dass wir uns in diesem Fall von falschen Spuren und Beweisen haben blenden lassen.«

Lichtner brummte noch etwas Unverständliches vor sich hin und nahm dann wieder Platz. Die Situation war ihm sichtlich unangenehm. Reitzle sah ihn unschlüssig an. Einerseits wusste er, dass Lichtner nicht unbegründete, haltlose Bedenken äußerte, andererseits schienen ihm die Ermittlungsergebnisse von Grießinger und seinem Team sehr gründlich und fundiert. Der Oberstaatsanwalt räusperte sich mehrmals und blickte Lichtner mit gehobener rechter Augenbraue scharf an. Ein deutlicher Ausdruck seines Missfallens.

Reitzle entschied sich trotz des staatsanwaltlichen Unmuts für einen Bericht von Emilie Berta Lämmle. Er schätzte diese ungewöhnliche Frau und ihre Arbeit, auch wenn es manchmal sehr anstrengend war.

»Frau Lämmle, könnten Sie uns bitte noch über den aktuellen Stand Ihrer Recherchen informieren?« Der Leiter der Kriminalpolizei versuchte ein aufmunterndes Lächeln.

Emilie blickte in die skeptischen Gesichter der Anwesenden und bekam ein flaues Gefühl im Magen. Was wäre, wenn sie Details übersehen hatte? Bisher war noch keine Zeit gewesen, mit Rosemarie Allgaier ausführlich zu sprechen. Ein Großteil ihres Berichtes beruhte auf Intuition. Ohne eine entsprechende

Aussage oder ein Geständnis von Frau Allgaier würde es sehr schwierig werden, ihre Theorie zu beweisen. Diese Gedanken schossen Emilie durch den Kopf, als sie sich erhob und mit weichen Knien ihren Bericht begann. Lichtner beobachtete sie gespannt. Er hatte insgeheim Zweifel, ob sie dem Druck der Anwesenden standhielt. Wenn ihre Ausführungen nicht stichhaltig genug waren, würden sie über Emilie herfallen. Es gab einige Kriminalbeamte, denen die ›Sonderermittlerin‹ sowieso nicht passte. Eine esoterisch angehauchte, etwas extravagant angezogene Frau, die noch dazu mit ihren unorthodoxen Ermittlungsmethoden Erfolg hatte, bekam nicht besonders viel Anerkennung in der Polizeidirektion Reutlingen.

»Ich habe Ihre Ausführungen sehr aufmerksam verfolgt und bin dennoch anderer Meinung als Sie«, begann sie forsch und wunderte sich selbst über ihren Mut.

»Auch wenn ich manches noch nicht beweisen kann, bin ich überzeugt, dass Raimund Hüfinger diesen Martin Vögele und auch seinen Vater ermordet hat.« Emilie blickte erwartungsvoll in die Runde. Es war beklemmend still. Ihre provokative These zeigte Wirkung. Reitzle sah sie vollkommen entgeistert an und der Oberstaatsanwalt richtete seinen Blick starr auf seine Unterlagen. Emilie schluckte.

»Raimund Hüfinger wollte mit Rosemarie Allgaier ein neues Leben aufbauen, bis Martin Vögele kam. Herr Grießinger, erinnern Sie sich an den Zettel mit der ersten Zeile des Batenke Liedes ›Durch's Wiesetal gang i jetzt na‹?«

Der Angesprochene bruddelte etwas vor sich hin, das eine Bejahung der Frage sein konnte.

»Es ist das Lied einer enttäuschten Liebe und Sie werden mit Sicherheit herausfinden, dass der Zettel von Frau Allgaier geschrieben worden ist. Sie hat Raimund Hüfinger benutzt, um Martin Vögele umzubringen. Leider habe ich noch kein Geständnis von ihr, konnte aber bisher auch nicht mit Frau Allgaier sprechen. Auslöser für den teuflischen Plan war ihre beste

Freundin, eine gewisse Monika Kraussmaier, die von Frau Allgaier in flagranti mit Martin Vögele beobachtet wurde. Daraufhin beschloss Rosemarie Allgaier, ihre Liebhaber aufeinander zu hetzen. Sie lockte die Männer in das Backhaus nach Bleichstetten. Ein Ort, an dem sie sich bereits mit beiden getroffen hatte. Meistens nachts, wenn ihr Ehemann besinnungslos betrunken auf dem Sofa lag.« Emilie nahm einen Schluck Wasser. Die Aufregung trocknete ihre Kehle aus. Grießinger ließ sich diese Gelegenheit nicht nehmen.

»Sie, Frau Lämmle, glauben Sie eigentlich, wir wären hier alle blind und unfähig? Dieser Vögele wurde doch nicht einfach nur umgebracht, sondern regelrecht vor dem Rathaus präsentiert. So etwas macht bestimmt niemand aus Eifersucht, nachdem er seinen Nebenbuhler ermordet hat!«

Grießinger zerpflückte genussvoll Emilies These.

»Und außerdem, wie soll denn der Hüfinger an die Makarov, die Tatwaffe, gekommen sein? Der Allgaier hatte alles fest verschlossen und nach ihren Aussagen hatte die Allgaier ihn gegen den Vögele eingetauscht, oder?«

Reitzle runzelte die Stirn und der Oberstaatsanwalt grinste den Kriminalhauptkommissar wohlwollend an. Emilie spürte, wie ihre Knie zu zittern begannen. Sie schluckte heftig, um den Kloß im Hals loszuwerden.

»Warten wir ab, was Frau Allgaier dazu sagt!«, begann Emilie mit etwas unsicherer Stimme, »ich gehe nicht davon aus, dass Raimund Hüfinger die Leiche alleine zum Rathaus gefahren hat. Der hat nicht die Nerven für so eine überlegte Vorgehensweise. Ich bin mir ziemlich sicher, dass er seinen Vater zu Hilfe gerufen hat. Damit wurde er zum Mitwisser gemacht. Ein Umstand, der übrigens später zum Tod von Hüfinger Senior führte.«

Emilie warf einen fragenden Blick zu Lichtner, den dieser mit einem Kopfnicken beantwortete. Zumindest der Leiter der KTU schien wieder auf ihrer Seite zu sein. Sie hatte noch gut seine belehrenden Worte und guten Ratschläge im Hirsch in Gächingen in Erinnerung. Regine signalisierte ihr ebenfalls, dass sie weitermachen solle.

»Raimund Hüfinger hat seinen Vater erschossen. Mit derselben Waffe, mit der er bereits Vögele tötete. Sein Vater war ihm bei seinen Zukunftsplänen im Weg, er erpresste ihn mit seinem Wissen um den Mord an Vögele. Ich schätze den Alten so ein, dass er seinen Sohn vor die Wahl stellte, entweder Polizei oder er muss Rosemarie Allgaier verlassen. Endgültig sicher war ich mir, als ich erfuhr, dass der junge Hüfinger gar keine Unterschrift von seinem Vater für einen Vertrag mit diesen Energiehaien brauchte ...« Emilie wollte fortfahren, da stand der Oberstaatsanwalt auf.

»Frau Lämmle, ich habe genug von Ihren Fantastereien und Spekulationen. Sie erzählen uns wilde Geschichten ohne Beweise. Auf Wiedersehen, die Damen und Herren. Sie erreichen mich in meinem Büro.« Lichtner stand ebenfalls auf.

»Herr Oberstaatsanwalt, dürfte ich Sie noch um fünf Minuten Ihrer kostbaren Zeit bitten?« Der Oberstaatsanwalt zog seine Augenbraue hoch und setzte sich unter stillem Protest wieder auf seinen Stuhl.

»Ich habe Frau Lämmle dazu aufgefordert, uns ihre Ergebnisse und Thesen vorzustellen, weil irgendetwas mit den Spuren unstimmig ist. Kollege Grießinger, es liegt mir gewiss fern, Ihre Arbeit in Frage zu stellen, möglicherweise sehe ich auch den Wald vor lauter Bäumen nicht mehr. Es ist nur so, dass die Spuren nicht wirklich zu den Taten passen. Wo ist beispielsweise die Waffe von Wolfgang Allgaier, warum lag ein Exemplar des Vertrages für die Photovoltaikanlage und den Windkraftstandort demonstrativ auf Hüfingers Schreibtisch? So sind da noch eine Vielzahl Fragen, die mich beunruhigen. Offen gestanden, halte ich die Energiemafia für ein Hirngespinst, um es deutlich zu sagen. Kommissar Baisch, ich denke es ist durchaus möglich, dass es die von Ihnen recherchierten negativen Entwicklungen im Bereich der regenerativen Energien gibt. Nur bezweifle ich, dass wir es in St. Johann mit diesen Herrschaften zu tun haben.«

Grießinger und seine beiden Kollegen würdigten Lichtner keines Blickes. Im Besprechungsraum machte sich Unmut breit. Lichtner hatte keinesfalls vorgehabt, der Mordkommission in den Rücken zu fallen. Seine bisherigen Warnungen wurden jedoch, außer von Haible, schlicht ignoriert. Mehrfach hatte er bereits Zweifel geäußert. Allerdings musste er sich eingestehen, dass die Ermittlungsergebnisse der Mordkommission durchaus plausibel waren, beängstigend plausibel.

»Frau Lämmle, machen Sie bitte weiter«, Reitzle signalisierte ungeduldiges Interesse.

»Meine Beweislage ist äußerst dürftig. Ich möchte Sie deshalb bitten, bevor Sie meine Rechercheergebnisse zu den Akten legen, verschiedene Überprüfungen durchzuführen. Wem hat beispielsweise der Reiterhof der Hüfingers gehört? Wer hat den Vertrag auf Hüfingers Schreibtisch unterschrieben? Welche Rolle hat Frau Allgaier gespielt? Sie hatte meiner Meinung nach, außer Allgaier selbst, am leichtesten Zugang zu der Makarov. Diesen Wolfgang Allgaier halte ich übrigens für unschuldig. Es sei denn, Sie bezichtigen ihn der Körperverletzung an seiner Frau. Den Bürgermeister sehe ich kaum in Gefahr. Auch in Russland weiß man, dass sehr viele Genehmigungen notwendig sind, um hierzulande regenerative Energien zu nutzen. Die Kürzungen im Bereich der Subventionen für solche Anlagen, haben den Markt für Investoren nicht unbedingt attraktiver gemacht. Es war meiner Ansicht nach ein reines Beziehungsdrama.«

Emilie bedankte sich für die Aufmerksamkeit und ging erschöpft an ihren Platz zurück. Reitzle beendete die Sitzung umgehend, um die neuen Sachverhalte zu prüfen und weitere Ermittlungsschritte zu veranlassen. Gleichzeitig bestellte er Grießinger und seine Kollegen, Emilie Berta Lämmle und Fritz Lichtner in sein Büro. Er hatte einiges mit ihnen zu klären.

20

Auf dem Weg in Reitzles Büro versuchte Lichtner möglichst dicht an Haible heranzukommen

»Und, Eugen, wie lief dein Versöhnungswochenende?«, fragte er flüsternd.

»Durchwachsen!«, flüsterte der Kriminalkommissar zurück.

»Wo seid ihr hingefahren?«, fragte Lichtner besorgt.

»Auf die Alb!«

»Du meinst Schwäbische Alb?« Lichtner ahnte, wie das Wochenende verlaufen war.

»Münsingen, Schelklingen, Marbach, Lautertal, wunderbar war es!« Haible schien das Wochenende gefallen zu haben.

»Und deine Frau, fand die es auch schön?«

»Anfangs schon, wir haben uns ja dort droben kennen gelernt!« Haible hatte wieder seinen deprimierten Gesichtsausdruck bekommen.

»Was heißt anfangs?«, Lichtner konnte es kaum fassen. Er hätte es wissen müssen. Der Kriminalkommissar hatte keine Ahnung, wie ein romantisches Versöhnungswochenende auszusehen hatte.

»Bis ich mit ihr auf der Schwäbische Alb-Bahn von Münsingen nach Schelklingen fahren wollte. Eigentlich schon am Abend zuvor, als ich sie zum Wurstsalatessen in den Adler nach Bremelau eingeladen habe. Da hat sie die Nase gerümpft. Als ich ihr dann von meiner Idee mit der Eisenbahnfahrt erzählte, wurde sie plötzlich ganz komisch.« Haible versuchte zu flüstern, aber Grießingers Ohren entging nichts.

»Haible, du bist schon ein Hauptkerle. Du bist wegen der Eisenbahn daheim rausgeflogen und dir fällt nichts Besseres ein, als deine Frau zu einer Zugfahrt einzuladen. Das kapier sogar ich, dass du damit einen Jessasbock geschossen hast. Grießinger grinste Haible schief an.

»Hast du ihr wenigstens die Verkaufsanzeige für deine Eisenbahnanlage vor eurem Wochenende gezeigt?«, fragte Lichtner resigniert.

Haible strahlte plötzlich.

»Ja, habe ich und weißt du, wie sie reagiert hat?« Haible war ganz aufgeregt.

»Sie hat die Anzeige verrissen und gemeint, dass ich die Anlage auf keinen Fall verkaufen solle. Sie täte sich halt wünschen, dass ich, wenn wir nochmal zusammenkommen, nicht mehr so oft in meinem Keller sitzen soll. Ich hätte ja mit allem gerechnet, aber dass sie so viel Verständnis hat, unglaublich, oder?« Haible war noch immer ganz gerührt, als er von dem Gespräch berichtete.

»Wenigstens etwas, das funktioniert hat. Aber was hat dich um Himmelswillen geritten, sie gleich zu einer Eisenbahnfahrt einzuladen, anstatt in ein Wellnesshotel in der Pfalz oder wenigstens in den Schwarzwald oder an den Bodensee?« Lichtner konnte es nicht fassen.

»Auf der Alb kenn ich mich halt aus, Lichtner.«

»Und was ist jetzt. Ziehst du wieder zuhause ein?«

»Noi, nicht wirklich, nach der Bahnfahrt hat sie gemeint, sie täte es sich überlegen. Aber in Marbach mit den Pferdle, das hat ihr schon gefallen.« Haible wirkte etwas mutlos.

»Mensch, Haible, du bist ein schwieriger Fall. Vielleicht fällt mir ja noch eine andere Versöhnungsstrategie ein«, versuchte Lichtner den Kriminalkommissar zu trösten. Er hatte tatsächlich eine Idee, wie er Haibles Frau vielleicht überzeugen könnte.

»Der ist einfach dümmer wie zehn Meter Feldweg, Lichtner. Wenn der sich weiter so anstellt, zieht der nie mehr aus unserem Büro aus!«, kommentierte Grießinger gut hörbar Lichtners Bemühungen. Grießinger fand, es wurde Zeit, dass Haible wieder in geregelten Verhältnissen lebte.

Reitzle erwartete die drei Kommissare und Lichtner bereits hinter seinem Schreibtisch. Sein Blick verhieß nichts Gutes. »Meine Herrschaften, ich denke Sie haben mir einiges zu erklären. Der Bericht von Frau Lämmle hat mich erstaunt, um es milde auszudrücken. Was schlagen Sie jetzt vor?«

Grießinger hielt seinem auffordernden Blick stand.

»Nichts! Wir machen so weiter wie bisher! Frau Lämmle hat sich verrannt und keinerlei Beweise! Ich bin immer noch der Meinung, dass wir es mit skrupellosen Tätern zu tun haben, die vor nichts zurückschrecken!« Grießinger zeigte wieder einmal seine berüchtigte Sturheit.

»Und die Spurenlage, die Unterschrift unter dem Vertrag mit Hüfinger, der Zettel mit der Liedzeile? Alles keine neuen Anhaltspunkte«, hakte Reitzle ungeduldig nach.

Haible sah gespannt Grießinger an, wie der reagieren würde. Der Leiter der Kriminalpolizei hatte seiner Meinung nach durchaus recht. Sie sollten diesen neuen Anhaltspunkten nachgehen. Falls die Theorie von der Lämmle stimmte, mussten sie Hüfinger Junior sofort verhaften.

»Wenn Sie unbedingt wollen, täte ich den Kollegen Haible veranlassen, die Hirngespinste von der Lämmle zu überprüfen.«

Haible war verblüfft. Sein Chef war doch immer wieder für Überraschungen gut. Er hätte niemals damit gerechnet, dass er ihm so viel Verantwortung übertragen würde.

»Wäre es möglich, dass der Baisch vielleicht noch ein paar zusätzliche Fakten recherchieren könnte?«, fragte Haible mutig.

»Wenn's sei muss, au des no.« Grießinger schien nicht zu glauben, dass sich dieser Zeitaufwand lohnen würde.

Lichtner hörte die ganze Zeit aufmerksam zu. Ihn verwunderte es, dass sich offensichtlich niemand für Frau Allgaier und ihren Mann interessierte.

»Ich würde eventuell noch vorschlagen, dass diese Frau Allgaier intensiv verhört wird. Es wäre möglicherweise interessant, was sie zu den Thesen von Frau Lämmle zu sagen hat. Immerhin sieht es so aus, dass sie zumindest den Mord an Vögele angestiftet hat«, versuchte der Leiter der KTU möglichst vorsichtig und unverbindlich anzumerken. Er wusste genau, wie empfindlich Grießinger auf Einmischungen in seine Arbeit reagierte. Der jedoch ließ sich nichts anmerken, zuckte nur gleichgültig mit den Schultern und meinte dann fast beiläufig: »Machet nur, Buaba. Ich pass auf den Bürgermeister auf und ihr löst Frau Lämmles Beziehungsdrama.«

»Sie machen die Vernehmung von Allgaier, Herr Kriminalhauptkommissar Grießinger«, sagte Kriminalrat Reitzle und sein Tonfall duldete keinen Widerspruch. Er schätzte durchaus Grießingers Fähigkeiten, auch wenn er seine Methoden manchmal etwas altmodisch fand.

Der Kriminalhauptkommissar wirkte müde und nahm die Dienstanweisung kommentarlos zur Kenntnis. Haible hatte für einen Moment das Gefühl, Grießingers scheinbare Gelassenheit könnte mit den drohenden Umstrukturierungen und der Auflösung der Mordkommission in Reutlingen zu tun haben. Möglicherweise dachte Grießinger bereits an seine Frührente. Aber wie sollte es dann weitergehen. Er traute sich nicht, die Nachfolge des Kriminalhauptkommissars anzutreten. Seitdem Grießinger in Kur gewesen war und dieser Brief von Reitzle auf seinem Schreibtisch gelegen hatte, schien der Chef der Mordkommission nicht mehr der alte zu sein.

»Meine Herrschaften, Sie haben jetzt keine Zeit zu verlieren. Innerhalb der nächsten zwei Tage will ich Ergebnisse auf meinem Schreibtisch haben. Und natürlich Beweise. Unser Herr Oberstaatsanwalt hat mir unmissverständlich klar gemacht, dass er solche Nachlässigkeiten nicht mehr dulden wird.« Reitzle entließ die drei Kommissare und Lichtner mit einem knappen, schmallippigen Gruß und wendete sich wieder seinen Akten zu.

Grießinger und seine Kollegen beeilten sich, das Büro ihres Chefs zu verlassen. Selten hatten sie so eine Ansprache von ihm zu hören bekommen. Grießinger begann auf dem Flur, einen alten Schlager vor sich hinzupfeifen. Seine Stimmung schien keinesfalls getrübt, im Gegenteil. Geradezu beschwingt ging er in sein Büro, packte seine Aktentasche und forderte Haible auf, ihm zu folgen. Lichtner hatte sie ins Büro der Mordkommission begleitet. Alle sahen mehr oder weniger irritiert den Kriminalhauptkommissar an.

»Chef, hast im Lotto gewonnen oder was freut dich so?«, fragte Baisch vorsichtig.

»Mich freut gar nichts, ihr Hauptkerle. Grantig bin ich wie die Sau, aber in der Kur habe ich gelernt ›Denke immer positiv‹ und so ein bisschen Schlager pfeifen ist wie das ›Om‹ bei den Buddhisten, verstehst du, Baisch.«

»Ach so! Und des hilft?«, fragte Baisch verdattert.

»Grad so, aber ein Obstler tät vermutlich jetzt deutlich besser helfen. In dem Laden hier bekomm ich auf meine alten Tage sonst noch ein granadamäßiges Magengeschwür.«

Gemeinsam tranken alle Anwesenden einen Schluck Obstler, der bei Lichtner ein wohliges Grunzen hervorrief.

»Welcher Schwarzbrenner hat denn dieses göttliche Gebräu erschaffen?«, rief er freudig aus.

»Der isch noch von dem Bäuerle, der mit dem Wacholderbrand. Nachdem mir seine Schwiegertochter aufs Hirn naufgschlaga hot, gab er mir den, quasi als Schmerzensgeld.« Grießinger spürte im selben Moment wieder den Schmerz, als das Fleischbeil seinen Kopf getroffen hatte, damals in der Wurstküche in Dürrenstetten.

Er versuchte die Erinnerungen zu verdrängen und sich auf das Verhör von Frau Allgaier zu konzentrieren.

Frau Allgaier wartete bereits im Vernehmungszimmer, als Grießinger und Haible eintrafen. Sie war sichtlich nervös und sah die beiden Kommissare verschüchtert an. Nach einer kurzen Begrüßung und Belehrung über ihre Rechte begann Grießinger mit der Vernehmung. Nach einer halben Stunde lehnte er sich in seinem Stuhl zurück und musterte die Verdächtige missmutig. Bisher waren alle seine Vernehmungsstrategien ins Leere gelaufen. Haible schien ebenfalls ratlos. Rosemarie Allgaier schwieg. Nur als Grießinger sie auf Vögele ansprach, liefen stille Tränen über ihre Wangen.

»Auf, Haible, wir gehen. Wenn uns Frau Allgaier nichts zu sagen hat, bleibt sie noch eine Weile bei uns. Kümmere dich um einen Haftbefehl wegen Verdunklungsgefahr und lass sie mit einem Anwalt telefonieren. Ich fahr auf die Alb.«

Grießinger war aufgestanden und verließ den Raum. Den Haftbefehl für die Allgaier konnte Baisch alleine besorgen und einen weiteren gleich für den Hüfinger. Haible ging zu Lichtner, der ihn bereits erwartete.

»Emilie Berta Lämmle hatte recht, Haible. Die Unterschrift auf dem Vertrag bei Hüfinger war nicht vom Senior. Wir haben routinemäßig Vergleichsunterschriften mitgenommen. Eindeutig, sagt unser Schriftenexperte. Und es kommt noch viel besser. Wir hatten bei unseren Unterlagen einen Notarvertrag dabei. Der alte Hüfinger hat den Reiterhof vor drei Monaten auf seinen Sohn überschrieben, gegen eine lebenslange Rente. Hüfinger Junior hat seinen Vater also gar nicht mehr für das Einverständnis zur Zusammenarbeit mit dieser Energiemafia gebraucht. Der Fall wird immer dubioser, Haible.« Lichtner wirkte hilflos.

»Das alles beweist aber noch lange nicht, dass Hüfinger seinen Vater umgebracht hat, oder?«

»Ein Beweis ist es nicht, aber es könnte ein Motiv sein. Zumindest hatte Emilie richtig vermutet. Der junge Hüfinger steckt irgendwie in der Sache mit drin.« Davon war Lichtner jetzt überzeugt.

»Habt ihr von Frau Allgaier Neuigkeiten erfahren.«

»Kein Wort hat sie gesagt. Grießinger hat sich buchstäblich die Zähne an ihr ausgebissen. Der Chef hat es mit allen Mitteln versucht. Ich wusste bisher gar nicht, dass so viel Feingefühl als

Verhalten bei meinem Chef existierte.« Haible blickte Lichtner grimmig an.

»Schick doch die Frau Lämmle zur Allgaier. Vielleicht unterhält es sich von Frau zu Frau besser?«, riet Lichtner.

Haible hatte bereits darüber nachgedacht und nickte zustimmend. Er hielt zwar nicht viel von den Ermittlungsmethoden dieser Frau Lämmle, aber sie standen gewaltig unter Druck. Reitzle wollte endlich Ergebnisse.

Eilig bedankte sich Haible im Hinausgehen bei Lichtner, nahm zwei Polizeibeamte mit und fuhr mit Blaulicht zu Hüfinger nach Würtingen. Sie fanden Hüfinger Junior in der Reithalle beim Reitunterricht. Er zeigte sich tief bestürzt und empört über den Haftbefehl und versicherte mehrmals, dass es sich um ein Missverständnis handeln müsse. Noch auf dem Weg zum Streifenwagen verständigte er seinen Anwalt und berichtete ihm aufgebracht von den Anschuldigungen gegen ihn. Haible bekam leise Zweifel ob sie den Richtigen verhaftet hatten. Ihm schien die Reaktion Hüfingers auf die Verhaftung ziemlich echt.

21

Ungefähr zur gleichen Zeit, als Haible mit Hüfinger ins Präsidium fuhr, sprach Grießinger mit dem Observationsteam in Sichtweite des St. Johanner Rathauses. Bisher war die Lage ruhig geblieben. Grießinger beschloss, Sängerle einen Besuch abzustatten. Vielleicht war der Bürgermeister zwischenzeitlich kooperativer. Der Kriminalhauptkommissar war sich sicher, dass Sängerle wegen dieser Energiedorfgeschichte erpresst wurde. Der Tote vor dem Rathaus war eine Warnung gewesen. Diese Energiemafia konnte es sich nicht leisten, bei den hohen Vorinvestitionen in Grundstücke und Dachflächen jetzt alles abzuschreiben, nur weil ein

Bürgermeister und sein Gemeinderat nun kalte Füße bekamen. Das Projekt Bioenergiedorf war längst zu weit fortgeschritten.

Der Bürgermeister war immer noch nicht bereit, mit Grießinger zusammenzuarbeiten. Sein Blick verriet, dass er unter Stress stand und Angst hatte. Der Kriminalkommissar wusste, dass er nichts aus Sängerle herausbringen würde. Vermutlich bedrohten sie seine Familie oder mit einem Anschlag auf eine öffentliche Einrichtung in der Gemeinde. Grießinger fühlte sich ein weiteres Mal ohnmächtig gegenüber dieser skrupellosen Schattenmacht, die ohne zu zögern bereit war, Menschen zu zerstören. Da kam ihm eine Idee. Die Vorzimmerdame des Bürgermeisters nahm jedes Telefonat entgegen. Sie würde vermutlich auch den Anrufer mit russischem Akzent mitbekommen haben. Grießinger versuchte es mit allem Charme, der ihm zur Verfügung stand.

»So eine wie Sie, tät ich fei glei einstella, aber leider, sind Sie ja bereits vergeben, oder?«

»Meinet Sie wirklich, Herr Kriminalhauptkommissar?«, fühlte sich die Vorzimmerdame geschmeichelt.

»Aber ganz bestimmt. Ihnen sehe ich an, wie verantwortungsvoll, verschwiegen und zuverlässig Sie sind. Also, Ihren Chef beneide ich ungelogen«, machte Grießinger mit seiner Charmeoffensive weiter.

»Ha noi, Herr Kriminalhauptkommissar. Was Sie nicht sagen. Wo sieht man des bei mir, was Sie gemeint haben?«

Die Sekretärin war leicht errötet.

»An Ihrer Haltung, Ihren Augen und Ihrem Kinn!« Grießinger klang absolut überzeugend.

»Ich erkläre es Ihnen am besten mit einem Beispiel. Im Rathaus hat doch vor ein paar Tagen ein Mann mit starkem russischen Akzent angerufen, oder?«

Die Vorzimmerdame nickte eifrig.

»Sie waren dann so pflichtbewusst und haben den Anrufer zu Ihrem Chef durchgestellt und dabei die Telefonnummer vom Display abgeschrieben?«

Wieder nickte die Sekretärin.

»Und weil Sie so verantwortungsvoll sind, geben Sie mir jetzt bitte die Telefonnummer, damit sich die Polizei um diesen seltsamen Anrufer kümmern kann.«

Grießinger lächelte sie freundlich aufmunternd an.

Die Vorzimmerdame gab ihm ein Telefonnotiz mit der gewünschten Rufnummer. Grießinger war erstaunt, dass diese Profis nicht mit unterdrückter Rufnummer angerufen hatten. Vermutlich war diese Nummer längst abgeschaltet. Einen Versuch war es wert. In jedem Fall aber wusste Grießinger, dass der Bürgermeister einen Anruf bekommen hatte. Die Frage war, wie und wo würden sie zuschlagen. Zu diesem Zeitpunkt ahnte Grießinger noch nicht, dass er genauestens beobachtet wurde. Er verließ das Rathaus und ging zu seinem Daimler. Dort hatte er das Diensthandy in seiner Aktentasche. Bis heute konnte er sich nicht mit diesen Geräten anfreunden. Für ihn musste ein Telefon eine Telefonschnur haben. Jetzt war er allerdings froh über das Handy. Der zu der Nummer gehörende Anschluss war tatsächlich noch geschaltet. Nach dem dritten oder vierten Klingeln hörte er eine männliche Stimme mit russischem Akzent am anderen Ende der Leitung. Grießinger hielt vor Schreck die Luft an. Die Stimme begrüßte ihn mit seinem Namen und korrektem Dienstgrad. Dann teilte sie ihm mit, wo er sich gerade befand und wie schön sein alter Strich 8 sei. Grießinger sah sich hektisch um. Er konnte jedoch niemanden entdecken. Die Stimme wollte keine Antworten von ihm. Er sollte nur gut zuhören. Grießinger protestierte. Natürlich hätte er Fragen.

»Keine Fragen«, herrschte ihn die Stimme an. Grießinger erfuhr, dass er mit seinen Ermittlungen immer einer Schritt zu spät da sein werde. Die einfachste und beste Lösung für alle Beteiligten wäre, wenn Grießinger seine Ermittlungen erfolglos weiterführen würde. Auf keinen Fall solle er aufhören zu ermitteln. Bis sie ihm ein Zeichen gäben, müsse er weitermachen. Dann könne er selbst entscheiden. Falls er sich nicht daran hielte, würde er weitere Opfer auf dem Gewissen haben. Zum Beweis wie ernst es ihnen war, solle er jetzt zu seinem Observationsteam gehen. Es lohne sich nicht, dorthin zu rennen. Weitere Instruktionen würden folgen. Er solle sein Handy immer bei sich tragen und eingeschaltet lassen.

Das Gespräch wurde unterbrochen und Grießinger stand käsweiß im Gesicht an seinem Daimler gelehnt. So einen Wahnsinn hatte er in mehr als dreißig Dienstjahren noch nicht erlebt. Wie in Trance ging er die Straße entlang, zum Fahrzeug seiner Kollegen. Sie saßen beide leblos auf ihren Sitzen. Grießinger stützte sich für einen Moment am Dachholm ab, ihm war speiübel. Dann öffnete er die Beifahrertür und fühlte den Puls des einen Kriminalbeamten. Ganz schwach spürte er ihn noch. Hektisch riss Grießinger das Handy aus seiner Hosentasche, rief den Notarzt und dann rief er den Bürgermeister an und bestellte ihn zu sich. Grießinger würde ihn zum Reden bringen. Der Bürgermeister musste nur früher als der Notarzt am Fahrzeug mit den beiden bewusstlosen Polizisten sein.

Einen kurzen Moment später kam Sängerle aus seinem Rathaus. Grießinger winkte ihn zu sich her. Als Sängerle die beiden Polizisten sah, wurde er aschfahl. Er begann zu zittern.

»Was ist hier passiert? Um Gottes Willen sind die auch tot?«

»Sie haben meine Kollegen auf dem Gewissen! Reden Sie endlich, dann könnten wir zumindest weitere Opfer vermeiden. Es reicht jetzt, Herr Sängerle!«

»Meine Frau und meine Tochter!« Der Bürgermeister sah Grießinger verzweifelt an.

»Sie werden erpresst? Wenn das Bioenergiedorf nicht umgesetzt wird, sollte Ihren Familienangehörigen ein ›Unfall‹ passieren, richtig, oder?«

Sängerle nickte resigniert und gleichzeitig erleichtert.

»Wo befindet sich Ihre Familie in diesem Moment?«, fragte Grießinger eindringlich. Sängerle blickte auf seine Uhr.

»In der Stadt einkaufen, sie wollten so gegen 16 Uhr zurücksein.«

»Dann haben wir nicht mehr viel Zeit. Sängerle, Sie bleiben hier und warten, bis endlich der Notarzt kommt.«

»Das heißt, die beiden leben noch?« Sängerle schien eine schwere Last von den Schultern genommen. Grießinger nickte und telefonierte bereits mit Baisch.

»Baisch, tätest du mit deinem Kollege ganz zackig nach Würtingen kommen. Es ist ja nicht so, dass ich ned allein klarkomm, aber so ein bißle Bewegung tät euch au guad.«

Baisch musste grinsen. Allmählich war Grießinger wieder der alte. Einfach bloß Verstärkung anfordern war für Grießinger ein Unding. Der Kriminalhauptkommissar gab die Adresse des Privathauses von Bürgermeister Sängerle durch, rannte dann zu seinem Daimler und raste los. Als er das andere Observationsteam vor dem Anwesen des Bürgermeisters zwar müde, aber ansonsten sehr lebendig antraf, atmete er erleichtert auf.

»'S Gott, Kollegen. Irgendwelche Vorkommnisse?«

»Handwerker sind gekommen, da vorne parkt ihr Kastenwagen.« Der Polizist zeigte auf das Firmenfahrzeug eines ortsansässigen Flaschnereibetriebes. Grießinger war fürs erste beruhigt.

»Habt ihr euch rückversichert, ob der Bürgermeister heute Handwerker erwartet?«

»Alles in Ordnung, Herr Kriminalhauptkommissar. Die Heizung muss überholt werden. Herr Sängerle hat den Termin bestätigt.«

»Klasse Arbeit, Kollegen. Wie lange sind die schon im Haus?«

»Ed lang, aber der Bürgermeister hat gemeint, es sei dieses Mal etwas größeres mit der Heizung.«

Grießinger dachte nach. Wie würden sie vorgehen? Planten sie eine Entführung? Einen Anschlag? Einen Verkehrsunfall? Er sah sich um und ging hinüber zum Anwesen des Bürgermeisters. Das Grundstück konnte nirgends von den Nachbarn eingesehen werden. Er ging entlang des mannshohen Zaunes mit Stacheldrahtsicherung um das gesamte Anwesen herum. Es gab ohne Hilfsmittel keine einfache Möglichkeit, den Zaun zu überklettern. Sollten sie diesen Ort für einen Anschlag oder eine Entführung ausgewählt haben, dann konnten sie nur über die Garage oder die Haustüre hinein gelangen.

Grießinger lief zurück zu seinen beiden Kollegen vor dem Haus, alles war ruhig. Eine Nachbarin blickte neugierig hinter dem Vorhang zu den zwei Männern im Auto und dem Kriminalhauptkommissar hinüber. Hin und wieder fuhr ein Wagen vorbei. Endlich trafen Baisch und Haible ein. Mit ihnen zwei Einsatzfahrzeuge und ein SEK Beamter. Grießinger informierte kurz alle Anwesenden über die Lage, als ein Fahrzeug in die Garageneinfahrt des Bürgermeisteranwesens abbog.

»Mutter und Tochter sind da«, raunte Grießinger den Anwesenden zu. Er stand unter Hochspannung und wurde das Gefühl nicht los, irgendetwas übersehen zu haben.

Er eilte auf die beiden Frauen zu und zeigte ihnen seinen Ausweis. Irritiert und besorgt fragten sie ihn nach dem Grund für das Polizeiaufgebot. Der Kriminalhauptkommissar beruhigte sie. Die Frau des Bürgermeisters lief zur Haustür und steckte den Schlüssel ins Schloss. Grießinger drehte sich um und sah sich den Lieferwagen genauer an. Das Fahrzeug war bereits etwas älter, aber die Beschriftung sah neu aus. Die müssen heut alle sparen, es gibt halt nicht mehr jedes Jahr einen neuen Karren, dachte sich Grießinger noch, als er über den Lack an der Seitenwand fuhr. Plötzlich stockte er.

»Himmelarschondwolgabruch!«, entfuhr es Grießinger, als er einen Kastenwagen der gleichen Firma langsam die Straße herunterkommen sah. Sie hatten vergessen, die Heizungsfirma anzurufen, ob ihre Mitarbeiter bereits beim Bürgermeister tätig waren.«

»Buaba, zu mir herkommen, die Lompa send bereits im Haus. Auf, kommet schnell, die Frauen sind in höchster Gefahr!«, rief Grießinger.

Von allen Seiten kamen Polizeibeamte angerannt, ihnen voraus der Leiter des SEK. Er prüfte kurz die Eingangstüre, schrie »Zurücktreten!« und schoss das Schloss weg. Im Haus herrschte Stille, beklemmende Stille. Sie waren bereits weg. Der SEK Beamte durchkämmte mit der Waffe im Anschlag jedes Zimmer, gefolgt von mehreren Polizeibeamten. Grießinger rief nach Haible und Baisch. Er rannte aus dem Haus, bog rechts ab am Zaun entlang, der um das Grundstück führte. Hinter ihm seine beiden Kollegen, die Mühe hatten ihm zu folgen.

»Baisch, dreh rum und sichere den falschen Kastenwagen. Hol dir Verstärkung aus dem Haus. Das sind skrupellose Profis!«, schrie Grießinger. Vermutlich würden sie möglichst weit entfernt vom Hauseingang versuchen, über den Zaun zu kommen. Bestimmt hatten sie im Haus eine Leiter gefunden. Von dort ertönten Schreie. Haible blieb kurz stehen und hörte, ob er etwas verstehen konnte.

»Chef, ich glaub, die haben die Mutter entdeckt. Aber die Tochter fehlt.«

»Haible, guck, da kommt einer über den Zaun!« Grießinger zeigte auf eine Stelle im Nachbargrundstück.

»Auf, komm, den schnappen wir uns«, flüsterte Grießinger. Die beiden Kommissare drückten sich soweit es ging gegen den Zaun. Haible hatte seine Pistole gezogen und entsichert. Der Mann vor ihnen überkletterte gerade den Zaun und sprang hinunter, als die beiden Kommissare ihn erreichten. Haible stürzte sich lautlos auf ihn und presste ihm den Lauf seiner Waffe an den Kopf. Der Gangster zeigte keine Gegenwehr, so überrascht war er über den Angriff.

In diesem Moment erschien das Mädchen am oberen Ende

des Zaunes. Grießinger gab ihr ein Zeichen, zu springen. Sie weinte und hatte Angst vor der Höhe. Haible hatte seinem Chef die Waffe gegeben und fesselte gerade den Mann. Er hatte ihm sein Knie in den Rücken gerammt, während Grießinger mit der Pistole auf den Kopf zielte. In diesem Moment hörten sie hinter der dichten Hecke, die das Grundstück begrenzte, Kampfgeräusche und das Mädchen sprang endlich.

22

Lichtner stand in seinem Büro und schaute Zigarre rauchend zum Fenster hinaus. Haible war gehetzt in sein Büro gestürmt, um ihn zu informieren, dass Grießinger Verstärkung angefordert hatte. Der Leiter der KTU war sich noch immer nicht sicher, was er von den Mordfällen halten sollte. Emilie musste mit dieser Frau Allgaier sprechen. Er wählte ihre Nummer und bat sie, nach dem üblichen Geplänkel sofort in die Polizeidirektion zu kommen.

Emilie stand im Vernehmungszimmer mit dem Rücken zur Tür vor der verspiegelten Wand und trank eine Tasse dampfenden Chai, als Rosemarie Allgaier hereingebracht wurde. Die Beamtin forderte Frau Allgaier auf, Platz zu nehmen. Emilie drehte sich langsam um und lächelte Rosemarie Allgaier an.

»Einen heißen Chai? Meine Spezialmischung!« Frau Allgaier nickte zögernd.

»Mein Name, Lämmle, Emilie Berta Lämmle. Ich bin keine Kriminalbeamtin, sondern arbeite nur manchmal für die Mordkommission. Ich möchte gerne mit Ihnen über Martin Vögele und Raimund Hüfinger sprechen. Mir geht es darum, zu erfahren, was geschehen ist. Die ganze Geschichte will ich wissen, nicht nur das, was für ein Strafverfahren interessant ist. Ich werde nichts protokollieren. Am Ende unseres Gespräches müssen Sie selbst entscheiden, was Sie zu Protokoll geben.« Sie gab ihr einen Becher Chai und setzte sich zu ihr an den Tisch. Vorsichtig trank Rosemarie Allgaier einen Schluck und seufzte. Emilie schwieg und wartete.

»Ich habe ihn geliebt«, begann Rosemarie mit brüchiger Stimme. »Martin war alles für mich. Endlich ein Mann, der mich respektierte, der mich umwarb.« Emilie hörte ihr aufmerksam zu.

»Raimund hatte mir eine Zeit lang gut getan. Mehr war es nicht. Die Pferde, seine lockere Art, die Ausritte mit ihm. Ein kleines Stück heile Welt. Bis Martin Vögele auftauchte. Er wollte Grundstücke für Windkraftanlagen von mir pachten. Wenn es Liebe auf den ersten Blick gibt, dann war das so was mit Martin. Wir wollten zusammen neu anfangen.« Rosemarie trank wieder einen Schluck.

»Und die Waffe, diese Makarov, von Ihrem Mann? Was ist damit passiert?«, Emilie beobachtete die Frau genau. Rosemarie blickte auf und sah Emilie lange an. Tränen rannen über ihr Gesicht.

»Martin hatte ich erzählt, dass mein Mann Waffen sammelte und die vermutlich mehr liebte als mich. Irgendwann fragte er mich dann, ob ich ihm eine Waffe besorgen könnte. Ich habe die Makarov genommen, weil es Wolfgangs Lieblingspistole war.« Sie bedeckte ihr Gesicht mit den Händen und schluchzte.

»Haben Sie ihn nicht gefragt, warum er eine Waffe wollte?«

»Er hatte Angst vor diesen Windkraftgegnern, es sind da wohl ein paar ziemlich radikale dabei, die auch vor Gewalt nicht zurückschrecken«, antwortete Rosemarie.

»Könnte es sein, dass er vor seinen Auftraggebern Angst hatte?« Emilie stand auf und schenkte sich noch einen Chai ein. Frau Allgaier überlegte.

»Möglich. Einmal hatte er einen Anruf bekommen. Wir waren in dem kleinen Hotel in Reutlingen. Danach war er anders. In seinen Augen war Angst und wir brachen vollkommen überstürzt auf. ›Sie sind immer einen Schritt voraus!‹, sagte er damals zu mir. Er äußerte manchmal so seltsame Sachen. Als ich ihn darauf ansprach, wich er mir aus und meinte nur, dass er einen sehr harten Job hätte und sich keine Fehler erlauben könne.« Emilie dachte nach. Wieder ein Hinweis auf die russische Holding und ihre brutalen Methoden.

»Was ist im Backhaus passiert, Frau Allgaier?«, sie musste es riskieren und die Frau reagierte sofort. Zwischen den Frauen herrschte plötzlich eine kühle Distanz. Jetzt ging Emilie aufs Ganze.

»Sie haben die beiden, Hüfinger und Vögele, ins Backhaus bestellt, in dem Wissen, dass sie aufeinander losgehen würden. Ist es so gewesen?« Emilies Tonfall hatte sich verändert. Ihre Stimme klang nicht mehr warm und zurückhaltend, sondern kühl und fordernd. Frau Allgaier war vom Tisch weggerückt und schwieg. Ihr Gesicht wirkte wie eine Maske.

»Frau Allgaier, Sie haben Ihren Martin mit Ihrer besten Freundin gesehen. An diesem Sonntag, als Vögele umgebracht wurde?«

Rosemarie Allgaier schloss die Augen und begann eine Melodie zu summen. Emilie hörte gebannt zu. Es war zweifelsfrei das Batenke-Lied.

Emilie ließ die Frau gewähren. Plötzlich hörte Frau Allgaier auf, blickte sie mit leeren Augen an und stammelte: »Woher wissen Sie …?«

»Ihre Freundin. Sie hat mir von Ihrem Verhältnis mit Vögele erzählt. Den Rest konnte ich mir selbst zusammenreimen.«

»Frau Allgaier, das Batenke-Lied haben Sie gerade gesummt. Ist von Ihnen der Zettel mit der ersten Zeile, den wir bei Martin Vögele gefunden haben?«

Rosemarie nickte stumm.

»Meine Großmutter hat es immer gesungen. Aber sie hat mir nie erzählt, warum.«

»Können Sie sich erklären, warum Martin Vögele vor dem Rathaus ›geparkt‹ wurde? Wenn ich richtig liege, hätten wir ihn eigentlich im Backhaus finden müssen?« Emilie fühlte, dass etwas an dieser Geschichte noch immer nicht stimmte.

»Martin hat alles kaputtgemacht. Er hat mich belogen, genauso wie mein Mann mir nur Lügen aufgetischt hat. Ich war so glücklich, endlich wegzukommen. Weg von den Schlägen, der Angst, wenn Wolfgang betrunken nach Hause kam, überall diese Waffen, immer wieder nur Schläge. Ich ekelte mich vor ihm.«

Emilie konnte in den Augen von Rosemarie Hass erkennen. Was musste diese Frau durchgemacht haben. Nach außen heile Welt, funktionieren und zu Hause war es die Hölle.

»Sie haben Raimund angerufen und ihn um Hilfe gebeten?« Emilie wirkte erschöpft.

»Er sollte Martin, diesem Schwein, eine Abreibung verpassen. Ich habe tatsächlich beide in das Backhaus bestellt. Martin wollte erst nicht, aber letztendlich funktionieren alle Männer gleich. Sie wissen, was ich meine.«

Emilie wusste es nur zu gut.

»Es muss zu einem Kampf gekommen sein. Raimund rief mich noch spät in der Nacht an. Entsetzt erzählte er mir von der Waffe, die Martin dabei gehabt hatte und warum ich ihn nicht gewarnt hätte. Die Makarov hatte ich vollkommen vergessen. Aber gegen Ray hatte er selbst mit Waffe körperlich keine Chance gehabt. Raimund wollte mich unbedingt sehen und beteuerte mehrmals, er hätte das alles nur für mich getan. In dieser Nacht habe ich seine Worte noch nicht verstanden. Erst am nächsten Tag, als es in der Zeitung stand, begriff ich, was geschehen war. Ich war wie gelähmt.«

Die letzten Worte hatte sie nur noch geflüstert. Apathisch saß sie auf ihrem Stuhl und blickte irgendwo in die Ferne.

»Und warum musste Hüfingers Vater sterben?« Rosemarie sah Emilie vollkommen entsetzt an.

»Sein Vater ist tot? Der alte Hüfinger wurde umgebracht?«, stammelte sie. »Nein, das ist nicht war!«

»Er wurde in seinem Büro erschossen aufgefunden.«

Emilie wartete die Wirkung ihrer Worte ab.

»Raimund, er hat in gehasst. Er musste in einem goldenen Käfig leben. Sein Vater schrieb ihm alles vor. Sogar das Müsli am Morgen. Raimund hasste Müsli. Seit seiner Kindheit musste er Vollkornflocken mit frischem Obst und warmer Milch essen.« Sie machte eine Pause und schien nachzudenken.

»Wurde der alte Hüfinger auch mit der Makarov erschossen?« Rosemaries Stimme klang ängstlich.

»So wie es aussieht, ja. Aber wegen Müsli und einem goldenen Käfig wird man doch nicht zum Mörder. Warum sind Sie so sicher, dass es Raimund Hüfinger war?« Emilie klang enttäuscht. Für sie waren diese Gründe kein Mordmotiv.

»Er hatte es bereits oft genug vorgehabt. Sein Vater war ein Tyrann, ein Menschenverachter, der nur seine Pferde liebte. Die Mutter war früh vor Kummer gestorben, erzählt man sich. Der Alte hat Raimund sogar den Hof gegen eine lebenslange Rente überschrieben, aber nur um ihn noch abhängiger zu machen. Nach wie vor hatte der alte Hüfinger alles in seiner Hand. Nur sein Sohn musste noch mehr springen, noch mehr schuften und jede Freundin wurde vom Alten vom Hof gejagt. Er bot sogar ansehnliche Geldbeträge, wenn sie freiwillig gingen.« Rosemarie hatte sich in Rage geredet. Sie musste diesen Mann ebenfalls gehasst haben.

»Er hat aber nicht gesagt, dass er nach dem Mord an Vögele auch seinen Vater für eine gemeinsame Zukunft mit Ihnen aus dem Weg räumen wollte?«

Rosemarie rang mit sich, knetete nervös ihre Finger.

»Raimund hat mich am Montagmorgen wieder angerufen. Ich habe ihm versprochen, dass wir uns bald sehen können, damit er endlich Ruhe gab. Darauf meinte er, dass er jetzt noch seinen Vater aus dem Weg räumen müsse, dann wären wir endlich frei und könnten das alles hinter uns lassen. Ich vermute sein Vater hatte auch etwas damit zu tun, dass Martin vor dem Rathaus gefunden wurde. Der Alte war ein Teufel mit kranken Gedanken.«

»Sie haben Ihr Leben lang nur von einer besseren Zukunft gelebt. Geträumt um zu leben!« Emilie fühlte sich Rosemarie Allgaier plötzlich sehr nah.

War diese Frau eine Täterin oder ein verzweifeltes Opfer? Emilie wusste es nicht. Sie stand auf, legte eine Hand auf die Schulter von Rosemarie Allgaier, die zuerst erschrocken zurückwich, um dann ihr Gesicht an Emilies Arm zu lehnen.

»Sie werden jetzt nicht gehen können. Anstiftung zum Mord, Sie haben eine Mordwaffe in Umlauf gebracht und Sie wussten von Raimund Hüfingers Vorhaben seinen Vater aus dem Weg zu räumen. Sie werden wohl einige Zeit ins Gefängnis müssen. Das Beste für Sie ist, wenn Sie alles auf den Tisch bringen und nichts verschweigen. Ich kann versuchen, dass Sie möglichst bald Hilfe bekommen. Dieses Leben können Sie nicht mehr alleine bewältigen.«

Traurig verließ Emilie den Raum. Sie musste noch mit Hüfinger sprechen. Lichtner kam aus dem Beobachtungsraum, der sich hinter der verspiegelten Scheibe befand. Wortlos nahm er Emilie in den Arm und drückte sie gegen seinen weichen Bauch. Sie lehnte den Kopf gegen seine Brust und lauschte dem Herzschlag Lichtners. Das gleichmäßige, kräftige Pochen hatte sie oft beim Einschlafen begleitet. Wehmut machte sich in ihr breit.

»Hüfinger habe ich bereits bringen lassen. Er wartet im anderen Vernehmungszimmer. Soll ich mit reingehen.« Lichtner klang besorgt.

Emilie schüttelte den Kopf. Sie wusste, Raimund Hüfinger würde ihr alles erzählen. Er war kein skrupelloser Mörder, er hatte aus Liebe zu Rosemarie gehandelt.

Hüfinger gestand wie erwartet nach kurzem Geplänkel beide Morde. Die Erleichterung war ihm anzusehen, nachdem er sein Gewissen erleichtert hatte. Sein Vater hatte ihm, wie Emilie richtig vermutete, beim Beseitigen der Leiche von Vögele geholfen. Anschließend hatte er ihn damit erpresst. Er hatte ihn aus Verzweiflung mit der Makarov im Büro erschossen und versucht, sich danach selbst umzubringen. Letztendlich hatte ihm der Mut dazu gefehlt und dann war Emilie vor seiner Tür gestanden.

Die beiden Entführer in St. Johann konnten überwältigt werden, ohne dass die Frau und die Tochter des Bürgermeisters ernsthaft verletzt wurden. Die Vernehmungen verliefen erwartungsgemäß. Beide gaben an, sie hätten alleine gehandelt und wollten Geld erpressen. Das es Hintermänner gab, stritten sie vehement ab. Den Tipp hatten sie von Verwandten bekommen, die vor einiger Zeit aus Kasachstan nach Deutschland zurückgekehrt waren. In St. Johann wurden sämtliche Pachtverträge aufgelöst. Manch einer der Grundstückseigentümer war darüber auch nicht allzu traurig. Schließlich hatten sie, ohne viel dafür zu tun, einiges Geld erhalten. Geld, das in keinem Vertrag gestanden hatte.

Grießinger und seine beiden Kollegen fuhren ziemlich gut gelaunt in die Reutlinger Polizeidirektion zurück. Natürlich erst, nachdem sie beim Fallenschütz sechs LKW mit Senf gekauft hatten und diese genüsslich auf der Heimfahrt verspeisten. Grießinger fuhr einhändig und versuchte ein paar Mal mit vollen Backen die Melodien auf SWR 4 mitzupfeifen, was zu seltsamen Geräuschen und einem Grinsen auf der Rücksitzbank führte. Nur in den Kurven der Steige trübte sich die gute Laune von Haible und Baisch deutlich, wenn Grießinger sein betagtes Gefährt lässig mit einer Hand am Lenkrad etwas wacklig steuerte.

Baisch hatte vor der Rückfahrt einen Anruf von Lichtner bekommen, dass sie in seinem Büro vorbei schauen sollten, die Morde an Hüfinger und Vögele waren aufgeklärt.

Dort saß er mit Emilie bei einem großen Milchkaffee und Schokokeksen. Emilie hatte sich wieder erholt. Die Verhöre waren ihr nahe gegangen. Grießinger betrat das Büro, demonstrativ gelangweilt, während ihm seine beiden Kollegen feixend folgten. »Sag mal, Baisch, kennst du den Witz von den zwei Russen …?« Grießinger warf Haible einen strafenden Blick zu.

»So, Frau Lämmle, schmeckt der Kaffee schon wieder?« An Grießingers Begrüßung hatte sich Emilie bereits gewöhnt.

»Mir immer. Aber einen Chai trinke ich noch lieber, vor allem, wenn die Kommissare gerade vespern.«

Grießinger verzog das Gesicht.

»Gratulation, Herr Grießinger, Sie haben dieses Mal Recht behalten!« Emilie streckte ihm die Hand entgegen.

Verdutzt nahm Grießinger den Handschlag und meinte trocken: »Ganz schlecht waren Sie ja auch nicht, Frau Lämmle. Erstaunlich, wo sich manchmal Glück und Zufall treffen.«

»Rauchfleisch und Schwarzwurst?« fragte Emilie grinsend.

»Ihr Stinktee und Ziegenkäs, morgen bei uns im Büro!«, entgegnete Grießinger verschmitzt.

In diesem Moment öffnete sich die Bürotüre und Haibles Frau kam hereingestürmt, sprang auf ihren Mann zu, umarmte ihn leidenschaftlich und drückte ihm einen Kuss auf den Mund. Haible war vollkommen verdattert, konnte aber Lichtners Gesten sehen, die ihm bedeuteten, es ist alles o.k., er solle einfach nur ja sagen.

Haibles Frau bedankte sich ganz aufgeregt bei ihrem Mann. Dann verschwand sie so schnell, wie sie gekommen war. Im Hinausgehen entschuldigte sie sich noch für die Störung und sagte ihrem Mann, dass sie mit dem Vesper auf ihn warten würde. Haible sah vollkommen fassungslos, mit einem seligen

Lächeln im Gesicht Lichtner an. Der freute sich diebisch und zündete sich genussvoll eine Havanna an.

»Lichtner, was hast du gemacht?«

»Deiner Frau hundert Rosen in deinem Namen schicken lassen und euch beiden eine garantiert eisenbahnfreie Kreuzfahrt gebucht. Urlaub ist bereits genehmigt, gell, Herr Kriminalhauptkommissar?«

Alle Blicke richteten sich auf Grießinger. Der nickte und sah plötzlich sehr bekümmert aus.

»Schön war's mit euch, Buaba. Sogar an Frau Lämmle habe ich mich halbwegs gewöhnt.« Er wirkte verlegen.

»Chef, was heißt ›schön war's‹? Es wird immer noch schöner mit uns!« Haible hatte feuchte Augen bekommen.

»So wie es aussieht, wird sich für mich zu viel verändern in der Mordkommission. Wie ihr wisst, gehe ich nach Esslingen nicht mit. Der Kollege dort schwätzt so einen komischen Dialekt. Badisch! Für mich als altgedienter Württemberger eine Zumutung!«

Grießinger drehte sich um und ging mit hängenden Schultern hinaus. »Bis morga, zum Schubladavesper, Buaba ond Mädle!«

Dankschee …

Dankschee an alle Grießinger & Lämmle Fans, die meine beiden Kriminalisten ins Herz geschlossen haben.

Dankschee an alle, die dieses Buch überhaupt ermöglicht haben. Besonderes Dankschee an den Lektor Bernd Weiler und den Verlag Oertel + Spörer.

Dankschee an die Schuberts, die bereits den zweiten Krimi mit Grießinger & Lämmle in ihrem Urlaub kritisch durchforsteten und mir wertvolle Rückmeldungen gegeben haben.

Dankschee an Brigitte für ihre vielen Kommas und Tipps, dankschee an Volker für seine Rückmeldung und Anmerkungen und seine angenehme Nachbarschaft auf der Alb.

Dankschee an meine Familie, die mir wieder einmal die Zeit geschenkt hat, um mörderische Geschichten zu schreiben.

Dankschee an Ursel, die alle Höhen und Tiefen des Schreibens wieder einmal mitgetragen hat.